Nachhaltigkeit liegt uns am Herzen.

Hergestellt in Deutschland
Gedruckt auf FSC®-Papier
Lösungsmittelfreier Klebstoff
Drucklack auf Wasserbasis

Natürlich
magellan

ANTJE LESER

LUFTSCHLÖSSER

sind schwer zu knacken

ANTJE LESER

LUFTSCHLÖSSER

sind schwer zu knacken

magellan

JONAS

Ich war noch nie verliebt. Also noch nie so richtig, jedenfalls. Klar, im Kindergarten, da war ich mal unsterblich in Nele verknallt. Sie hatte mir ihre Milch-Schnitte geschenkt, worauf ich beschloss, sie später zu heiraten. Als ich ihr meine Entscheidung mitteilte, zeigte sie mir den Vogel. Ich war tief gekränkt.

Nein, im Ernst. Was ich meine, ist *richtiges* Verliebtsein. Das, was zwischen zwei Menschen abgeht, wenn bei ihnen die Chemie stimmt. Dieses Gefühl, dass man zusammengehört. Dass man füreinander da ist. Zumindest für eine Weile. Und auch – oder gerade wenn die Kacke so richtig am Dampfen ist. Ich glaube, in meinem Jahrgang war ich der Einzige, der nicht mit einschlägigen Erfahrungen aufwarten konnte. Sollte mir das Sorgen machen?

Ich hatte gerade die elfte Klasse hinter mir, und wenn es nach meiner Mum ging, sollte ich mir ohnehin lieber erst mal überlegen, was ich nach dem Abi machen wollte. Für Mädchen hätte ich dann später immer noch Zeit. Oder für Jungs. Was das betraf, war meine Mum völlig cool. »Wieso gehst du nicht ein Jahr ins Ausland? Vielleicht zu Achim? Der kann dir bestimmt was organisieren.«

Achim, so hieß mein Dad. Er arbeitete bei der GIZ, der Gesellschaft für Internationale Zusammenarbeit. Vor zwei Jahren hatte er ein Projekt angenommen, bei dem es um die Gewinnung von Trinkwasser in Grenada ging. Zuerst hatte ich dabei an Spanien gedacht. Das wäre ja noch ganz okay gewesen. Doch dann hatte ich herausgefunden, dass das ein Karibikstaat war, mit lauter so kleinen Pupsinseln. Ich hatte immer gedacht, dass die dort genug Wasser hätten. Aber nix da! Bei denen regnete es so wenig, dass das Grundwasser richtig knapp war. Außerdem sorgte der Klimawandel dafür, dass der Meeresspiegel immer weiter anstieg und das Wasser ins Landesinnere drückte. Damit versalzten die Brunnen. Mein Dad hatte also alle Hände voll zu tun, und er hatte es gar nicht verstanden, dass meine Mum und ich nicht sofort begeistert »Ja« gebrüllt hatten, als er den Vorschlag machte, mit ihm gemeinsam in die Karibik zu ziehen. Zwischen meinen Eltern hatte es ein paarmal böse gerumpelt. Aber irgendwann hatte er dann doch kapiert, dass wir beide nicht mitkämen. Ich nicht, weil ich nicht auf irgend so einer dämlichen Winzinsel in eine noch dämlichere Schule wollte. Und meine Mum nicht, weil sie ihren Job an der Uni nicht aufgeben wollte. Am Ende kriegten sich alle wieder ein. Mein Dad zog aus und meine Mum besuchte ihn während der vorlesungsfreien Zeit. Mir genügte WhatsApp. »Was soll ich denn da? Ich segle nicht, ich tauche nicht, und Schnorcheln ist was für Leute, die zu blöd zum Tauchen sind.«

»Ich meinte ja auch ›Arbeiten‹, nicht Urlaub.«

»Mum! Hydrologie interessiert mich nicht. Außerdem krieg ich Hautkrebs, wenn ich dahin fliege.« Vermutlich war das nicht mal übertrieben. Meiner Mum hatte ich es zu verdanken, dass ich aussah wie ein irischer Leprechaun: Sommersprossen und Kupferkrause. Überall fiel ich damit auf. In der Grundschule damals hieß ich bei allen nur noch »Pumuckl«, und in der Siebten wurde ich dermaßen gemobbt, dass ich sogar die Schule wechselte. Seit ich in der Elften war, ging es. Jetzt nannten mich die Mädels »Ginger« und fanden meine Locken »megasüß«. Zu mehr hatte es allerdings bisher nicht gereicht.

»Oder wie wäre es mit Jura?« Meine Mum ließ nicht locker. Sie ließ niemals locker. Und mit Jura kannte sie sich aus. Sie hatte eine Stelle als Dozentin an der juristischen Fakultät. Ich konnte mir kaum etwas Langweiligeres vorstellen.

»Nein, Mum! Ende der Diskussion.« Eltern-Vorschläge musste man schon aus Prinzip abblocken. Ich war siebzehn, und das Einzige, was mich momentan wirklich antörnte, war Musik. Ich wollte Songs schreiben, programmieren, Loops mixen und Leute zum Ausrasten bringen. Jede freie Minute verbrachte ich am Keyboard, probierte Sounds, kombinierte Beats, sang Texte ein. Meine Stimme war jetzt nicht die Bombe, aber ich traf die Töne, und vielleicht würde ich ja mal einen Sänger auftun. Oder eine Sängerin. Oder gleich eine ganze Band! Mit fettem Schlagzeug und einer geilen E-Gitarre! Aber bis dahin sang ich die Spuren eben selbst ein. Dazu hatte ich mir mein eigenes Tonstudio zusammengezimmert. In unserer Bude gab es nämlich ein ausgedientes Gästeklo unterm Dach, und ich konnte meine Mum tatsächlich überzeugen, dass keiner außer mir es nutzte. »Wenn du es auch putzt«, hatte sie schließlich nachgegeben. Ich nannte es *Flush*.

»Ich bin im Flush« hieß auf gut Deutsch: Ich bin dann mal weg. Lasst mich bloß in Ruhe.

Diesen Sommer hing ich irgendwie in der Luft. Meine Mum war vor zwei Tagen zu meinem Dad in die Karibik abgereist, und ich hatte immer noch keine Ahnung, was ich mit den letzten Sommerferien meines Lebens anfangen sollte. Keiner hatte Zeit und zum Wegfahren stimmte die Kohle nicht.

Immerhin durfte ich demnächst einem DJ bei einem seiner Gigs über die Schulter sehen. Ein Kumpel hatte mir den Kontakt vermittelt, und ich hatte mir bereits vorgenommen, ein paar meiner eigenen Songs mitzubringen. Ich brannte darauf zu erfahren, wie sie beim Volk ankamen.

An diesem Morgen war ich erst um fünf Uhr früh nach Hause gekommen. Hundemüde und immer noch benebelt vom Bier und den Shots, hatte ich mich sofort in meine Koje verdrückt und war auf der Stelle eingeschlafen. In den Ferien sah und hörte ich vor zwölf Uhr nichts und niemanden.

Doch diesmal war es anders. Irgendetwas weckte mich gegen neun. Noch im Halbschlaf spürte ich, dass etwas anders war als sonst. Ich blinzelte, öffnete die Augen. Spitzte die Ohren. Da waren die alltäglichen Geräusche des Vormittags: vorbeifahrende Autos, Stimmen auf der Straße, Vögel. Doch da war noch etwas anderes. Ein Geräusch, als würde sich jemand bemühen, besonders leise zu sein. Ich lauschte angestrengt. Kein Zweifel, da war jemand im Haus. Schlich durch die Zimmer. Zog Schubladen auf. Öffnete Schränke. Schließlich hörte ich Schritte auf der Holztreppe. Sie kamen die Stufen herauf, näherten sich, verharrten kurz, liefen weiter.

Ich dachte, jetzt wäre exakt der Augenblick, die Polizei zu

alarmieren. Doch bei meiner Rückkehr heute Morgen hatte ich mein Handy in der Küche an die Ladestation gehängt. Und das Festnetztelefon befand sich im Arbeitszimmer meiner Eltern nebenan. Shit!

Ich verkroch mich unter meiner Bettdecke und stellte mich tot. Während mein Herz gegen meine Rippen wummerte und ich schon Angst hatte, man könne das hören, überlegte ich fieberhaft, wie ich mich verhalten sollte, falls jemand gleich in mein Zimmer platzte. So defensiv wie möglich, natürlich. Alles rausrücken: Geld, Laptop, Playstation – scheißegal! Hauptsache, die Typen hauten ab, ohne mich vorher abzumurksen!

Langsam wurde mir ziemlich heiß unter meiner Bettdecke. Ich lupfte sie eine Handbreit und bemerkte gerade noch, wie eine kleine Gestalt, schlank und drahtig und höchstens eins fünfzig, ins Arbeitszimmer meiner Eltern huschte.

Allein!

Der Typ war allein!

Plötzlich kam mein Mut zurück. Ich glitt aus dem Bett und schlich an der Wand entlang in den Flur. Eine Gestalt in Jeans und Beanie wühlte gerade in der Schreibtischschublade meiner Mum.

»Hey!«, brüllte ich. Der Dieb fuhr herum, wollte schon an mir vorbeiflitzen. Doch ich stellte mich ihm wie ein Torwart in den Weg und packte im richtigen Augenblick zu. Er zappelte und schlug um sich und wir gingen beide zu Boden. Jetzt erst merkte ich, dass der Einbrecher gar kein Kerl war! An den entsprechenden Stellen war er kurvig. Zumindest kurviger als ein Junge. Unter dem dünnen Beanie lugten lange nussbraune Haare hervor.

»Was soll das werden?«, schrie ich, während sie sich unter mir wand. Sie antwortete nicht, keuchte nur unter meinem Gewicht und versuchte, mich zu beißen.

»Wie bist du hier reingekommen?«, brüllte ich und tackerte sie mit beiden Händen am Boden fest. Schwer atmend funkelte sie mich aus tiefgrünen Augen an. Alter! Noch nie in meinem Leben hatte ich so ein Grün gesehen. Ich meine, es war nicht so ein Blaugrün, bei dem alle immer gleich ausrasten, oder so ein Goldgrün wie bei einer Katze. Nein, es war mehr ein Schlammgrün, wie wenn man in einem See schwimmt, der voller Algen ist.

»Wie heißt du?«, fragte ich. Doch sie gab keine Antwort. Vielleicht verstand sie mich auch nicht. »What's your name? … Comment tu t'appelles? … Äh … como … te llamas?«, versuchte ich es weiter. Keine Reaktion. Nur dieses tiefgrüne Starren.

»Okay, das ist mir zu blöd!«, knurrte ich. Ich zerrte sie auf die Füße und verdrehte ihr den Arm auf dem Rücken.

Sie schrie vor Schmerz auf. »Arschloch!«, fauchte sie in astreinem Deutsch. Ihre Stimme war erstaunlich tief und ein bisschen heiser.

Ich schleifte sie zum Schreibtisch und nahm den Hörer von der Station. Während ich noch überlegte, was ich der Polizei sagen sollte, trat sie mir mit ihren rabenschwarzen Doc Martens auf meine nackten Zehen. Ich schrie auf und ließ ihren Arm los. Sie nutzte ihren Vorteil und stürmte Hals über Kopf die Treppen runter.

Ich warf den Hörer weg und setzte ihr nach. Als ich unten ankam, war sie schon bei der Haustür, riss sie auf und spurtete über die gekieste Einfahrt Richtung Straße. Schnell war sie. Verdammt schnell! Und ich barfuß. Doch das war mir in dem Moment egal. Ich war so sauer, dass ich den Split gar nicht bemerkte.

Sie rannte die Straße runter bis zur nächsten Ecke, dann verschwand sie aus meinem Blickfeld. Ich wollte hinterher, doch da rumpelte der Briefträger mit seinem Fahrrad über den Bordstein. Ich schlug einen Haken und wäre fast vor ein Auto gelaufen. Der Fahrer stieg in die Eisen und hupte. Ich riss entschuldigend die Hände hoch und schlug einen weiteren Haken. Als ich ebenfalls um die Ecke bog, war sie verschwunden.

Ich stoppte ab und blickte mich suchend um. Außer einer jungen Frau mit Kinderwagen war niemand zu sehen. Die Frau warf mir einen irritierten Blick zu und beschleunigte ihren Schritt. Erst jetzt wurde mir klar, dass ich hier in Boxershorts und barfuß herumstand. Das Mädchen war wie vom Erdboden verschluckt. Frustriert machte ich kehrt.

Zum Glück stand die Haustür noch sperrangelweit offen. An einen Schlüssel hatte ich in der Eile natürlich nicht gedacht. Ich verpasste der Tür einen Tritt, worauf sie donnernd ins Schloss fiel. Auf halbem Weg in die Küche blieb ich stehen und überlegte. Hatte das Biest die Haustür aufgebrochen? Ich öffnete die Tür noch einmal und besah mir das Türschloss. Es war völlig in Ordnung. Keine Kratzer, keine Splitter, nichts. Sie musste eine Scheckkarte oder einen Draht benutzt haben. Das Haus meiner Eltern war alt, Anfang letztes Jahrhundert oder so, mit einer hölzernen Haustür. Im oberen Viertel gab es ein kleines ovales Fenster. Da war sie aber ganz sicher nicht durchgekrochen.

Ich öffnete die Tür zur Gästetoilette und warf einen Blick auf das Fenster. Fehlanzeige. Es war geschlossen und die Scheibe war auch noch drin. Vielleicht der Keller? Ich hechtete die Treppe runter, doch auch hier war alles wie sonst.

Hatte ich am Ende die Haustür offen gelassen, als ich heute

Morgen nach Hause gekommen war? »So besoffen kann man gar nicht sein«, brummte ich und betrat die Küche, um etwas zu trinken. Dabei fiel mein Blick auf die Stelle, an der ich mein Handy zurückgelassen hatte. Es war nicht mehr da. Und das Ladekabel war ebenfalls weg.

»Scheiße!«, stöhnte ich. Das Handy war keine drei Wochen alt! Es war kackteuer gewesen! Doch mal abgesehen davon: Wenn sie es geschickt anstellte, hatte sie Zugriff auf sämtliche meiner Daten, inklusive Facebook- und Instagram-Seite, und konnte dort in meinem Namen irgendeinen Schwachsinn verbreiten. Sie konnte auch alle Fotos und Filme sehen, die ich gemacht hatte. Und das Schlimmste: Auf meinem Handy hatte ich meine komplette Musik abgespeichert! Sämtliche Songs, die ich selbst geschrieben hatte, meine Ideen, einfach alles! Natürlich hatte ich noch ein Back-up auf meinem Computer. Aber ich wollte selbst entscheiden, wer meine Songs hören durfte und wer nicht. Und dieses Miststück war ganz sicher nicht dabei.

Wutschnaubend stampfte ich die Treppe hoch. Ich würde mir mein Handy zurückholen. Am besten jetzt gleich. Ich startete meinen Computer und öffnete die App für den Ortungsdienst. Es dauerte einen Augenblick, bis die Karte geladen war. Ungeduldig kratzte ich über das Mousepad. Schließlich entdeckte ich einen blinkenden Punkt, der mir anzeigte, wo sich mein iPhone gerade befand. Offensichtlich hatte das Biest einen Bus oder die Straßenbahn genommen, denn der Punkt bewegte sich ziemlich flott vorwärts. Mittlerweile war sie in der Altstadt. In unmittelbarer Nähe zum Marktplatz.

Einen kurzen Augenblick überlegte ich, ob ich ihr einen richtig fiesen Ton senden oder die Kamera aktivieren und ein Foto von ihr schießen sollte, das ich auf sämtlichen Netzwerken posten würde. *Diese Bitch hat mein Handy geklaut!* oder so. Doch dann ließ ich es bleiben. Es war kindisch. Außerdem würde ich auf diese Art mein iPhone auch nicht zurückbekommen.

Ich konnte natürlich zur Polizei gehen. Aber bis die in die Gänge käme, wäre das Biest bestimmt schon über alle Berge. Nein, ich würde es mir selbst zurückholen. Wenn es nicht klappte, konnte ich hinterher immer noch Anzeige erstatten.

Zum Glück hatte meine Mum ihr Smartphone zu Hause gelassen. Sie nahm es nie mit in die Ferien, aus Angst, die Uni könnte aus irgendeinem Grund anrufen und ihr die Urlaubsstimmung vermiesen. Ich zog es aus ihrer Schreibtischschublade und schaltete es an. Jetzt würde ich mein eigenes iPhone auch unterwegs verfolgen können. Und es diesem Miststück bei erster Gelegenheit wieder abluchsen.

Während ich mich anzog und mein Bike aus der Garage zerrte, verfolgte ich den kleinen blinkenden Punkt auf dem Display. Sie war immer noch in der Altstadt. Doch jetzt bewegte sich der Punkt langsamer.

Na warte!, dachte ich und schwang mich auf den Sattel. Mit einer gehörigen Portion Adrenalin in den Adern machte ich mich auf den Weg in die Stadt.

NIKA

»Was soll die Scheiße?! Ihr habt gesagt, die sind im Urlaub!«, schrie ich Igor und Pavel an. Zum Glück war der Spinner zu langsam gewesen. Er hatte nicht mitbekommen, dass ich in Igors Auto gestiegen war. Ich rappelte mich vom Rücksitz hoch und fauchte Igors Augen im Rückspiegel an. »Der Typ hat mir fast den Arm gebrochen!«

»Hast du ihn mitgebracht?«, fragte Igor ungerührt.

»Was?« Typisch!, dachte ich. Ihn interessierte wieder mal nur das eine. »Nein, Mann! Wie hätte ich den denn so schnell finden sollen?«

»Dann musst du noch mal rein. Stjepan will die Karre. Und ich hab versprochen, dass du lieferst.«

»Spinnst du? Der Kerl hat mich doch gesehen.« Ich war ja wohl nicht lebensmüde!

»Na und? Dann sorg einfach dafür, dass er dich das nächste Mal nicht sieht.«

Igors Stimme klang ruhig. Zu ruhig. Es war gefährlich, ihn zu reizen.

Trotzdem tat ich es. »Dann geh eben selbst da rein, wenn du Stjepan das Auto versprochen hast. Idiot!«

Igor trat so heftig auf die Bremse, dass ich fast durch die Frontscheibe geflogen wäre. Er fuhr zu mir herum und funkelte mich an. »Pass mal auf, Nika. Du wirst tun, was ich sage, sonst wird es dir später leidtun. Kapiert?«

Ich verdrehte genervt die Augen. Was glaubte der eigentlich? Ich war doch nicht seine Sklavin.

In diesem Moment fuhr Igors Hand blitzschnell an meine Kehle. Ich versuchte zurückzuweichen, aber er packte nur noch fester zu. Seine Finger krallten sich unter meinen Ohrläppchen in die Haut.

»Ob du kapiert hast?«, zischte er und zerrte mich zu sich heran. Ich klemmte mit den Schultern zwischen den beiden Vordersitzen und konnte weder vor noch zurück. Sein Atem stank nach Zigaretten. Ich biss die Zähne fest zusammen und hielt die Luft an.

Früher hatte Igor mir Angst eingejagt. Er hatte mich oft verprügelt, wenn wir zusammen unterwegs waren und es mit der Beute nicht so recht geklappt hatte. Wenn Stjepan Stress machte, war Igor immer bereit, mir die Schuld in die Schuhe zu schieben. Und Stjepan glaubte ihm meistens.

»Komm, Igor, lass sie«, schaltete sich Pavel dazwischen. »Das mit dem Auto, das klappt schon noch. Wir probieren es die Tage einfach noch mal.«

Igor ignorierte ihn. Sein Blick fixierte mich. Doch immerhin lockerte er seinen Griff, sodass ich mich befreien konnte. Ich ließ mich nach hinten fallen und schnappte nach Luft. Dieser Wichser! Was glaubte der eigentlich?

Schweigend fuhren wir weiter stadteinwärts. Es gab da noch zwei Adressen, die ich klarmachen sollte, bevor ich Igor loswerden würde. Unauffällig legte ich die Hände um meinen Brustkorb und tastete nach dem Handy, das ich vorhin mitgenommen hatte. Jetzt steckte es unter meinem rechten Arm in meinem Sport-BH. Hoffentlich klingelte es nicht plötzlich! Ich musste es unbedingt noch abschalten. Igor und Pavel würden es mir sofort abnehmen und verticken. Doch ich wollte ein Mal etwas für mich haben.

»Zweiter Stock«, riss Pavel mich aus meinen Gedanken. »In der Wohnung unten ist eine Zahnarztpraxis. Um reinzukommen, spiel die Patientennummer. Die Wohnung unterm Dach steht leer, die musst du nicht checken. Alles klar?«

Ich nickte und stieg aus dem Auto. Der Himmel hatte sich bedeckt und Wind war aufgekommen. Bestimmt würde es bald regnen. Ich lief die Straße entlang auf das Haus zu. Es war ein Eckhaus, und genau wie Pavel es beschrieben hatte, befand sich unten eine Zahnarztpraxis.

Ich klingelte bei Dr. Martin. Fast im gleichen Augenblick ertönte ein Summer und die Tür ging auf. Ich betrat den Hausflur und orientierte mich rasch: ein sauber gewischter Steinfußboden mit bunten Ornamenten. Frisch getünchte Wände. Eine weiße Stuckdecke mit fetten Engeln. Eine breite Holztreppe, die im Dämmerlicht matt schimmerte. Rechts die Praxis. Keine Wurfsendungen oder Flyer, die achtlos herumlagen. Keine abgestellten Fahrräder. Kein Kinderwagen. Kein Müll.

Ich hob den Kopf und sog die Luft im Treppenhaus ein. Jedes

Haus hatte seinen ganz eigenen Geruch. Dieses hier roch nach sauberer Wäsche und altem, frisch gewachstem Holz. Außerdem nach Desinfektionsmittel, was ganz sicher mit der Zahnarztpraxis zusammenhing. Es roch nach einem geregelten Leben. Nach Sauberkeit, Ordnung und nach Geld. Genau wie Pavel es vermutet hatte.

Pavel war unser Scout. Er kundschaftete die Gegend aus, beobachtete die Menschen und fand heraus, wo sie wohnten, wann sie zur Arbeit gingen und welche Autos sie fuhren. Dann erstattete er Igor Bericht. Der besprach sich mit Stjepan und dieser gab grünes Licht, sobald er einen Abnehmer gefunden hatte. Manche Autos wurden direkt hinter der Grenze in ihre Einzelteile zerlegt. Andere als Ganzes verhökert. Und manche, die besonders schicken, gingen direkt an unseren *Big Boss*.

Ich fummelte das Handy aus meinem BH und schaltete es ab. Dann folgte ich den knarzenden Stufen nach oben. Die Wohnungstür im ersten Stock war weiß lackiert und hatte einen geriffelten Glaseinsatz, durch den ich nichts erkennen konnte. Vor der Tür lag eine Fußmatte. »Welcome« stand darauf. Nicht dass das für mich gegolten hätte. Ich war hier nicht willkommen.

Versuchsweise drückte ich auf den Klingelknopf. Hinter der Tür schrillte es auf. Einmal. Zweimal. Nichts. Also warf ich einen letzten Blick über die Schulter, dann zog ich den Flipper aus meiner Jeans. Ich hatte ihn aus einer leeren Shampooflasche gebastelt. Ein Streifen Plastik, elastisch und stabil genug, um ihn auf Höhe der Türklinke in den Türspalt zu schieben und den Schließkolben nach innen drücken zu können. Bei diesen alten Wohnungstüren klappte das meistens.

Es klickte leise und schon schwang die Tür auf. Sorgfältig

streifte ich meine Schuhe an der Fußmatte ab und betrat die Wohnung. Im Fernsehen hinterließen Einbrecher immer ein Mordschaos. Doch Stjepan hatte mir eingebläut, wie wichtig es war, dass die Leute erst spät erkannten, dass jemand Fremdes in ihrer Wohnung gewesen war. Je länger diese Erkenntnis zum Durchsickern brauchte, desto mehr Abstand hatte man zwischen sich und die Bewohner gebracht.

Ich zog die Wohnungstür hinter mir zu und blickte mich um. Ein Hauch von Parfum kitzelte meine Nase. Es stammte aus einem kleinen blauen Flakon, das auf einem gläsernen Board stand. Ich schnupperte an dem Fläschchen. Es roch gut, etwas schwer vielleicht, aber hey – was soll's? Während ich mich damit einnebelte, fiel mein Blick in den Spiegel, der über dem Board hing: Mein Gesicht passte irgendwie nicht zu dem Parfum. Buschige Augenbrauen, pickelige Stirn, wirre Haare ohne Schnitt. Als ich das letzte Mal mit Lidstrich nach Hause kam, hatte Stjepan mir eine geknallt. Schminke war nicht. Damit mir die Polizei mein Alter abnahm. Strafmündig war man erst mit vierzehn, also achtete Stjepan darauf, dass ich jünger aussah. Damit ich schnell wieder freikam, falls die Bullen mich erwischten. Denn Stjepan zählte auf mich. In den Ausweisen, die er mir besorgte, stand, dass ich zwölf sei. Und dass ich Ylva hieß. Manchmal auch Christina oder Liliana. Hin und wieder musste ich selbst nachsehen. Meine Eltern hatten mich »Nika« genannt. Nika, die Siegerin. Meine Eltern waren tot. Das hatte ich für mich so entschieden.

Ich steckte das Parfum trotzdem ein und ließ meinen Blick durch die Diele schweifen. Alles war picobello aufgeräumt. In dem verspiegelten Garderobenschrank hingen ordentlich ein paar Wintermäntel nebeneinander und die Schuhe auf einem

Brett darunter waren nach Farben sortiert. Auf einem Sideboard entdeckte ich mehrere gerahmte Fotos. Ein Paar wie aus einem Werbespot für Parship, glücklich lächelnd, sie im Hochzeitskleid, er im Smoking. Silberrahmen. Daneben Bilder vom Skifahren. Bilder auf einem Segelboot. Schlüsselbrett? Fehlanzeige.

Der Parkettboden unter meinen Füßen knarzte leise, als ich durch den langen Flur schlich. Gegenüber der Eingangstür lag die Küche. Aus Erfahrung wusste ich, dass ich dort nichts Interessantes finden würde. Silberbesteck horteten die Leute lieber in Extraschubladen im Wohnzimmer. Und so, wie ich die Bewohner dieser Bude einschätzte, bewahrten sie auch kein Bargeld in der Küchenschublade auf.

Im Vorbeigehen erhaschte ich einen Blick ins Wohnzimmer: halbrunder Erker mit schwarzem Flügel, aufgeklappt und auf Hochglanz poliert. Teuer, aber nicht zu transportieren. Dann schon eher das Gemälde an der Wand über dem Ledersofa oder die coole Flachbildglotze. Ich schoss von beidem ein Foto. Falls Stjepan Interesse hatte, würden meine Cousins später noch mal vorbeikommen und die Wohnung im großen Stil checken.

Rechts eine etwas schmalere Tür mit Lüftungsschlitzen. Ich stieß die Tür auf. Das Gästeklo. Der aufdringliche Geruch von Duftstäbchen stieg mir in die Nase. Sie steckten in einer schlanken Vase auf einem Glasboard. Daneben ein paar Gästehandtücher. Handcreme, Haarspray. Ich probierte beides aus. Die Handcreme roch megagut nach Rose und ich steckte sie ein. Das Spray war Mist. Meine Haare verklebten und stanken wie die Pest. Egal, ich musste weiter.

Gegenüber das Arbeitszimmer. Nicht besonders groß, aber hell, was an den beiden hohen Sprossenfenstern lag, die zur

Straße hinausgingen. Dazwischen ein Schreibtisch aus dunklem Holz. Es war ein antikes Teil mit schwerer Marmorplatte, darauf ein paar Stifte, ein Notizbuch und ein riesiger Bildschirm mit dem markanten Äpfelchen. Auch davon machte ich ein Foto.

Die erste Schreibtischschublade klemmte, doch nach einigem Rütteln konnte ich sie aufziehen: Eine kleine Ledermappe mit zwei Kreditkarten wanderte in meinen Rucksack. In der zweiten entdeckte ich dann, wonach ich eigentlich suchte: einen Autoschlüssel. Es war einer dieser Funkschlüssel, die in einem rechteckigen Kunststoffgehäuse steckten. Man musste ihn nur in das Fahrzeug legen und auf den Startknopf unter dem Lenkrad drücken und schon sprang der Motor an. Die Fahrzeugpapiere steckten meist unter der Sonnenblende. Bei einer Verkehrskontrolle konnte man notfalls sagen, dass das Auto geliehen sei. Natürlich funktionierte das nur, solange der Wagen nicht als gestohlen gemeldet wurde. Daher musste einer von den Jungs auch sofort aufbrechen. Ich musste mich beeilen.

Ein paar meiner Cousins knackten die Autos mit einem Funkwellenverlängerer. Für diese Methode mussten sie nicht einmal in die Häuser hinein. Es genügte, wenn sie sich dicht vor die Haustür stellten. Die meisten Leute hängten ihre Autoschlüssel an ein Schlüsselbrett direkt neben der Haustür. Man musste die Funkwellen nur orten und ein Stück verlängern, bis das Auto das Signal erkannte und die Türen entriegelte. Ein weiteres Signal und der Wagen sprang an. Er lief so lange, bis der Tank leer war – komplett ohne Schlüssel. Das Ganze klappte allerdings nur, wenn das Auto direkt vor der Haustür geparkt war. In der Stadt standen die Fahrzeuge meist auf Anwohnerparkplätzen irgendwo in der Straße. Ein Funkwellenverlängerer brachte da gar nichts. In so einem Fall kam ich ins Spiel. In meiner Familie war ich Champion im *Homejacking*.

Ich steckte den Schlüssel in meine Jeans und untersuchte die letzte Schublade. Dort stieß ich auf einen Reisepass, ausgestellt auf den Namen Mirjam Reinert. Er war noch vier Jahre gültig, also nahm ich ihn ebenfalls an mich. Über Pässe freute Stjepan sich immer ganz besonders. Wie erwartet fand ich kein Bargeld. Vermutlich hatte Frau Reinert ein gut gefülltes Konto auf der Bank und zahlte immer nur mit ihrer Kreditkarte. Aber vielleicht würde ich etwas Schmuck finden. Mit ziemlicher Sicherheit im Schlafzimmer und mit noch mehr Glück auch einen Tresor. Den würden Igor und Pavel dann mit noch ein paar anderen bei Gelegenheit abholen.

Ich warf einen Blick auf meine Uhr. Acht Minuten waren vergangen. Bis jetzt lag ich gut in der Zeit. Doch ich wollte keinen Ärger mit Igor riskieren. Schon gar nicht nach unserem Krach von eben. Mein Cousin war schon immer aufbrausend gewesen, aber seit ich ihn letztens habe abblitzen lassen, war es besonders schlimm. Vielleicht hätte ich ihm nicht auch noch eine scheuern sollen. Obwohl – er hatte es verdient. Keiner durfte mich einfach so anbaggern. Und schon gar nicht Igor! Jedenfalls behandelte er mich seitdem nicht nur wie Dreck, sondern spielte sich auch noch als mein Boss auf. Dabei waren wir ein Team. Schon seit Jahren.

Die Tür zum Schlafzimmer war angelehnt. Ich stieß sie vorsichtig auf – und bekam den Schreck meines Lebens. Auf dem frisch gemachten Bett lag die fetteste Katze, die ich je gesehen hatte. Sie starrte mich aus grünen Augen an, während ihr Schwanz gereizt hin und her zuckte. Ihr schwarzes Fell war lang und wuschelig und um den Hals trug sie ein Halsband mit einem kleinen silbernen Glöckchen.

Ich stieß die Luft aus und wandte mich ab. Katzen waren kein Problem. Sie bellten nicht und verteidigten auch keine Wohnungen. Da waren Hunde eine ganz andere Nummer. Seit mich einer mal gebissen hatte, machte ich einen großen Bogen um Hundewohnungen.

Unter dem Blick der Katze zog ich Schubladen auf und wühlte mich durch Unterwäsche, Seidenstrümpfe und Nachthemden, doch ich fand nichts Interessantes. An der Wand gegenüber des Betts stieß ich auf eine altmodische Schminkkommode aus rötlichem Holz mit ovalem Spiegel und geschliffener Glasplatte. Darauf ein Glasschälchen mit Perlensteckern und einer goldenen Armbanduhr. In den drei Schubfächern links und rechts vom Spiegel stöberte ich zwei Broschen mit Elfenbeingesichtern, eine Samtdose mit einer Perlenkette, einige Ohrringe und mehrere Goldringe mit Glitzersteinen auf. Nicht schlecht, dachte ich und kramte in meinem Rucksack, bis ich die Coladose fand. Sie sah täuschend echt aus, war aber in Wirklichkeit ein kleiner Safe, der sich schon oft bewährt hatte. Ich schraubte ihn auf und versenkte meine Beute in seinem Inneren. Einen Tresor fand ich nicht.

So langsam wurde es Zeit. Mehr als dreizehn Minuten brauchte ich selten für eine Wohnung. Außerdem warteten Igor und Pavel auf den Autoschlüssel.

In der Küche warf ich einen schnellen Blick in den Kühlschrank. Er war bis zum Anschlag gefüllt mit leckerem Zeug. Neben einer Käse- und Wursttüte lachte mich vor allem eine goldgelbe Honigmelone an. Schade, dass ich die nicht mitnehmen konnte, denn als Snack für zwischendurch war eine Melone ziemlich unpraktisch. Am Ende entschied ich mich für eine Tafel Nuss-Nugat-Schokolade. Nicht unbedingt meine Lieblingssorte, aber ich hatte noch nicht gefrühstückt und so schnell würde ich auch nichts bekommen. Also steckte ich sie ein.

Ich kehrte in die Diele zurück und legte mein Ohr an die Wohnungstür. Im Treppenhaus war alles still. Vorsichtig drückte ich die Klinke herunter und spähte hinaus. Da niemand zu sehen war, schlüpfte ich aus der Wohnung und zog die Tür leise hinter mir zu.

Hat mich gefreut, Frau Reinert!, dachte ich und lief die Treppe hinunter. Gleich darauf fiel die schwere Eingangstür hinter mir ins Schloss.

NIKA

Draußen empfing mich der Duft der Großstadt an einem schwülen Sommertag. Ich mochte diese Jahreszeit, und besonders aufregend fand ich, dass jede Stadt ihren ganz eigenen Geruch hatte. Genau wie die Häuser und Wohnungen, die ich auscheckte, nur dass dieser Geruch vielschichtiger war. Gewaltiger. Seit ich mit knapp sechs Jahren nach Deutschland gekommen war, hatte ich schon viele dieser Gerüche kennengelernt, denn Stjepan sorgte dafür, dass wir nie lange an einem Ort blieben. Oft waren es nur ein paar Tage, dann reisten wir schon zur nächsten Station.

Zufrieden schulterte ich meinen Rucksack und machte mich auf den Weg Richtung Treffpunkt. Den Rucksack hatte ich letzte Woche bei Kaufhof mitgehen lassen. Er war cool, außerdem hatte er mehrere Innentaschen mit Reißverschlüssen, in denen ich mein Werkzeug verstauen konnte. Stjepan mochte es nicht, wenn ich es im Rucksack mit mir herumtrug. Er hatte mir eingeschärft, dass ich es in meinen BH oder ins Höschen stecken sollte. Das wäre sicherer bei einer Razzia, meinte er. Aber Stjepan konnte mich mal. Er hatte keine Ahnung, wie unbequem es war, wenn man den ganzen Tag mit einem Schraubenzieher im BH herumlief!

Im Gehen holte ich mein Handy aus der Tasche. Nicht das schicke von dem Typen, der mich vorhin erwischt hatte, sondern mein eigenes. Das von Tchibo. Pavel hatte es mir gegeben und er ersetzte es regelmäßig durch ein neues. Es zeigte zwanzig nach zwölf und den Eingang eines Anrufs an. Vermutlich hatte Igor sich gemeldet. Bestimmt wartete er irgendwo ungeduldig auf den Schlüssel. Ich tippte auf die Nummer. Igor ging fast unmittelbar ran.

»Wo bleibst du?«, bellte er.

»Wo seid ihr?«, antwortete ich mit einer Gegenfrage. Er konnte mir gar nichts. Solange ich die Schlüssel organisierte, stand Stjepan hinter mir. Und Stjepan war nun mal auch Igors Boss.

»Gleiche Straße, Hausnummer 56«, knurrte er. »Beweg deinen Arsch!«

»Blödmann«, brummte ich und steckte das Handy weg. Richtig, dort hinten erkannte ich Igors Karre, eingezwängt zwischen einem SUV und einem weißen Lieferwagen. Und wo war die Reinert-Karre? Ich tastete nach dem Autoschlüssel in meiner Jackentasche und drückte immer wieder auf die Fernbedienung. Nichts passierte. Doch kurz bevor ich Igors Wagen erreichte, blinkte es drei Autos vor mir kurz auf. Ein silberner Audi. Bingo! Genau wie Pavel es gesagt hatte.

Ich lief an dem Wagen vorbei und warf einen unauffälligen Blick durch das Seitenfenster. Navigationssystem in der Mittelkonsole, Ledersitze. Mehr konnte ich im Vorbeigehen nicht erkennen. Aber die Karre sah teuer aus. Bestimmt hatte Stjepan schon einen entsprechenden Abnehmer im Auge.

Plötzlich packte mich jemand von hinten an der Schulter. Ich fuhr herum. Rote Haare, Sommersprossen. Der Typ aus dem Haus heute Morgen! Wie zum Teufel hatte der mich gefunden? »Hey!«, blaffte ich ihn an, während ich seine Hand abstreifte.

Er war ungefähr einen Kopf größer und vielleicht ein, höchstens zwei Jahre älter als ich. Und obwohl ich eigentlich nicht auf Jungs mit roten Haaren stand, fand ich schon, dass er ziemlich gut aussah. Auch wenn er jetzt natürlich ein Shirt und Jeans trug. Er war groß und schlank und hatte total süße Locken, in denen ich gerne mal herumgewuschelt hätte. Aber im Augenblick war das wohl eher nicht angebracht.

»Mein Handy«, sagte er und ich hörte die unterdrückte Wut in seiner Stimme. Auffordernd streckte er seine Hand aus.

»Spinnst du?«, fauchte ich und versuchte, mich an ihm vorbeizuschieben. Doch er packte meinen Arm. »Mann, verpiss dich!«

»Du hast mein Handy geklaut«, knurrte er, diesmal etwas lauter. »Los, her damit!«

»Hallo? Wovon redest du? Lass mich in Ruhe!« Aus dem Augenwinkel sah ich, wie Igors Autotür aufschwang.

»Von meinem Handy, das du mir vor knapp drei Stunden geklaut hast«, schnauzte der Typ und packte meinen Arm fester. »Bei mir zu Hause, in meiner eigenen Bude!«

Ich begann zu schreien. Ich wusste genau, wie die Szene auf andere wirken musste: Ein Kerl macht sich an ein Mädchen heran. Sie wehrt sich, er wird aufdringlich, sie beginnt zu kreischen. Er hatte keine Chance. Um diese Zeit waren so viele Leute unterwegs. Irgendeiner würde mir bestimmt gleich helfen. Igor und

Pavel stiegen aus. Beinah gleichzeitig schlossen sie die Wagentüren und kamen langsam auf uns zu. Da der Typ mit dem Rücken zu den beiden stand, bemerkte er sie nicht.

»Okay, dann hol ich jetzt die Polizei«, sagte er und zog ein anderes Handy aus der Tasche.

In diesem Moment legte Igor ihm die Hand auf die Schulter. Als der Kerl herumwirbelte, schoss Igors Faust nach vorne und krachte dem Roten mitten ins Gesicht. Der Typ ließ meinen Arm los und taumelte rückwärts. Seine Nase blutete heftig. Er riss die Hände hoch, um einen weiteren Schlag abzuwehren. Blut quoll zwischen seinen Fingern durch.

Mein Magen rebellierte. Ich rannte zum Auto und verzog mich auf den Rücksitz. Ich wollte nicht sehen, wie Pavel und Igor ihn fertigmachten. Ich hasste diese Machonummer! Trotzdem musste ich immer wieder hinschauen. Kein Mensch kam ihm zu Hilfe. Auch nicht, als der Typ zu Boden ging und sich zusammenkrümmte, während meine Cousins abwechselnd auf ihn eintraten. Wenn die so weitermachen, bringen sie ihn um, schoss es mir durch den Kopf. Doch zum Glück kamen die beiden kurz darauf zum Auto zurück. »Und?«, fragte Igor ungeduldig und ohne den Vorfall von eben zu erwähnen. »Hast du ihn?«

Mit klammen Fingern kramte ich den Autoschlüssel hervor. »Ein Audi«, sagte ich. »Silbermetallic.«

»Geil!« Ein Grinsen huschte über Igors Gesicht. Im nächsten Moment hatte er auch schon sein Handy am Ohr. »Stjepan? Ja, ich bin's. Wir haben ihn. … Heinrich-Heine-Straße. … Ja, Pavel übernimmt das … Ja, jetzt gleich … Sechs Stunden. Gleicher Ort, wie letztes Mal? Okay, bis dann … « Er steckte sein Handy weg und nahm mir den Schlüssel ab. Vermutlich würde er selbst gerne eine Runde mit der Karre drehen, doch heute war Pavel dran. »Hier«, sagte er und übergab Pavel den Schlüssel. »Der Rastplatz hinter der Grenze.«

Pavel stieg aus und klopfte zum Gruß kurz auf das Autodach. Dann schlenderte er an dem Jungen vorbei, der immer noch zusammengekrümmt am Boden lag, stieg in den Audi und startete den Motor.

Igor fuhr ebenfalls los. Durch die Heckscheibe sah ich, wie der Rote sich langsam aufrappelte. Eine Oma mit Hund wechselte die Straßenseite, als sie ihn bemerkte. Immerhin lebte er!

JONAS

Ich saß in einem Aquarium. Zumindest sah es so aus. Ein großer Glaskubus, von oben mit kaltem Neonlicht beleuchtet. Eine Klimaanlage summte.

Die Einrichtung eher sparsam, vermutlich damit man besser wischen konnte. Falls einer alles vollblutete. Oder kotzte. Grauer Linoleumboden. Ein Abfalleimer. Ein Waschbecken mit Spiegel. Ein Spender mit Desinfektionsmittel. Eine Reihe Stühle, alle kinomäßig auf zwei Bildschirme ausgerichtet.

Auf dem ersten lief NTV ohne Ton. Irgendeine Schießerei in einem amerikanischen Verwaltungsgebäude. Zwölf Tote. Darunter die Börsendaten. Das Wetter. Immer wieder im Wechsel. Auf dem zweiten blinkten in quälend langen Abständen Zahlen auf: U507 – C3. U512 – C2. U509 – C4. Mir wurde schlecht, wenn ich zu lange hinsah. Trotzdem musste ich. Ich wollte meine Zahl nicht verpassen.

Drei Stunden waren bereits vergangen. Die Informationen

über den Anschlag hatten sich schon viermal wiederholt, aber meine Nummer war immer noch nicht aufgerufen worden.

U518. Den Zettel hatte ich am Empfang gezogen. Dort wo mich der Pförtner hingeschickt hatte, nachdem er kurz von seiner Zeitung aufgeblickt hatte. »Den Gang runter und dann rechts«, hatte er aus seiner Glaskabine genuschelt.

Die Frau in babyblauer Krankenschwesterkleidung war da schon ein wenig gesprächiger. Sie werkelte hinter einem Stehpult und sah auf. »Schlägerei?«, fragte sie mit Blick auf meine Nase. Ich nickte und hoffte, sie würde jetzt nicht weiterfragen. Ich hatte keine Lust, ihr die ganze Story mit dem Einbruch und den beiden Rambos zu erzählen. Am Ende würde sie die Polizei benachrichtigen und ich hätte einen Haufen Stress an der Backe.

»Sonst irgendwelche Beschwerden?«

Ich griff nach meiner rechten Seite und verzog das Gesicht. »Hier«, ächzte ich. »Meine Rippen …«

»Rippen, Brustkorb? Tut's auch beim Atmen weh?«

Ich nickte und sie machte sich eine Notiz. »Dann bräuchte ich jetzt noch deine Versichertenkarte.«

Würde sie mich sonst wieder wegschicken? Ich fragte lieber nicht nach, sondern kramte in meinem Portemonnaie. Ein Wunder, dass ich es überhaupt eingesteckt hatte.

Sie checkte die Karte und übergab mir den Zettel mit besagter Nummer. »Nimm noch einen Augenblick dahinten Platz. Du wirst dann aufgerufen.«

Einen Augenblick – was immer das heißen mochte. Ich schlurfte zu dem Aquarium und ließ mich stöhnend auf einen Stuhl in der zweiten Reihe sinken. Mir war kotzübel. Der Geschmack von Blut klebte auf meiner Zunge. Ich sollte wohl froh sein, dass die

Typen keine Waffen dabeigehabt hatten. Trotzdem: Einen Augenblick hatte ich gedacht, die machen mich platt. Vor allem, als sie auf mich eingetreten hatten. Wenigstens hatten sie mir keinen Finger gebrochen. Keyboardspielen würde noch gehen.

Die Stühle waren hart und unbequem, und ich wusste nicht, wie ich mich hinsetzen sollte. Unruhig rutschte ich auf meinem Plastiksitz herum. Um mich abzulenken, blickte ich mich im Raum um. Außer mir gab es noch einen fetten Alten im Feinripp-Unterhemd, Jogginghose und Sandalen. Außerdem eine ältere Frau mit Kopftuch und deren jüngere Begleitung. Sie unterhielten sich leise in einer Sprache, die ich nicht verstand. Arabisch vielleicht. Ab und zu hörte ich deutsche Begriffe wie »Mittagsschlaf« oder »Kindergarten« heraus.

Wieso war die Situation dermaßen aus dem Ruder gelaufen? Und wo waren die Typen so plötzlich hergekommen? Irgendwie mussten die zufällig in einem der geparkten Autos gewartet haben. Vielleicht hatten sie Mittagspause gemacht. Und dann hatten die gedacht, dass ich das Mädchen belästigen wollte. Sie waren ausgestiegen, um ihr zu helfen. Ich unterdrückte ein Schnauben. Ich und Mädchen antanzen – was für ein Witz! Ich wurde ja schon nervös, wenn mich eine nach der Uhrzeit fragte.

Moment.

War sie nicht bei denen ins Auto gestiegen? Das hatte ich am Rande noch mitbekommen. Man steigt doch nicht einfach bei Typen ins Auto, die man vorher noch nie gesehen hat! Oder hatten die sich gekannt?

U506 – C2. Ging das hier rückwärts oder was? Wie notfällig musste man sein, um schneller dranzukommen? Mein Schädel brummte. Damit er nicht platzte, beugte ich mich vor und hielt ihn mit beiden Händen fest. Dabei wurde mir schlecht. Meine Nase begann wieder zu bluten. Ich presste zwei Finger gegen meinen Nasenflügel und stand auf. Während ich ein Papiertuch aus dem Spender riss, fiel mein Blick in den Spiegel über dem Waschbecken.

Mann, war ich das?! Ich sah aus wie ein Zombie! Mein linkes Auge war zugeschwollen, mein Shirt voller Blut.

Ich presste das Tuch an meine Nase und wankte zurück auf meinen Platz. Die Nase pochte und der Druck auf meinen Schädel nahm sekündlich zu.

Wenn hier nicht bald was passierte, würde ich denen Grund zum Wischen geben. Zum Glück war das Elisabethenstift nur ein paar Häuserblocks entfernt gewesen. Sonst hätte ich mich nicht hierhergeschleppt. Apropos – wo war eigentlich mein Fahrrad? Das hatte ich ja total vergessen!

U516 – C4. Der Alte erhob sich und schlurfte nach draußen. Das Summen der Klimaanlage machte mich fertig. Außerdem war mir kalt. Ich zitterte wie blöd. Wie peinlich, wenn ich jetzt hier auch noch kollabierte!

Wieso hatte mir keiner geholfen? War da nicht diese Frau mit dem Hund gewesen? Die musste das doch mitgekriegt haben! Wenigstens die Polizei hätte sie rufen können. Aber sie war auf einmal weg gewesen.

Überhaupt – ich kriegte das Ganze immer noch nicht so ganz auf die Kette. Mal angenommen, die Typen hatten das Mädchen gekannt und im Auto auf sie gewartet, während sie – ja was eigentlich? Was hatte sie in dem Haus gemacht, aus dem sie kurz zuvor gekommen war? Sie war ja wohl kaum beim Zahnarzt gewesen! Vielleicht – oh Mann! –, vielleicht war sie da ja auch eingestiegen. So wie bei mir! Und die Typen hatten unten Schmiere gestanden!

U518 – C3. Das war ich! Endlich. Ich sprang auf, und der Raum begann, sich um mich zu drehen. Ich griff nach der nächsten Stuhllehne.

»Alles gut?«, fragte das Mädchen, das die ältere Frau begleitete.

»Geht schon«, murmelte ich und stolperte zum Ausgang.

C3 war ein Behandlungszimmer. Es lag hinter einer Schiebetür und sah aus wie die Pathologie in einem schlechten Tatort: weiß gekachelt und mit viel Edelstahl.

Ein Arzt, etwa Mitte dreißig, saß hinter seinem Schreibtisch und starrte auf den Bildschirm vor mir. »Setz dich«, sagte er, ohne mich anzusehen. »Bist du auf die Nase gefallen oder gab es eine direkte Gewalteinwirkung?«

»Ja«, antwortete ich. Er sah irritiert zu mir auf. »Also Letzteres«, schob ich nach. Meine Nase war mittlerweile so zugeschwollen, dass es klang, als hätte ich die Erkältung meines Lebens.

Der Doc erhob sich und kam um den Schreibtisch herum. Dabei streifte er sich ein paar Latexhandschuhe über. Mir brach der Schweiß aus. Ich bin kein Held, was Schmerzen betrifft. Oder Blut. War ich noch nie. Ich meine, ich werde nicht bewusstlos oder so. Glaub ich zumindest. Aber mir wurde immer gleich schlecht.

»Das wird jetzt etwas wehtun«, sagte der Arzt und betastete mein Nasenbein. Es knirschte, als er mit einer Art Zange meine Nase von innen beäugte.

»Das sollten wir röntgen«, murmelte er. »Wie ist es mit Luftholen?«

Ich gab einen undefinierbaren Laut von mir.

»Also eher nicht. Wie sieht es mit dem Brustbereich aus? Mach mal den Oberkörper frei.«

Stöhnend schälte ich mich aus meinem versifften T-Shirt. Meine Rippen schmerzten wie Hölle und ich bekam kaum Luft. Misstrauisch beobachtete ich, wie der Arzt meine Brust und den Bauchraum abtastete.

»Das sollten wir ebenfalls röntgen«, bemerkte der Doc schließlich und kehrte zu seinem Schreibtisch zurück. »Und einen Ultraschall machen wir auch – zur Sicherheit. Melde dich vorne im Wartebereich zum Röntgen an. Danach sehen wir uns noch mal.«

Ich verließ das Schlachthaus und meldete mich beim Röntgen an. Zum Glück ging es von da an etwas flotter. Nachdem ich Röntgen und Ultraschall hinter mich gebracht hatte, durfte ich wieder zu meinem Doc in die Pathologie.

»Hm, zwei gebrochene Rippen«, murmelte der Arzt, nachdem er einen Blick auf das Röntgenbild geworfen hatte. »Zum Glück stecken die nicht in deiner Lunge. Ich geb dir ein Schmerzmittel mit. Mehr kann man da nicht machen.« Während er in einem Schrank in der Ecke kramte, fügte er hinzu: »Die Organe sind übrigens so weit okay. Da hast du wirklich Glück gehabt. Aber du wirst ganz ordentliche Hämatome im Brustbereich bekommen. Im Gesicht übrigens auch. Warn schon mal deine Freundin vor.« Er lachte über seinen gelungenen Joke. Ich nicht, denn im nächsten Moment drückte er meine gebrochene Nase in eine Plastikschiene und fixierte das Ganze mit mehreren Pflastern. Ich stöhnte und winselte, während mir Tränen über die Backen liefen. Oh Gott, es war so peinlich!

Der Doc ignorierte es taktvoll. »Die Nase unbedingt kühlen«, sagte er. »Kein Aspirin, kein Ibuprofen und natürlich auch kein Sport, sonst geht das Nasenbluten wieder los. Und Anzeige erstatten! Unter Umständen hast du Anspruch auf Schmerzensgeld.«

Ich nickte, obwohl ich wusste, dass ich genau das mit Sicherheit nicht tun würde. Nach knapp vier Stunden durfte ich das Elisabethenstift endlich verlassen. Als Diagnose stand auf dem Arztbericht: »Unverschobene Nasenbeinfraktur, Thorax- und Schulterprellung rechts, Rippenserienfraktur rechts«.

»Anzeige erstatten«, näselte ich auf dem Weg nach draußen. »Bin ich bescheuert?« Diese drei waren ein Team, das war mir jetzt so was von klar. Sie zogen herum und plünderten Wohnungen. Vermutlich schickten sie das Mädchen vor, weil es so harmlos und nett aussah. Und dann teilten sie die Beute. Oder noch schlimmer: lieferten sie an irgendeinen Zampano ab. Und genau den hätte ich dann am Hals, falls ich die Typen verpfeifen sollte. Von wegen, Anspruch auf Schmerzensgeld. Anspruch auf noch mehr Schmerzen, das garantiert. Besten Dank auch!

NIKA

Als wir zu Hause ankamen, packte Igor mich am Arm und zerrte mich in die Küche. »Taschen ausleeren!«, herrschte er mich an.

»Was zum –?«

»Los, ausleeren!«, brüllte er und riss mir den Rucksack aus der Hand. Er zerrte den Reißverschluss auf und kippte den Inhalt auf den Küchentisch. Coladose, Parfum und Pass von Mirjam Reinert vermischten sich mit dem Einbruchswerkzeug und meinen wenigen Habseligkeiten: einem Labello, einigen Tampons und dem Prepaid-Handy.

»Wo ist das Handy?«

Ich blieb cool und zeigte auf das Handy, das er gerade auf den Küchentisch geschleudert hatte. »Na hier!«

»Nicht das!«, bellte er.

»Mann, welches Handy meinst du?« Dieser Arsch! Woher wusste er, dass ich noch ein Handy hatte?

Igor griff in mein Haar und riss meinen Kopf nach hinten. Seine Schweinsaugen funkelten böse. »Das Handy, das du dem Typen geklaut hast. Oder woher wusste der, wo du gerade steckst?«

Ich schluckte. Mein Nacken schmerzte und meine Kopfhaut brannte wie Feuer. »Ich weiß nicht!«, wimmerte ich, weil Igor immer noch nicht lockerließ. »Vielleicht ist er mir gefolgt?«

»Verarsch mich nicht!«, schnaubte Igor. »Der hat dich geortet. Oder kannst du mir erklären, woher der wusste, wo du bist?«

»Ich hab kein Handy von dem! Ehrlich, Igor!« Meine Stimme wurde noch eine Spur heller und die ersten Tränen rannen über meine Backen. Freiwillig würde ich Igor das Handy nicht geben. Niemals! Immer lieferte ich alles brav ab. Jeden Schlüssel und jedes noch so kleine Schmuckstück. Ich behielt auch niemals Geld, wenn ich welches auftrieb. Zumindest nicht alles. Aber dieses Handy, das gehörte mir.

»Ich warne dich! Wenn ich rauskriege, dass du Sachen einsackst, geht's dir wie dem Typen eben. Nur dass du danach nicht mehr aufstehst!«

»Wenn du mich schlägst, erzähle ich Stjepan alles! Auch dass ihr den Jungen verprügelt habt!« Es war ein verzweifelter Versuch, Igor zu drohen. Doch zu meinem Erstaunen klappte es!

»Bitch!« Igor stieß mich weg und ich krachte gegen den Herd. Während mein Cousin nach dem Wodka griff, verzog ich mich in meine Ecke im Wohnzimmer. Dort versuchte ich, mich unsichtbar zu machen. Mit Alkohol war Igor noch unberechenbarer.

Eine Weile döste ich vor mich hin. Aber die Schlägerei von heute Mittag ging mir nicht aus dem Kopf. Wie es ihm wohl ging, dem Jungen mit den roten Haaren? Immerhin hatte er sich wieder aufgerappelt, das hatte ich ja noch gesehen. Aber vielleicht war er auf dem Weg nach Hause irgendwo zusammengeklappt? Weil Igor und Pavel ihm irgendwelche Organe zertreten hatten. Ob jemand einen Krankenwagen für ihn geholt hatte? Die Leute waren so gleichgültig. Wie diese Oma mit dem Hund. Die hatte eiskalt die Straßenseite gewechselt. Obwohl der Junge da noch lag.

Vielleicht war er aber auch direkt zu den Bullen gegangen und hatte Anzeige erstattet. Dann hatten die womöglich eine exakte Beschreibung von Igor und Pavel vorliegen. Und von mir natürlich auch.

Oh Mann, würden die uns jetzt suchen? Andererseits: Die Bullen konnten mir gar nichts. Niemand hatte mich bei den Einbrüchen beobachtet und mit der Ware hatte ich nichts zu tun. Außerdem war die schon auf dem Weg ins Ausland. Dort würde sich jede Spur verlieren.

Ein Geräusch von der Haustür ließ mich aufhorchen. Igor war gegangen und ich hatte endlich Zeit für mein neues Spielzeug! Ich setzte mich an den Küchentisch und zog das Handy hervor. Es war neu. Keine Kratzer, keine Spider-App oder irgendwelche Macken. Als ich es anschaltete, erschien auf dem Touchscreen ein Foto. Ich erkannte zwei schlanke Hände mit langen Fingern auf den Tasten eines Keyboards, eine Menge Knöpfe und Regler, ein Display. Alles in blaues Licht getaucht. Vermutlich war es während eines Auftritts geschossen worden.

Ich drückte auf den Home-Button. Der Bildschirm wurde dunkel. *Code eingeben. Touch ID erkennt deinen Fingerabdruck nicht.*

Mist. Das hätte ich mir denken können. Das Handy war gesperrt. Doch wie sollte ich den Zahlencode herausfinden? Ich wusste nichts über den Typen. Nicht, wann er geboren war, und auch nicht, ob er Geschwister hatte oder eine Freundin, deren Geburtsdatum er hinterlegt hatte.

Auf gut Glück tippte ich sechsmal hintereinander die gleichen Zahlen ein, mit dem Erfolg, dass das Handy für eine Minute gesperrt war. Ich wartete. Dann spielte ich mit den Zahlen von eins bis sechs vorwärts und rückwärts. Wieder nichts. Stattdessen war das iPhone jetzt für fünf Minuten gesperrt. Ich wartete ungeduldig und probierte es dann erneut. *iPhone ist deaktiviert, in fünfzehn Minuten erneut versuchen*. Frustriert warf ich das Handy auf meine Matratze und verschwand im Bad. Unter der Dusche konnte ich am besten nachdenken. Während das heiße Wasser auf meine Haut prasselte, überlegte ich, welche Kombinationen wohl infrage kämen. Unzählige natürlich. Aber vielleicht war es der Geburtstag seiner Mutter? Oder der seiner Katze, falls er eine hatte. Doch wie sollte ich da rankommen?

Ich stieg aus der Wanne und trocknete mich ab. Mit einem Handtuchturban um den Kopf kuschelte ich mich in meinen Schlafsack und starrte erneut auf das Display. Was, wenn der Typ ein Wort hinterlegt hatte? Vielleicht hatte es mit dem Foto zu tun, das auf dem Bildschirm auftauchte, wenn man das Handy einschaltete? Ich könnte es mit MUSIK probieren, doch das waren zu wenige Ziffern, also gab ich noch eine Acht ein. Acht für endlos. Endlos Musik. Nichts. Vielleicht hätte ich es mit Musik mit c probieren sollen? Doch nun war das Handy erneut gesperrt. Diesmal für sechzig Minuten. Ich wartete. BAND war zu kurz, AUFTRITT zu lang. Das Wort TASTEN kam von der Menge der Buchstaben hin, aber das war es vermutlich nicht. Und das Wort KEYBOARD hatte zwei Buchstaben zu viel. Einen Versuch hatte ich noch, bevor sich das Handy endgültig sperrte und ich mich mit iTunes verbinden musste. Mit schweißnassen Fingern gab ich 526273 ein, die Zahlenkombination für KBOARD.

Bingo!

Ein neues Foto erschien. Ich brauchte eine Weile, bis ich es erkannte: Ein Mikrofon aus nächster Nähe. Im Hintergrund ein Studiostrahler. Ich wählte das Icon für *Einstellungen* und aktivierte den Flugmodus. Nicht dass der Typ hier noch einmal aufkreuzte! Am Ende sogar gleich mit der Polizei im Schlepptau. Obwohl, so wie Igor und Pavel ihn zugerichtet hatten, war er dazu wohl kaum in der Stimmung.

Ich wählte das Symbol für iPhone-Suche. *Keine Verbindung*, teilte mir das Handy mit. *Für Zugriff auf ›Mein iPhone‹ wird eine Verbindung mit einem WLAN oder Mobilfunknetz benötigt.* Sehr gut. Jetzt konnte mich der Typ tatsächlich nicht mehr finden.

Ich machte es mir gemütlich und betrachtete die Icons auf dem Bildschirm. Dann öffnete ich iTunes und scrollte mich durch seine Playlist. Die Namen der Alben sagten mir alle nichts. Sie trugen so merkwürdige Namen wie *Demo 1/27* oder *Unfertiges 2.* Wahllos klickte ich einen der Songs an. Ein Keyboard, ziemlich viel Bass, eine E-Gitarre, Schlagzeug. Erst gegen Ende fiel mir auf, dass es überhaupt keinen Gesang gab. Ich hatte ihn gar nicht vermisst. Der Song war rund, so wie er war. Und irgendwie berührte er mich. Ich kann gar nicht genau sagen, wieso. Beim nächsten Song war es ähnlich. Diesmal war es kein Instrumentalstück und ich erkannte seine Stimme sofort wieder. Es war der rothaarige Junge, der irgendwas auf Englisch sang. Den Text verstand ich nicht, aber der Klang dieser Stimme war mega! Intensiv und trotzdem weich und gleichzeitig so heftig, als würde jemand beim Sturz von den Klippen verzweifelt um sein Leben singen. Ich lauschte der Musik und merkte gar nicht, wie die Zeit verging.

Ich war wieder bei meiner Oma in dem kleinen Dorf mit den holprigen Straßen. Wir lebten in einem winzigen Haus mit undichtem Dach und klapprigen Fenstern. Es gab weder Strom noch fließendes Wasser und das Klo war draußen auf dem Hof. Die meisten Familien hatten das Dorf verlassen. Daher gab es auch fast keine Kinder, mit denen ich spielen konnte. Dafür jede Menge Hühner, Hunde und Katzen. Irgendwann, ich musste fünf oder sechs Jahre alt gewesen sein, kündigte sich ein Onkel an, von dem ich noch nie zuvor gehört hatte. Sein Name war Milan und ich mochte ihn auf Anhieb. Er brachte uns Geld und Lebensmittel und Kaffee und für mich eine Packung Gummibärchen. Es waren die ersten Gummibärchen meines Lebens und sie schmeckten köstlich! Milan konnte wunderbar erzählen und ich hörte ihm gebannt zu. Er schwärmte uns von Deutschland vor, einem Land, in dem er lebte und wo alles viel besser wäre. Und dass er gekommen sei, um mich mitzunehmen.

»In Deutschland wohnt mein Bruder Stjepan«, berichtete er. »Er und seine Frau Irina sind sehr liebe Menschen. Sie haben zwei kleine Jungs. Bestimmt werdet ihr euch prima verstehen. Und langweilig wird dir auch nicht werden.«

Eigentlich wollte ich lieber, dass meine Oma mitkäme, doch die schüttelte nur den Kopf. »Ich muss mich doch um das Viehzeug hier kümmern«, brummte sie und setzte neuen Kaffee auf.

Das sah ich natürlich ein. »Und die Schule?«, wollte ich wissen. Auf die freute ich mich schon ganz besonders. In meinem Dorf gab es nämlich keine und die nächste war sehr weit weg. »Gibt es da eine Schule?«

Milans Blick suchte den meiner Oma. »Ja doch, Schule gibt es da auch«, sagte er dann. »Das wird ganz toll. Und jetzt geh und pack deine Sachen, Nika.«

Ich glaubte ihm. Warum sollte ich nicht? Und obwohl ich ein bisschen traurig war, weil meine Oma im Dorf zurückbleiben musste. Die Freude, dass mich Onkel Milan zu den anderen Kindern mitnehmen würde, überwog.

Und so kam es, dass ich zu Stjepan und Irina nach Berlin zog. Ich lernte Deutsch und merkte kaum, wie die Erinnerung an meine Oma, die Tiere, das Dorf und das kleine Häuschen immer mehr verblasste.

Ich musste wohl eingeschlafen sein. Irgendwann hörte ich den Schlüssel in der Tür. Igor war zurückgekehrt! Seine schweren Schritte dröhnten durch den Flur. Eilig schob ich das Handy runter bis ans Fußende meines Schlafsacks und knipste das Licht aus. Kurz darauf knallte Igors Zimmertür. Ich hörte ihn noch eine Weile rumoren, dann ertönte das vertraute Schnarchen. Erleichtert zog ich das Handy hervor und suchte nach dem Song, den ich zuletzt gehört hatte. Die Nacht war einfach zu schön, als dass ich jetzt schon schlafen wollte!

JONAS

Ich wollte jetzt nur noch mein Bike holen und dann ab nach Hause. Immerhin fand ich es wieder. Es lehnte an einem Laternenpfahl. Jemand musste es dorthin geschoben und abgeschlossen haben. Mit einem fremden Schloss. »Scheiße!«, fluchte ich und hätte am liebsten gegen die Laterne getreten. Als die Typen auf mich losgegangen waren, hatte ich natürlich keine Zeit gehabt, vorher noch mein Rad abzuschließen. Immerhin war mein eigenes Schloss noch dran. Ein schweres Kettenschloss, angeblich unknackbar. Ächzend und stöhnend, weil jede Bewegung schmerzte, schloss ich das Rad ein zweites Mal ab. Ich würde mir etwas einfallen lassen. Aber so leicht wollte ich es dem Kerl mit dem fremden Schloss nicht machen!

Zu Hause schloss ich die Tür zweimal ab und klemmte einen Stuhl unter die Klinke. Dann schleppte ich mich nach oben ins Flush. Musik machen half eigentlich immer. Doch als ich die Tür zum Flush hinter mir zuzog und sich die Stille des Studios auf meine Ohren senkte, wusste ich, dass es diesmal anders war. Mein Herz begann zu hämmern. Ich hatte plötzlich das Gefühl, in dem Geruch nach verstaubter Elektronik zu ersticken. Panisch riss ich die Tür wieder auf. Die Angst, dass noch mal jemand hier aufkreuzen könnte, ließ sich nicht so einfach abschütteln. Ich brauchte jemanden, der mich auf andere Gedanken brachte.

Flo!

Flo musste kommen!

Flo war genau der Richtige für so etwas: Er war spontan, unbeschwert und immer bester Laune. Der Kumpel, mit dem man Spaß hatte und der keine blöden Fragen stellte. Wir kannten uns aus der Schule. Flo spielte Gitarre und E-Bass, und wenn ich ihn bei seiner Eitelkeit packte, würde er bestimmt vorbeikommen.

Als Flo abhob, machte ich drei Kreuze. »Hey, Dude! Ich bin da gerade an was dran«, behauptete ich. »Aber ich brauch noch Ideen für die Gitarrensolos. Hast du Lust?«

»Klar, Mann!« Flo war sofort Feuer und Flamme. »Gitarrensolos, gar kein Thema. Ich komm vorbei. Stell schon mal das Bier kalt!«

Eine Stunde später stand Flo mit seinem Gitarrenkoffer auf meiner Matte. Als ich die Tür öffnete, bekam er ganz runde Augen. »Yo, Ginger! Wie siehst du denn aus?«

»Nase gebrochen«, nuschelte ich und warf einen nervösen Blick die Straße hinunter. Dann zog ich ihn ins Haus und schloss eilig die Haustür.

»Wie, Nase gebrochen? Bist du hingefratzt oder was?« Flo sah mir fasziniert zu, wie ich die Haustür verrammelte. »Äh, bist du okay, Mann? Was zum Teufel treibst du da?«

»Vergiss es«, winkte ich ab. Ich hatte keine Lust, Flo einzuweihen. Am Ende würde er sagen, dass ich zur Polizei gehen sollte, schließlich könnte ich die Typen ja beschreiben. Aber die Bullen waren das Letzte, worauf ich Lust hatte. »Komm, lass uns loslegen.«

Er fragte zum Glück nicht weiter nach, sondern folgte mir nach oben.

Während ich ihm meine Ideen vorspielte, packte er seelenruhig seine Gitarre aus und stöpselte sich ins System. Seine Ruhe tat mir gut und so langsam bekam ich etwas Abstand zu den Ereignissen heute.

Wir jammten, bis uns die Finger rauchten. Irgendwann machten wir Pause, um uns die Mitschnitte anzuhören. Ich organisierte Bier aus der Küche, und als ich zurückkam, saß Flo auf dem Lokus und nestelte ein kleines Päckchen aus seiner Tasche. Im Ernst, er hatte Weed mitgebracht! Geschickt drehte er eine Tüte, nahm einen tiefen Zug und hielt sie mir hin.

»Nee, danke«, lehnte ich ab.

»Hilft gegen Nasenleiden«, meinte Flo und kicherte. »In Amiland zahlt das die Kasse.«

»Quatsch!«, widersprach ich. »Da drüben ist kaum einer krankenversichert. Zumindest hab ich das mal irgendwo gelesen.« Aber dann griff ich doch zu. Nach einem vorsichtigen Zug gab ich den Joint zurück und unterdrückte ein Husten, das mit Sicherheit meine malträtierten Rippen sprengen würde. Weiß der Geier, wo Flo das Zeug wieder herhatte, vermutlich von einem dieser Typen aus der Tram. Die lungerten immer am Bahnsteig herum und fingen einen ab, wenn man ausstieg. Von mir ließen sie immer ziemlich schnell wieder ab. Keine Ahnung, aber wahrscheinlich, weil ich nicht so aussah, wie einer, der was kaufen wollte. Ich hatte ja auch noch nie was gekauft. Ich rauchte nicht mal normale Kippen.

»Alles gut?«, fragte Flo und gab mir den Joint für einen neuen Zug. Ich nickte. So langsam ebbte der dumpfe Schmerz in meinen Rippen ab. Ächzend ließ ich mich neben ihm auf dem Boden nieder und wir stießen mit Bier an.

»Also?«, fragte Flo schließlich und zeigte auf meine Schiene. »Was war wirklich?«

Ich zögerte. Flo war echt in Ordnung und ganz sicher nicht der Typ, der kluge Ratschläge verteilte. Also erzählte ich ihm die ganze Story.

»Alter Falter, du machst Sachen«, kommentierte er meinen Bericht. »Schmeißt dich auf 'ne Einbrecherbraut! Was, wenn die 'ne Knarre gehabt hätte? Oder 'n Messer?«

»Ach was!«, winkte ich ab, und ein bisschen freute ich mich sogar, weil Flo mich so groß anguckte. »So schnell hätte die gar keine Waffe ziehen können. Außerdem war die 'n ganzen Kopf kleiner als ich.« Und megasüß, dachte ich. Mit diesen schlammfarbenen Augen. Aber das sagte ich natürlich nicht.

»Trotzdem krass!«, meinte Flo. »Und das mit dem Tracken war voll cool.«

»So cool wohl auch wieder nicht. Immerhin bin ich diesen Schlägern in die Arme gelaufen.«

»Das konntest du ja nicht wissen.«

»Stimmt. Und gebracht hat es gar nichts. Das Handy ist futsch.«

»Das heißt, du willst es nicht noch mal versuchen?«

»Auf keinen Fall, Dude! Die kannten echt nichts.«

»Und wenn du die anzeigst? Du hast die doch gesehen. Alle drei! Du könntest …«

Ich wusste es. Jetzt käme die Leier mit der Polizei und der Anzeige wegen Körperverletzung. »Vergiss es«, brummte ich und nahm noch einen tiefen Zug. Dann setzte ich mich ans Keyboard und haute einen Wahnsinnslauf nach dem anderen in die Tasten. »Geil, oder?«, brüllte ich durch das Getöse meiner Tasten. »Das wird das Jahrhundert-Stück, Alter!«

Flo nickte und rauchte genüsslich, während ich immer weiter auf mein Keyboard eindrosch. Schließlich stopfte er die Kippe seines Joints in seine leere Bierflasche und griff nach der Gitarre. »Aber den Job im Klub, den übernimmst du doch trotzdem?«

»Klar, Mann!«, rief ich und regelte die Lautstärke nach oben. Boah, ging es mir gut! Alkohol, Novalgin und Gras waren echt 'ne geile Kombi! »Auf den freue ich mich schon seit Wochen.« Und heute Nacht würde ich von Augen träumen. Von algenschlammgrünen Mafiabrautaugen!

NIKA

Einige Tage später erbeutete ich den Schlüssel einer Luxuskarosse von BMW. Eigentlich waren diese Modelle bekannt für ihre Computertechnik – aber wem nützte die beste Diebstahlsicherung, wenn Nika, die Homejackerin, unterwegs war?

Igor war hochzufrieden mit mir und der Krach von neulich schien auf einmal vergessen. »Gute Arbeit, Nika!«, sagte er sogar und klopfte mir auf die Schulter. Das war schon lange nicht mehr vorgekommen. Und das Beste an der Sache: Der Coup würde mir meinen Cousin für eine Weile vom Hals halten. Vier, vielleicht sogar fünf Tage hätte ich Ruhe vor ihm, denn während dieser Zeit musste er die Karre aus Deutschland herausschaffen und sich um Weitertransport und Verkauf kümmern.

Und damit nicht genug: Ein paar Tage später organisierte ich die Schlüssel eines goldfarbenen Range Rovers, auf den Stjepan es abgesehen hatte. Er war bestimmt achtzigtausend Euro wert, weshalb Stjepan ihn Vladimirs Leuten persönlich überbringen wollte. Vladimir war unser Big Boss. Er leitete unser riesiges Familienunternehmen und zog im Hintergrund die Fäden, während seine Söhne Stjepan, Roko und Milan seine Aufträge ausführten.

Neben Pavel, Igor und mir gab es noch ein paar andere Teams. Sie waren in diversen Städten unterwegs und bestanden jeweils aus drei Leuten. Der Anführer oder die Anführerin waren immer etwas älter als die anderen. Sie übernahmen die Verantwortung für die Jüngeren, bildeten sie aus und kümmerten sich um sie. Für gewöhnlich kamen die Teams in Wohnungen unter, die Stjepan und Roko für sie anmieteten oder die ihnen Freunde oder Verwandte überließen. Stjepan und Roko pendelten zwischen den Teams hin und her und kontrollierten ihre Einnahmen. Wenn ein Team nicht funktionierte, wurden die Leute umverteilt oder bekamen irgendwelche anderen Aufgaben.

Das einzige Team, mit dem wir uns hin und wieder trafen, war das von Mira, Saskia und Leni. Mira führte das Team an. Sie war zweiundzwanzig. Saskia war zwei oder drei Jahre jünger und Leni war so alt wie ich. Mit Leni verstand ich mich super. Sie hatte auf der Straße gelebt, bis Milan sie aufgegabelt hatte. Er hatte sie zu Roko gebracht und der hatte sie aufgenommen. Seitdem gehörte Leni zur Familie.

Normalerweise hielten die drei sich in einer Bude in der Vorstadt auf. Aber wenn Stjepan und Roko weg waren, trafen wir uns manchmal hier.

Eigentlich wäre ich auch gerne in Miras Team gewesen, doch Stjepan erlaubte es nicht. Er bestand darauf, dass ich in seinem Team spielte.

»Ein BMW und ein Range Rover!«, tönte Pavel, als Mira und Saskia gegen Abend bei uns aufkreuzten. »Nika ist unser Champion!« Er hatte ein bisschen vorgeglüht und stand schon leicht wackelig auf seinen Beinen.

»Schön für euch«, zischte Mira und pfefferte ihre Tasche in die Ecke.

»Wo ist Leni?«, fragte ich und sah mich um.

»Die haben sie erwischt«, fluchte Mira und drängte sich an mir vorbei in die Küche.

»Was?«, rief ich und spürte, wie mein Magen einen Salto schlug. »Wer? Wo?«

»Zivilbullen. Am Stadtpark. Sie sind uns gefolgt, aber wir haben es nicht bemerkt. Die haben sie geschnappt, als Leni gerade eine Tür aufmachen wollte.«

»Und wo ist sie jetzt?«, fragte ich, aber Mira zuckte nur die Schultern.

»Wir müssen abwarten.«

In diesem Augenblick kam Saskia herein. Sie setzte sich an den Küchentisch und zündete sich eine Zigarette an. Ihre Hände zitterten leicht. »Roko bringt uns um, wenn er das erfährt«, sagte sie und blies grauen Rauch in die Luft.

»Du musst es ihm ja nicht gleich sagen«, entgegnete Mira und hieb den Öffner in eine Dose Tomaten. »Bestimmt lassen sie sie laufen. Sie sieht aus wie zwölf, und sie weiß, wie sie sich verhalten muss.«

»Die dürfen sie gar nicht länger festhalten«, sagte ich und beobachtete, wie Mira ein Päckchen Spaghetti aufriss. »Jugendschutz oder so. Leni weiß das. Sie wird cool bleiben.«

»Aber es ist nicht das erste Mal«, wand Saskia ein. »Neulich ist sie denen auch nur knapp entkommen.«

»Ach, das wissen die längst nicht mehr. Die Bullen sind doch viel zu blöd. Für die sehen alle Kids gleich aus«, tönte Pavel und schwenkte seine Bierflasche.

»Na, hoffentlich!« Mira kippte die Tomatenpampe in einen Topf und würzte energisch und ohne hinzusehen. Als die Nudeln gar waren, aßen wir schweigend. Die Stimmung war gedrückt und wurde auch im Laufe des Abends nicht besser.

»Ich hau noch mal ab«, sagte Pavel schließlich und griff nach seiner Jacke. »Wartet nicht auf mich. Ich penn bei Iwo.«

Ja, genau. Hau ab, Pavel!, dachte ich und machte es mir auf meiner Luftmatratze bequem, während sich Mira und Saskia vor den Fernseher knallten. Solange Pavel weg war, konnte ich ungestört mein neues Spielzeug ausprobieren. Die beiden Mädels würden mich sicher nicht verraten, und später, wenn Leni zurückkäme, würde ich es ihr zeigen, und wir könnten gemeinsam die Musik des Rotschopfes anhören.

Leni würde es schaffen, da war ich mir hundertpro sicher. Sie würde abhauen, so wie die anderen Male zuvor, und dann würden wir beide über ihr Erlebnis mit den Bullen lachen.

Ich zog meinen Schlafsack bis unters Kinn und angelte nach meinem Handy und den Kopfhörern. Während ich eine Playlist der Songs erstellte, die mir bis jetzt am besten gefallen hatten, drifteten meine Gedanken ab.

Als Milan mich damals nach Deutschland gebracht hatte, war ich erst einmal total eingeschüchtert. Noch nie im Leben hatte ich so viele Gebäude auf einem Haufen gesehen! Irina und Stjepan lebten in einer Wohngegend, in der es fast nur graue Hochhäuser gab. Ihre Wohnung lag im achten Stock. Ich erinnerte mich noch, wie wir am Tag unserer Ankunft einen dieser grauen Wohnblöcke betraten und endlose Treppen nach oben stiegen, weil der Fahrstuhl mit einem rot-weiß gestreiften Band zugeklebt war. Eine Frau öffnete uns die Tür. Sie begrüßte Milan mit einer Umarmung, danach beäugte sie mich interessiert.

»Hallo, Irina«, sagte Milan. »Hier kommt deine Bestellung. Das ist Nika und sie freut sich schon sehr auf euch und die beiden Jungs. Stimmt's, Nika?«

Ich nickte schüchtern, woraufhin Irina lächelte und mir kurz übers Haar strich. Dann ließ sie uns eintreten. Die Wohnung war klein und schäbig und es roch nach ranzigem Fett und kaltem Rauch. Es gab eine Küche, ein Wohnzimmer, in dem die beiden Jungs auf fleckigen Matratzen schliefen, einen Abstellraum und ein Schlafzimmer, aus dem jetzt ein Mann in weißem Unterhemd und ausgeleierter Sporthose trat. Er klopfte Milan freundschaftlich auf die Schulter. »Ah, der Nachschub«, sagte er und musterte mich kurz. Dann verschwanden beide Männer in der Küche.

Ich blieb mit Irina im Wohnzimmer zurück. Sie gab mir einen Schlafsack und zeigte auf eine Ecke, in der eine kleine Matratze lag. »Hier kannst du schlafen«, sagte sie. Das Lächeln war verschwunden, und ich spürte, wie mich bereits das Heimweh packte. Es wurde auch nicht besser, als die beiden Jungs auftauchten.

Pavel und Igor waren ein paar Jahre älter als ich und sie klebten zusammen wie Pech und Schwefel. Am Anfang machten sie mir das Leben zur Hölle, boxten und knufften mich, zogen an meinen Haaren, versteckten meine Schuhe und kippten Wasser in mein Bett.

Ein paar Tage nach meiner Ankunft traute ich mich endlich, Stjepan zu fragen, wann ich denn in die Schule gehen durfte. Schließlich hatte Milan mir versprochen, dass ich in Deutschland in die Schule gehen würde.

Stjepans Reaktion würde ich nie vergessen. »Was, Schule?!«, brüllte er und packte mich am Arm. »Nix Schule! Ich entscheide, was du machst, klar? Und jetzt musst du mir erst mal das Geld zurückzahlen, das ich Milan für deine Reise hierher bezahlt habe. Dann reden wir weiter!«

Ich war so geschockt, dass ich in Tränen ausbrach und mich gar nicht mehr beruhigen konnte. Woher um alles in der Welt sollte ich so viel Geld auftreiben?

Zum Glück hatte Irina eine Idee. »Hör auf zu heulen!«, sagte sie und wischte mir den Rotz aus dem Gesicht. »Ich war auch nie in der Schule! Als ich so alt war wie du, hab ich schon Geld verdient. So, und jetzt schnäuz dir die Nase. Der Alte meint es nicht so!« Sie hielt mir einen Fetzen Küchenrolle vor die Nase und ich schnäuzte gehorsam. »Mach dir keine Sorgen«, fuhr sie fort. »Gemeinsam kriegen wir das Geld für deine Reise ganz schnell zusammen. Du wirst schon sehen!«

Seit diesem Tag weckte Irina mich jeden Morgen ganz früh, flocht mir die Haare zu Zöpfen, schmierte mir eine Stulle und dann fuhren wir mit dem Bus in die Stadt. Wir setzten uns vor den Bahnhof, einen Supermarkt oder in die Fußgängerzone auf einen Pappkarton und warteten. Irina suchte uns immer die Plätze aus, an denen die meisten Menschen vorbeikamen. Dort hielten wir ihnen leere Kaffeebecher entgegen und baten um eine Spende. Ich durfte auch alleine mit meinem Becher losziehen, doch ich musste immer in Irinas Sichtweite bleiben. Manchmal wenn nicht viel los war, setzte ich mich zu Irina, und sie erzählte mir Geschichten. Sie hatte eine Menge Märchen auf Lager, von Hexen und Zauberpferden und mutigen Kerlen und schönen Prinzessinnen, und sie konnte wunderbar erzählen.

Am Abend leerten wir unsere Einnahmen vor Stjepan auf dem Tisch aus. Manchmal nickte er, und ich wusste, dass er zufrieden war und ich bald das Reisegeld zurückgezahlt hätte. Doch oft genug schimpfte er und schlug mich, weil ich nicht genug Geld gesammelt hatte. Manchmal schrie er, ich würde nichts taugen und er würde mich am liebsten wieder verkaufen und Irina gleich mit. Sie meckerte niemals zurück, sondern ließ Stjepans Geschrei jedes Mal stumm über sich ergehen. Manchmal kam sie danach zu mir und tröstete mich. Aber allzu oft griff sie auch zur Flasche, während ich die ganze Nacht wach lag und weinte, weil ich wusste, dass ich nie wieder nach Hause zu meiner Oma käme.

Nachdem Irina immer wieder von Passanten angesprochen und einmal sogar von der Polizei ermahnt wurde, dass ich morgens in der Schule sein müsste, statt auf Pappkartons in der Fußgängerzone zu sitzen, mussten wir unsere Arbeit am Vormittag aufgeben.

Kurz darauf wurde ich tatsächlich eingeschult. Das Lernen machte mir großen Spaß und ich fand sehr schnell neue Freunde. Doch wegen der Sache mit den Nachmittagen durfte ich mich niemals mit den anderen Kindern verabreden. Stjepan bestand darauf, dass ich immer noch nicht alle Reisekosten abbezahlt hätte und dass ich, falls ich meine Oma mal besuchen wollte, ihm das Geld im Voraus zu bezahlen hätte. Irgendwann später wollte ich mich dann selbst nicht mehr verabreden. Ich schämte mich. Die Wohnungen, in denen wir lebten, waren klein und schäbig. Meist teilte ich mir ein Zimmer mit Igor und Pavel oder schlief im Wohnzimmer auf einer Matratze. Das sollte natürlich keiner aus meiner Klasse sehen! Und wenn ich zwei- oder dreimal die Woche nachmittags mit Irina auf Tour ging, hatte ich immer Sorge, dass mich jemand aus meiner Schule erkennen könnte. Zum Glück zogen wir so oft um, dass es nie dazu kam.

Wir zogen nach München, nach Köln, Essen, Duisburg, Hannover, einmal auch nach Brüssel und dann nach Antwerpen. Stjepan kannte überall Leute, die uns ihre Wohnungen überließen. Eine Zeit lang lebten wir auch bei Neapel, in der Nähe von Paris und einen Sommer lang sogar in Barcelona, wo ich Spanisch lernte. Natürlich musste ich die Schule immer wieder abbrechen. Dafür konnte ich mich bald schon in mehreren Sprachen verständigen. Es war also gar nicht so schlimm, dass ich so viel Schule verpasste, denn lesen und schreiben hatte ich bereits gelernt, rechnen brachte mir Stjepan bei, und den Rest würde ich nebenbei auch noch lernen.

Mit der Zeit besserte sich mein Verhältnis zu Igor und Pavel. Sie hörten auf, mich zu ärgern, und ab und zu spielten wir sogar zusammen. Doch sie wollten mich nie dabeihaben, wenn sie frühmorgens und am späten Nachmittag loszogen. Sie verschwanden einfach und kehrten oft erst gegen Abend zurück. Ich brauchte eine Weile, bis ich begriff, dass sie in dieser Zeit ihre Beutezüge machten und dass sie das viele Geld, das sie abends bei Stjepan ablieferten, einfach klauten.

Eines Tages sprach ich Igor darauf an, und er erklärte mir stolz, wie sie vorgingen. Er zeigte mir sogar ein paar seiner Tricks. »Am besten klappt es auf der Rolltreppe. Ich such mir jemanden aus und dann geb ich Pavel ein Zeichen. Der haut auf den Notknopf und die Rolltreppe stoppt. Die Leute sind dann immer ganz durcheinander und passen nicht auf. Und während die noch gucken, was los ist, hab ich schon sämtliche Taschen abgefrühstückt.«

Manchmal rempelte Igor auch absichtlich jemanden an, und während er sich überschwänglich entschuldigte, leerte Pavel dessen Taschen. Igor besaß auch ein Teppichmesser, mit dem er Rucksäcke und Handtaschen einfach unten aufschlitzte und auf diese Weise an Geld und Handys kam. Besonders gut funktionierte das in überfüllten U-Bahnen oder Bussen. Pavel war sogar noch besser als Igor. Bei ihm sah es viel eleganter aus, weil er nur zwei Finger benutzte.

Ich bewunderte die beiden für ihre Geschicklichkeit und brannte darauf, es endlich auch mal zu probieren. Ich bestürmte Stjepan immer wieder, dass ich das mit den Fingern ebenfalls lernen wollte, und so kam es, dass mein Onkel und die Jungs mir abends Unterricht gaben. Es machte riesigen Spaß und bald war ich fast so geschickt wie Pavel und Igor. Stjepan lobte mich sogar hin und wieder, und als ich dann irgendwann endlich mit Igor und Pavel gemeinsam losziehen durfte, konnte ich mein Glück kaum fassen.

Zunächst durfte ich nur zusehen und musste so tun, als würde ich nicht dazugehören. Später übernahm ich das Ablenken, indem ich nach dem Weg fragte oder nach der Uhrzeit, während Igor rempelte und Pavel klaute. Manchmal wartete ich auch ein wenig abseits, bis die beiden so weit waren, und nahm dann unauffällig die Beute entgegen. Als ich kurz darauf auch mal das Klauen übernehmen durfte und meine Sache gut machte, klopfte Igor mir sogar auf die Schulter. Ich war stolz wie Bolle. Wir wurden kein einziges Mal erwischt. Und wenn wir abends unsere Schätze vor Stjepan ausbreiteten, waren oft dreihundert bis vierhundert Euro zusammengekommen, manchmal auch mehr. Stjepan lobte uns für unsere gelungene Teamarbeit, und wenn wir so richtig gut waren, gab er uns sogar eine Kleinigkeit von den geklauten Sachen ab.

Vor zwei Jahren, ich glaube, es war an Stjepans Geburtstag, belauschte ich ein Gespräch zwischen ihm und einem seiner Freunde, einem schmierigen Kerl mit Seidenhemd und Siegelring. Er hatte mich die ganze Zeit schon so merkwürdig angestarrt. Schließlich zog er Stjepan beiseite und redete auf ihn ein. Doch mein Onkel schüttelte nur lächelnd den Kopf. »Vergiss es, Dennis. Du kriegst sie nicht. Sie und meine Jungs sind ein super Team.« Dennis hatte noch eine Weile diskutieren wollen, aber Stjepan hatte ihm nur freundlich auf die Schulter geklopft und mir danach verschwörerisch zugeblinzelt. »Keine Sorge, Nika. Da wäre ich ja schön blöd, wenn ich ihm meine beste Stute im Stall verkaufen würde.«

Damals hatte ich den Eindruck, dass alle außer mir wussten, was er damit gemeint hatte, und erst später erfuhr ich, dass dieser Dennis mich gerne für seinen Nachtklub gehabt hätte. Zum Glück hatte Stjepan andere Pläne mit mir, und so kam es, dass ich mit knapp dreizehn in die Kunst des Homejackings eingeführt wurde.

NIKA

Früh am nächsten Morgen wurde ich durch ein Klingeln geweckt. Noch völlig verschlafen schälte ich mich aus meinem Schlafsack und wankte ans Fenster. Unten stand Leni und winkte. Mein Herz machte einen Satz. Leni hatte es geschafft!

Ich flitzte zur Tür und drückte auf den Öffner. Die Eingangstür sprang auf, dann kamen leise, schnelle Schritte die Treppen herauf. »Da bin ich wieder!«, rief Leni.

»Mensch, Leni!«, jubelte ich, und wir fielen uns in die Arme. »Was ist passiert? Wo warst du?«

Wir taumelten in die Diele, wo Leni ihren Rucksack in die Ecke warf. Gleich darauf flogen ihre Sneakers hinterher. »Was gibt's zum Frühstück?«, fragte sie und schielte in die Küche. Dort saßen Mira und Saskia und machten große Augen.

»Leni!«, rief Mira und sprang auf. »Wo warst du denn? Was haben sie mit dir gemacht?« Meine Cousine ließ sich auf Miras Stuhl fallen und griff sich ein Stück Brot und zwei Scheiben Salami. Mit vollem Mund berichtete sie, was passiert war, nachdem die Polizei sie mitgenommen hatte. »Die haben mir ein paar blöde Fragen gestellt, auf die ich nicht geantwortet habe. Dann haben sie es auf Englisch probiert. Und einer von denen konnte sogar etwas Polnisch.« Leni lachte. »Die hatten echt keine Ahnung. Ich hab den Mund gehalten und mit den Schultern gezuckt. Irgendwann haben sie es aufgegeben und angefangen, meine Sachen zu durchwühlen. Aber ich hatte ja nichts bei mir.«

»Und was ist mit dem Schraubendreher und der Plastikkarte?«, fragte ich atemlos. »Haben sie die nicht gefunden?«

Leni grinste breit. »Das hab ich doch alles bei denen auf dem Klo entsorgt. Im Spülkasten und im Mülleimer. Hat keiner gemerkt.«

»Und dann?«, fragte Saskia.

»Haben sie mich zu einer Tante vom Kindernotdienst gebracht. Ihr wisst schon, in dieses Heim in der Nähe vom Bahnhof. Sie haben mich in ein Zimmer mit noch zwei anderen gesteckt. Leider hat so eine Tussi die halbe Nacht auf uns aufgepasst. Aber als die weg war, bin ich durchs Fenster abgehauen.«

»Genial!«, rief ich begeistert.

»Gut, dass du wieder da bist.« Saskias Stimme war die Erleichterung deutlich anzuhören. »Diese Zivilbullen sind gerade überall. Wir müssen besser aufpassen.«

»Roko hätte uns alle einen Kopf kürzer gemacht«, pflichtete Mira ihr bei. »Das darf uns auf keinen Fall noch mal passieren!«

Nach der ganzen Aufregung beschlossen wir, den Tag ruhig anzugehen. Während Mira und Saskia in der Küche saßen und sich leise unterhielten, kuschelten Leni und ich uns in meinen Schlafsack, und ich erzählte ihr von meiner Begegnung mit dem rothaarigen Jungen. »Pavel, dieser Penner, hat nicht geschnallt, dass der Typ gar nicht im Urlaub war. Bloß seine Eltern. Ich hab mir fast in die Hose gemacht, als der plötzlich auf mich losgegangen ist. Ich dachte ja, die Bude wäre leer.«

»Scheiße!«, sagte Leni mitfühlend. »Und dann?«

»Dann bin ich abgehauen. Hab nur sein Handy mitgehen lassen. Und jetzt will Igor, dass ich da noch mal reingehe.«

»Spinnt der?«

»Die haben's auf die Karre von denen abgesehen. Und ich soll den scheiß Schlüssel da rausholen. Egal wie.«

»Typisch! Du sollst es wieder ausbaden.«

»Aber das war noch nicht alles. Kurz danach hat der Typ mir in der Stadt aufgelauert. Er wollte, dass ich ihm sein Handy zurückgebe.«

»Hallo!? Geht's noch?«

»Doch, echt! Ich hab mich natürlich dumm gestellt. Und eigentlich wäre die Sache damit durch gewesen. Aber dann sind plötzlich Igor und Pavel aufgetaucht.«

»Und?«

»Sie haben ihn zusammengeschlagen. Aber frag nicht!«

»Oh nein!«, stöhnte Leni. »Müssen die sich überall einmischen?! Das hättest du ja wohl alleine hingekriegt!«

»Na klar! Der Typ hatte ja nichts gegen mich in der Hand. Und das Handy hatte ich so gut versteckt, das hat nicht mal Igor gefunden, als er meine Sachen gefilzt hat.«

»Hat er?« Leni war empört. »Dieser Arsch!«

»Seit ich dem gesteckt habe, dass er die Finger von mir lassen soll, ist der nur noch aggro drauf. Ein Wunder, dass er mir keine geballert hat.«

»So ein Wichser!«, zischte Leni. »Aber woher wusste der, dass du das Handy von dem Typen geklaut hast?«

Ich zuckte die Achseln. »Igor glaubt, dass der mich getrackt hat. Und auf seinem Handy hab ich auch tatsächlich so eine App gefunden.«

Leni grinste anerkennend. »Gar nicht blöd, der Kerl.«

»Stimmt«, gab ich lächelnd zurück. »Und ziemlich heiß war der außerdem. Vor allem in diesen Boxershorts.«

»Er hatte Boxershorts an? Sonst nichts?«

»Doch, klar! Also, später dann schon. Aber als ich in seiner Bude war, da hatte er nur diese Shorts an. Ich muss den wohl geweckt haben. Er sah aus, als wäre er gerade aus dem Bett gefallen.«

Leni setzte eine Kennermiene auf. »Ah, Out-of-bed-Look! Da kamst du ja voll auf deine Kosten!«

Ich spürte, wie ich rot wurde. »Jedenfalls war es total unnötig, den Typen zu verprügeln«, versuchte ich abzulenken. »Und dämlich obendrein. Wenn die jemand beobachtet hat oder wenn da irgendwo eine Kamera hing, dann sind die fällig.«

Leni wurde ernst. »War er schwer verletzt?«

Ich zuckte die Achseln. »Weiß nicht. Aufstehen konnte er zumindest noch. Aber schau mal hier!« Ich holte das Handy heraus und entsperrte es.

»Uuuuuh! Schick!« Leni pfiff durch die Zähne. »Ein iPhone. Und nicht gerade das älteste Modell«, fachkundig beäugte sie das Handy. »Und das Passwort hat er dir noch gegeben, bevor Igor ihm eine reingehauen hat?«

»Hör auf!« Ich stieß Leni in die Seite. »Das hab ich natürlich geknackt.«

»Nee, ist klar.«

»Doch, echt. Und jetzt rate mal, was ich darauf gefunden habe.«

Leni überlegte kurz. Dann huschte ein Grinsen über ihr Gesicht. »Nacktfotos?«

»Musik!«, rief ich. »Der Typ ist Musiker! Der schreibt eigene Songs!«

»Och, schade.«

»Du bist unmöglich, Leni Marinić!« Ich knuffte Leni in die Seite. »Willst du mal hören?«

»Na, und ob!«

Ich fummelte die Kopfhörer aus meinem Schlafsack und gab Leni einen davon ab. »Ich hab sogar schon eine Playlist zusammengestellt«, sagte ich und regelte die Lautstärke nach oben.

Und dann tauchten wir ein in die Songs des Roten. Je öfter ich seine Musik hörte, desto besser gefiel sie mir. »Geil, oder?«, fragte ich nach einer Weile.

»Boah, mega!«, schwärmte Leni. »Den müsste man mal live hören!«

Ich nickte. Eigentlich schade, dass ich den Menschen, der hinter all diesen Songs steckte, nie kennenlernen würde. Aber ich musste mich an unseren Codex halten: keine Kontakte außerhalb der Familie. Außerdem würde er mich ohnehin nicht kennenlernen wollen. Nach allem, was passiert war.

»Was hältst du davon, wenn wir heute Abend zusammen ins Paranoia gehen?«, schlug Leni vor. »Wenn ich das so höre, kriege ich voll Lust zu tanzen!«

Das Paranoia war einer der angesagtesten Klubs in der Stadt. Er gehörte meinem Cousin Dario, und normalerweise hatten wir kein Problem, da reinzukommen. Die Türsteher kannten uns und meistens winkten sie uns durch.

»Aber ich hab gar nichts zum Anziehen!«, lamentierte ich.

Zum Glück hatte Leni die rettende Idee. »Dann gehen wir jetzt eben shoppen!«

Den Nachmittag verbummelten wir in der Stadt und genossen es, einfach mal normale Teenies sein zu dürfen. Wir probierten Parfums bei Rossmann und checkten die Kosmetikabteilung bei Kaufhof. Schließlich ließ ich bei H&M ein extrem heißes Top und einen Spitzen-BH mitgehen. Leni war hin und weg, als ich ihr die beiden Teile zeigte. »Boah, megaschön! Damit siehst du sicher aus wie zwanzig!«

»Ich bin schon froh, wenn ich mal wie fünfzehn aussehen darf«, gab ich zurück. »Ich hab's echt satt, dass Stjepan mir immer noch vorschreibt, was ich anziehen soll. So langsam nimmt mir die Zwölfjährige ohnehin keiner mehr ab!«

»Stimmt«, grinste Leni und glotzte vielsagend auf meine Brüste. »Aber lass dich bloß nicht mit dem Fummel erwischen. Wenn Stjepan das bei dir findet, bist du tot!«

»Sei du mal ganz still. Das Kleid, das du vorhin bei Pimkie abgesahnt hast, ist ja auch nicht schlecht«, gab ich zurück. »Und für die High Heels brauchst du einen Waffenschein.«

»Fürs Paranoia ist es jedenfalls genau das richtige Outfit«, sagte Leni gut gelaunt und hakte sich bei mir unter. »Damit werde ich mir einen richtig heißen Typen angeln und die ganze Nacht mit ihm tanzen!«

Zufrieden mit unserer Ausbeute kehrten wir gegen Abend zurück und probierten unsere neuen Outfits. Danach verschwanden wir für Stunden im Bad, wo wir uns ordentlich aufmotzten. Mira vermachte mir sogar noch ihre falschen Wimpern und Leni ihren kussechten Lippenstift. Wir toupierten unsere Haare, drehten uns gegenseitig Locken und schossen verrückte Selfies. Als wir gegen elf endlich fertig waren, war es auch schon Zeit aufzubrechen.

JONAS

»Hier, probier die mal!«, auffordernd hielt mir DJ Ruby eine goldfarbene Halbmaske hin. Die Nase bestand aus einem langen Pappmaschee-Schnabel, unter dem meine Schiene komplett verschwand. »Das mit deinem kaputten Rüssel, das geht gar nicht! Die Leute kriegen ja Angst vor dir!«

Zögernd nahm ich die Schnabelmaske und setzte sie auf. Sie drückte etwas und ich musste durch den Mund atmen. Doch wenn ich sie nicht zu fest band, würde es sogar mit der gebrochenen Nase und der dämlichen Schiene gehen. Damit man die Bänder nicht sah, zog ich mir die Kapuze meines Hoodies über den Kopf.

»Voll cool!« Ruby nickte anerkennend. Dann erklärte er mir die Technik und bei welchem Zeichen ich den Nebel oder die Stroboskoplichter aktivieren sollte. Tatsächlich lud er sich auch ein paar meiner Songs runter. »Hör zu, Ginger. Als DJ musst du psychomäßig voll was aufm Kasten haben. Du musst das Publikum *lesen* können, Stimmung, Gefühle und so, verstehst du? Du musst einen Spannungsbogen aufbauen, klar? So ganz intensiv, bis alle den Vibe spüren und mit dir abgehen. Dazu braucht's 'ne Menge Skills. Ich mein, deine Sachen sind gut. Echt jetzt, keine Frage! Aber wenn's nicht passt, dann passt's halt nicht. Okay? Nicht persönlich nehmen.«

Was für ein Laberhannes! Aber natürlich kein Wort davon, dass ich selbst mal ans Mischpult durfte. Egal, ich würde trotzdem rausholen, was ging. »Okay«, näselte ich und nickte mit meinem Schnabel.

»Cool«, grinste DJ Ruby. »Also, du nimmst die Musikwünsche entgegen und gibst den Leuten das Gefühl, dass du jeden von ihnen erfüllen willst. Dabei hältst du mir die Nerds vom Hals. Die sind manchmal echt aufdringlich. Neulich hat mir einer ein komplettes Set gesprengt, weil ich nicht auf ihn gehört hab.«

»Wie, er hat dir ein Set gesprengt?«

DJ Ruby verzog das Gesicht. »Er hat mir sein Bier übern Laptop gekippt, der Arsch!«

Er gab mir einen Block und einen Kuli, und ich fragte mich, ob ich bei dem Licht und mit der Maske überhaupt etwas sehen würde. Doch Ruby winkte ab. »Alles easy! Hier am Pult ist immer genug Licht.« Er nestelte zwei Getränkebons aus seiner Tasche und hielt sie mir hin. »Die sind für dich. Am besten holst du dir gleich was, nachher ist keine Zeit dazu. Ach ja – und noch was: Nimm keine Shots an, klar?«

»Wieso?«

DJ Ruby verdrehte die Augen. »Ich weiß ja nicht, wie viel du verträgst. Aber ich hab hier einen Job zu verlieren. Außerdem kommt es einfach nicht gut an, wenn mein Sekundant am

Mischpult zusammenklappt, weil ihm einer K.-o.-Tropfen in den Drink gemischt hat.«

Ich dachte: Cool bleiben, Jonas. Der Typ ist ein Wichtigtuer und er nervt kolossal. Aber er lässt dich an sein Mischpult. Und solange er ein paar deiner Songs spielt, hältst du die Klappe.

Die Stimmung im Paranoia war mega, und als wir um elf das Pult übernahmen, war das Publikum Wachs in DJ Rubys Händen. Für die nächsten drei Stunden tanzte und wirbelte die Meute um uns herum, ich nebelte auf Kommando und grüßte wie der Sonnenkönig höchstpersönlich. Hände reckten sich mir entgegen und die Begeisterung schien zeitweise überzukochen. DJ Ruby hatte wirklich einen siebten Sinn dafür, wann er welche Beats dazumixen musste oder wann er einen anderen Titel drunterlegen sollte. Neue Sounds und Arrangements wechselten mit Altbekanntem, und als er endlich einen meiner Songs anspielte, konnte ich mein Glück kaum fassen.

Jetzt bekam ich ebenfalls Lust zu tanzen, und so merkte ich erst gar nicht, dass Flo plötzlich mit zwei Mädchen im Arm aufkreuzte. Sie kicherten und zeigten auf meine Maske, während Flo ihnen irgendeine Story auftischte. Natürlich verstand ich kein Wort, denn das Wummern der Bässe war einfach zu heftig. Doch ich winkte huldvoll und die beiden lachten und winkten zurück. Gleich darauf hüllte ich alles in Nebel, und es war mir egal, ob DJ Ruby mir ein Zeichen gegeben hatte oder nicht. Für mich hatte es in diesem Moment einfach gepasst.

Gegen zwei löste uns ein anderes DJ-Team ab. Ich hatte mich gerade von DJ Ruby verabschiedet, als Flo mit den Mädchen erneut bei mir auftauchte. »Das sind Nika und Leni, die heißesten Ladies des Abends«, stellte Flo mir die beiden vor. »Und der

Mann mit der goldenen Maske ist DJ Ginger, Nachwuchstalent und Superheld.«

»Hi«, sagte ich und beäugte die beiden neugierig. Die Blonde, Leni, trug ein ultrakurzes Kleid und ihre tollen Beine darunter wirkten endlos. Ihre Füße steckten in hohen Hacken, mit denen sie sich vollkommen natürlich bewegte. Die andere, Nika, hatte ein superscharfes, bauchfreies Teil und ein paar schwarze Hotpants an. Dazu rabenschwarze Doc Martens. Das Tollste an ihr waren ihre Augen mit den endlos langen Wimpern. »Kenn ich dich?«, fragte ich und überlegte fieberhaft, wo ich dieses Gesicht schon mal gesehen hatte.

»Kann mich nicht erinnern, Vogelmensch«, sagte sie lachend.

Diese Stimme! Dazu diese Sumpfwasseraugen. Irgendwoher kannte ich sie!

»Legst du hier öfter auf?«

»Ja … Nee. Eigentlich nur heute«, stammelte ich und spürte, wie mein Puls auf hundertachtzig Beats hochfuhr. Es war das Mädchen, das bei mir eingebrochen war! Bloß dass sie jetzt viel älter aussah. Wie sechzehn oder siebzehn. Und schön war sie. Also, nicht so prinzessinnenmäßig schön. Eher auf eine verwegene Art, falls klar ist, was ich meine. Geheimnisvoll und rätselhaft eben.

»Unser Ginger hat's nicht so mit Worten«, tönte Flo, der sicher schon ein paar Shots intus hatte. »Er ist mehr ein Mann der Tat. Neulich hat er sich mit der Mafia angelegt! Bei der Prügelei wäre er beinah draufgegangen!«

Was für ein Idiot! Ich hätte ihn ohrfeigen können. Aber Flo kam gerade erst in Fahrt. »Sein Gesicht ist komplett entstellt und deshalb trägt er jetzt diese Maske!«

Nika und Leni lachten, was Flo noch mehr anstachelte. »Yo, Ginger, zeig den Ladies mal dein wahres Antlitz! Vielleicht spendieren sie uns einen Drink! Aus Mitleid, meine ich.«

Ich streifte die Kapuze nach hinten und setzte die Maske ab. Dabei beobachtete ich gespannt, wie diese Nika reagierte. Erst machte sie große Augen, hatte sich dann aber erstaunlich schnell wieder im Griff. Sie lachte und flüsterte ihrer Freundin etwas zu. Und bevor wir kapierten, was los war, waren die beiden in der Menge untergetaucht.

»Was war das denn jetzt?«, fragte Flo verdutzt.

»Scheiße! Los, hinterher!«, rief ich und versuchte, den beiden zu folgen. Allerdings war der Klub brechend voll und das Stroboskoplicht machte es schier unmöglich, einzelne Gesichter zu erkennen. Irgendwann drehte ich mich nur noch im Kreis. Doch Nika war nirgends zu sehen. »Die eine, die in den Hotpants, die hat mein Handy geklaut!«

»Red keinen Scheiß!« Flo starrte mich an, als wäre ich jetzt vollkommen bekloppt.

»Alter, ich schwöre!«, brüllte ich gegen den Lärm der Bässe an. »Die ist bei mir eingebrochen und hat mein Handy geklaut! Ich hab sie wiedererkannt. Hundertpro!«

»Bist du sicher?« Flo war immer noch skeptisch.

»Na warte! Die knöpf ich mir jetzt vor!«, knurrte ich und stürmte los.

Flo heftete sich an meine Fersen. Aber jemanden in einem überfüllten Klub wiederzufinden, war keine leichte Sache. Wir kämpften uns an zuckenden Leibern vorbei, checkten die Bar, die Lounge und trennten uns schließlich. Während Flo auf der Tanzfläche nachsah, überprüfte ich die Klos.

Und tatsächlich: Genau dort entdeckte ich sie. »Hey!«, rief ich und fasste sie am Arm.

Nika wirbelte herum.

»So sieht man sich wieder!«, sagte ich und hoffte, dass es möglichst cool rüberkam.

»Was willst du, DJ Ginger?«, blaffte sie mich an.

Schlammgrün. Diese Augen waren der Wahnsinn! Nur mit Mühe riss ich mich los. »Ich will mein Handy zurück!«

»Mann, was laberst du?«

»Mein Handy. Das du mir geklaut hast. Neulich. Als du in meiner Bude warst!«

»War ich?«

»Komm, tu doch nicht so! Rück das Handy raus!«

»Was ist mit deiner Nase?«, wechselte sie das Thema. Ihr Zeigefinger näherte sich meiner Nasenschiene. »Schlimm?«

Ich schlug ihre Hand weg, noch bevor sie mich berührte. »Deine Bodyguards haben sie mir gebrochen. Und zwei Rippen«, sagte ich.

Ihre Augen flackerten. »Das sind nicht meine Bodyguards!«, erwiderte sie patzig.

»Wieso hängst du dann mit denen ab?«

»Geht dich 'n Scheiß an!«, zischte sie und wollte sich an mir vorbeidrängen.

Erneut packte ich ihren Arm. »Okay, in Ordnung. Du willst nicht drüber reden. Dann gib mir wenigstens mein Handy zurück.«

Sie warf einen verächtlichen Blick auf meine Hand, die sich um ihren Oberarm krallte. »Sonst was?«

Sonst – keine Ahnung. Gute Frage! Was würde ich tun, wenn

sie es mir nicht freiwillig zurückgab? »Schätze, dass ich dich anzeige. Und dein Killerkommando gleich mit. Einbruch, Diebstahl und Körperverletzung.«

»Mach doch!«

»Wieso bist du bei mir eingebrochen?«

»Wieso nicht? Großes Haus, fette Karre, reiche Leute. Die Welt ist hart und ungerecht, also nimm dir, was du brauchst.«

Hallo? Die hatte wohl nicht mehr alle Latten am Zaun! »Du gibst es also zu?«

Sie antwortete nicht, sondern schielte auf die Tür zum Klo. Gerade öffnete sie sich erneut und zwei aufgedonnerte Mädchen kamen lachend und auf ihren hohen Hacken schwankend heraus. Sie unterhielten sich lautstark und drängten sich an uns vorbei.

»Hör zu«, sagte sie und betrachtete mich wieder mit diesem Algenblick. »Ich hab das Handy nicht mehr, okay? Hab's verkauft.«

Boah, dieses Biest! »Nee, das ist nicht okay«, fuhr ich sie an. »Da war meine komplette Musik drauf.«

»Na und? Du hast doch sicher noch ein Back-up, DJ Ginger!«

»Schon, aber …« Das war trotzdem kein Grund, dass sie mein Handy verkaufte! »Und was ist mit meinem Bike?«

»Deinem – was?«, fragte sie verächtlich und befreite ihren Arm aus meiner Umklammerung.

»Mein Fahrrad! Als deine Jungs mich erwischt haben, hat es irgendwer genommen und an eine Laterne geschlossen.«

Sie sah mich verständnislos an. Doch dann dämmerte es. »Echt jetzt?« Ihre Augen blitzten belustigt. »Du willst, dass ich es dir knacke?«

»Ich könnte es als eine Art Anzahlung betrachten«, überlegte ich laut. »Bis du mir das Handy zurückgibst.«

»Träum weiter«, schnaubte sie und verschränkte die Hände vor der Brust. Ich dachte schon, das war's jetzt. Aber dann lenkte sie doch ein. »Okay, Vorschlag: Ich knack dein Bike und du vergisst das Handy. Und dass ich in deiner Bude war.«

»Hallo!?«

»Und du stellst keine blöden Fragen mehr. Deal?«

Ich zögerte. Das war kein Deal, das war Erpressung. Doch wenn ich jetzt nicht mitspielte, würde sie mich in den nächsten fünf Sekunden abservieren und ich würde auch so keine Antworten mehr von ihr kriegen. »Deal!«, sagte ich und kreuzte im Geist die Finger hinter dem Rücken. Ich würde ihr noch eine Menge Fragen stellen, darauf konnte sie Gift nehmen!

Da Nika darauf bestand, dass Leni mitkam, und ich nicht gehen wollte, ohne Flo Bescheid zu sagen, machten wir uns auf die Suche. Nach einer Weile fanden wir die beiden auf der Tanzfläche. Leni hatte sich Flos Hut geschnappt, ohne den er nirgends aufkreuzte. Ausgelassen tanzte sie um ihn herum.

Als Flo mich sah, kam er sofort zu mir rüber. »Und?«, raunte er mir zu. »Ist sie es?« Ich nickte. »Hat sie es dir zurückgegeben?«

Ich schüttelte den Kopf. »Angeblich verkauft«, raunte ich zurück. »Aber ich glaub das nicht. Und jetzt will sie mir mein Fahrrad wiederbeschaffen.«

Nika und Leni hatten sich in der Zwischenzeit ebenfalls ausgetauscht. Nika wandte sich an Flo. »Kommst du auch mit? Dein Freund braucht ein neues Fahrrad.«

»Wieso kein Auto?«, fragte Leni und tanzte ausgelassen weiter. »Oder, Nika? Kleinigkeit, was?!«

Nika verpasste ihr einen Stoß, und die beiden begannen, wie irre zu kichern. Dann griff Leni nach Flos Hand und zog ihn von der Tanzfläche. Nika und ich folgten den beiden.

JONAS

Wir verließen den Klub, vor dem jetzt eine lange Schlange aus Nachtschwärmern wartete. Schweigend schlugen wir den Weg Richtung Tram ein. Die Mädchen amüsierten sich immer noch über irgendwas. Die ganze Fahrt über kicherten und flüsterten sie, und ich kam einfach nicht dazu, Nika meine Fragen zu stellen.

Das Bike stand noch an derselben Stelle bei der Laterne. Nika musterte die beiden Schlösser. »Da sind zwei dran!«, stellte sie nüchtern fest.

»Das kostet Aufpreis!«, bemerkte Leni, und schon wieder brachen die beiden in Gelächter aus.

»Für das eine habe ich einen Schlüssel«, lenkte ich ein und durchstöberte meine Taschen. »Theoretisch.« Ich hatte den Schlüssel zu Hause gelassen.

»Passt schon.« Nika winkte großzügig ab. »Das sollte nicht allzu schwierig sein.« Sie förderte zwei Haarnadeln zutage, die sie geschickt aufbog. In wenigen Sekunden war das fremde Schloss geknackt. Für mein eigenes brauchte sie etwas länger. Schließlich rasselte die schwere Kette zu Boden. »Bitte sehr«, sagte sie nicht ohne Stolz.

»Alter!«, staunte Flo. »Das ging aber flott.«

»Tja, das ist eben Profiarbeit«, sagte sie geschäftsmäßig. »Und jetzt machen wir eine Probefahrt. Falls es dir nicht gefällt, DJ Ginger, suchst du dir einfach ein anderes aus.«

Ich schluckte. Was für ein Film lief hier eigentlich ab? Das hörte sich ja fast an, als würde Nika permanent Fahrräder knacken!

»Hey, und was ist mit uns?«, rief Flo und legte wie zufällig seinen Arm um Leni.

»Wir kommen natürlich mit«, bemerkte Leni und deutete auf ein riesiges schwarzes Hollandrad. »Wie wär's mit dem?«

»Was denn? Der olle Bock?«, fragte Flo mit gespielter Empörung. »Wieso kein Mountainbike? So wie Ginger?«

»Alter, ihr könnt doch jetzt nicht reihenweise Fahrräder knacken!«, erklärte ich empört.

»Weil das hier einen Gepäckträger hat, Dummkopf!« Leni achtete nicht auf meinen Einwand. Sie war schon mit dem Schloss zugange. Bei ihr dauerte es auch nicht länger. Im Nullkommanichts hatte sie das Schloss geknackt. »Einmal durch den Park, bitte!«, rief sie und schwang sich elegant auf den Gepäckträger.

Wir düsten durch die nächtliche Stadt, die zu dieser Zeit noch immer nicht schlief. Nach einer Weile bogen wir auf den Radweg ab, der durch den Park und am Fluss entlangführte. Die Luft war mild und es roch nach trockenen Büschen und heißem Sommer. Nika saß auf meinem Lenker, ihr Rücken lehnte leicht an meiner Brust, und ich war mir nicht sicher, ob es meine kaputten Rippen oder ihre superscharfen Hotpants und das heiße Shirt waren, die mir schier den Atem raubten. Ihr Duft nach Shampoo und Mädchen kitzelte mir in der Nase und ich fühlte mich so gut wie schon lange nicht mehr.

Mitten im Park bremste Flo und hielt neben einer alten Trauerweide. Ihre Äste hingen so tief, dass sie eine richtige Hütte bildeten. Leni sprang vom Rad und verschwand im grünen Dschungel. »Boah, meeegaaaa!«, rief sie und warf sich ins Gras, wo sie sich die High Heels von den nackten Füßen strampelte. »Boah, tut das gut!«

Flo zog eine leere Weizenbierflasche aus dem Gebüsch. »Wer hat Lust auf eine Runde Flaschendrehen?«, fragte er grinsend. Die Mädchen klatschten begeistert in die Hände, und so stampfte Flo eine Fläche glatt, auf der er die Flasche rotieren lassen konnte. »Mit Wahrheit oder Pflicht!« Wir ließen uns am Rande von Flos Arena im Gras nieder. Ich dachte: clever! Auf diese Art würden wir garantiert eine Menge über die beiden erfahren – ohne doofe Fragen zu stellen.

»Ich fang an«, rief Flo und ließ die Flasche kreisen. Natürlich stoppte sie bei mir. »Wahrheit oder Pflicht?«, fragte Flo.

»Pflicht.«

»Okay, beginnen wir harmlos: Ginger, ich will, dass du mit der Zungenspitze deine Nase berührst!«

Ich probierte es. Unter allgemeinem Gelächter bog und reckte ich meine Zunge, bis mir der Sabber links und rechts das Kinn herunterlief und Flo endlich Mitleid mit mir hatte. Lachend winkte er ab und dann war ich dran. Ich klopfte den Boden um die Flasche erneut glatt und drehte. Natürlich hoffte ich, dass die Flasche auf Nika zeigte, doch sie wies auf Leni. »Wahrheit oder Pflicht?«

»Pflicht!«, rief Leni und sah mich erwartungsvoll an.

»Mach einen Kopfstand und wackle mit den Zehen!«, befahl ich. Neben mir sog Flo hörbar die Luft ein. Erst da wurde mir klar, dass Leni dieses superkurze Kleid trug. Konnte man damit einen Kopfstand machen?

Leni blieb cool. Sie kniete sich hin und stützte ihre Unterarme so auf den Boden, dass ihre Hände ein Dreieck bildeten. Darin bettete sie ihren Hinterkopf und hob in Zeitlupe das Becken. Am Ende streckte sie – ganz langsam und eines nach dem anderen – ihre schlanken Beine in die Luft. Als Lenis Kleid hochrutschte und ein schwarzes Höschen zum Vorschein kam, erstarrte Flo neben mir zur Salzsäule. Dass sie mit den Zehen wackelte, bekam er vermutlich gar nicht mehr mit.

»Jetzt ich!«, rief Leni. Sie schnappte sich die Flasche und drehte. Wieder erwischte es mich. Ich entschied mich für Wahrheit. »Hast du schon mal was geklaut, DJ Ginger?«, fragte Leni und sah mich dabei herausfordernd an.

Ich starrte zurück und kam mir total uncool vor. Natürlich hatte ich noch nie in meinem Leben was geklaut. Doch dass mir das jetzt peinlich war, war irgendwie absurd. »Äh, nein«, gab ich zu.

»Noch nie?«, bohrte Leni nach.

»Noch nie.«

»Warum nicht?«

»Weil … Hallo? Weil man anderen nichts wegnimmt?«, brauste ich auf. Dämliche Frage!

»Aber wenn jemand doch total reich ist«, warf Nika ein. »Also, so richtig, richtig reich. Wenn er sozusagen im Geld schwimmt und schon gar nicht mehr weiß, wohin mit der ganzen Kohle.

Und du und deine Familie, ihr lebt irgendwie am Rand von allem. Würdest du es dann tun?«

»N-nein!«, sagte ich. »Bloß weil einer reich ist, ist das noch lange kein Grund ...«

»Leute!«, rief Flo. »Wollt ihr philosophieren oder spielen? Los, Ginger, du bist dran!«

Grummelnd drehte ich die Flasche. Diesmal traf es Nika. »Dein schlimmster Augenblick im Leben«, schlug ich vor, nachdem sie sich für Wahrheit entschieden hatte. Keine Ahnung, worauf ich gehofft hatte. Vermutlich irgendeine Story, die mir ein bisschen Einblick in ihr Leben geben würde.

Nika überlegte. Ihre Augen wanderten über den Fluss ans andere Ufer und noch weiter über die dunklen Wiesen. »Es war an meinem fünften Geburtstag«, begann sie schließlich, als wollte sie ein Märchen erzählen. »Ich war noch bei meiner Oma in diesem winzigen Kaff. Wir hatten ein paar Hühner, von denen ich eines besonders mochte. Es war schwarz und total zahm. Wenn ich es rief, kam es sofort angerannt. Ich durfte es sogar streicheln und manchmal blieb es auf meiner Schulter sitzen. An meinem fünften Geburtstag sagte meine Oma zu mir: ›Liebes, meinst du, du kannst mir ein Huhn fangen?‹ Und ich dachte: Klar kann ich!, und rannte zum Hühnerhof. Mein Huhn kam sofort an, als ich es rief. Ich nahm es auf den Arm und rannte zurück in die Küche. Meine Oma lächelte, griff sich das Huhn – und dann drehte sie ihm den Hals um.«

Einen Augenblick blieb es ganz still unter der Weide. Wir waren so geschockt, dass keiner von uns sich traute, Nika anzusehen.

»Scheiße«, sagte Flo, und wir nickten betroffen. Die Stimmung war komplett im Eimer. Keiner von uns hatte mehr Bock weiterzuspielen. Zum Glück rettete Flo die Situation. Er war wirklich gut in so was. »Wer kommt mit ins Wasser?«, rief er ausgelassen und riss sich das T-Shirt vom Leib. Dann stürzte er sich auf Leni, die kreischte und zappelte. Doch Flo watete ungerührt mit ihr in den Bach. Als ihm das Wasser bis zur Brust ging, ließ er ihre Beine los und zog sie an sich. Lenis Protestgeschrei verstummte und die beiden begannen zu knutschen. Sie küssten sich so lange, bis die Strömung sie wegtrug und es ganz still um uns wurde.

»Wow«, sagte ich beeindruckt. »Was für ein Abgang!« Bei Flo sah das alles megaeasy aus. Dagegen fühlte ich mich wie ein Stück Treibholz neben Nikas lebendigem Körper.

»Und?«, fragte sie. Ihr Blick lag noch immer auf dem Wasser. »Willst du auch?«

»Schwimmen?«

»Küssen, du Idiot!«

»Was, jetzt?«

»Wann sonst? Jetzt ist deine Chance.«

»Äh, ich …«

»So was noch nie gemacht oder wie?«

»Ich – doch, klar!«, stammelte ich. Das Problem war, dass man mir sofort ansah, wenn ich log. Das war schon immer so. Ich konnte nichts dagegen tun.

»Worauf wartest du dann, DJ Ginger?«, fragte sie und sah mich auffordernd an.

Eigentlich brannten tausend Fragen auf meiner Zunge. Wo sie wohnte und in welche Schule sie ging. Ob die Grizzlys ihre Brüder waren und ob sie tatsächlich regelmäßig klaute oder ob das mit meiner Bude vielleicht nur irgend so eine dämliche Mutprobe gewesen war. Doch damit hätte ich diesen magischen Augenblick zerstört. Wortlos legte ich meinen Arm um sie und zog sie an mich. Sie war mager wie ein kleiner Vogel und sie fühlte sich total zerbrechlich an. Aber ihre Lippen waren warm und weich und sie erforschten mich zärtlich und wild zugleich und ich hörte auf zu denken und ließ mich hineinziehen in diesen Strudel aus Lust und Leidenschaft.

Irgendwann sanken wir einfach ins Gras und dann genügten unsere Lippen auch schon nicht mehr und wir nahmen die Hände dazu und ich hätte alle iPhones, Fahrräder, Nasenbeine und Rippen dieser Welt gegen diesen perfekten Augenblick am Fluss getauscht.

Später saßen wir eng umschlungen am Ufer und sahen auf das dunkle Wasser, das träge an uns vorbeifloss. Es war ganz still um uns herum. Nur in der Ferne rauschten ab und zu ein paar Autos vorbei.

»Tut mir leid wegen deiner Nase«, sagte Nika schließlich, ohne mich anzusehen. »Meine Cousins sind – also –, manchmal haben sie sich einfach nicht im Griff.«

Aha! Ihre Cousins also. Doch ob Cousins oder Brüder – diese Idioten hätten mich fast umgebracht. Tolle Familie! »Darf ich dich etwas fragen?«, wechselte ich das Thema.

»Nein.«

»Bitte!«

»Wir hatten einen Deal!«

»Wieso bist du bei mir eingebrochen?«

»Weil … Mann, du bist aber hartnäckig!« Nika verdrehte in gespielter Verzweiflung die Augen. »Für mich ist das Sport, verstehst du?«

»Sport? Bei anderen einbrechen ist für dich Sport?«

»Schon irgendwie. Für mich und meine Cousins ist das so eine Art sportliche Herausforderung. Schaffen wir dieses Sicherheitsschloss? Wie lange brauchen wir? Welche Geheimnisse liegen hinter dieser Tür? Was sind das für Leute, die hier wohnen? Reiche, arme, dicke, dünne Leute.«

»Du verarschst mich jetzt!«

»Nein, gar nicht! Meine Cousins und ich, wir machen das schon ganz lange. Und zum Beweis, dass man es geschafft hat, muss jeder aus der Wohnung, in die er eingestiegen ist, irgendetwas mitbringen.«

»Hast du deshalb mein Handy mitgehen lassen?«

»Du und dein blödes Handy!«

»Ich will es wiederhaben.«

»Kauf dir doch ein neues.«

»Mann, so einfach geht das nicht!«

»Nein?« Sie schob ihre Hand in mein Haar und zog meinen Kopf zu sich herunter. Und dann küsste sie mich.

»Nein!«, grummelte ich, doch ich war nicht mehr bei der Sache.

Es dämmerte bereits, als Nika zum Aufbruch drängte. Wir radelten durch den Park und durch die Stadt, die langsam zum Leben erwachte. Vor dem Klub sprang Nika von meiner Lenkstange.

»Sehen wir uns wieder?«, fragte ich und hätte mich im selben Moment ohrfeigen können. Ich Idiot, wieso hatte ich es als Frage formuliert und nicht gesagt, dass ich sie unbedingt wiedersehen wollte? Jetzt würde sie vermutlich Nein sagen!

Und wirklich: Nika machte dicht. Sie warf einen gehetzten

Blick zum Klubeingang, wo zwei Schränke standen und die Gäste kontrollierten. »Besser nicht«, antwortete sie kurz angebunden und ließ mich stehen.

»Wieso?«, rief ich hinter ihr her.

»Hat mich gefreut, DJ Ginger«, warf sie mir über die Schulter zu.

»Ich heiße Jonas!«

Sie drehte sich noch einmal um und lächelte. »Hat mich gefreut, DJ Jonas!«

Und dann war sie weg. Verschluckt von einer Nacht, die merkwürdiger nicht hätte sein können.

NIKA

Die Nacht mit DJ Ginger – oder besser mit Jonas – hallte noch lange in mir nach. Der Typ gefiel mir. Sehr sogar. Nicht nur, weil er gut küsste. Das natürlich auch, aber da war noch etwas anderes. Ich hatte das Gefühl, dass Jonas der Erste war, der ein aufrichtiges Interesse an mir hatte. Er wollte wirklich wissen, wer ich war und warum ich mich so merkwürdig verhielt. Warum ich ihn beklaute und dann mit ihm abhing. Und warum ich ihm nach dieser Nacht nicht das Handy zurückgab. Ehrlich gesagt wusste ich es selbst nicht so genau. Klar, so ein iPhone war absolut angesagt. Doch in Jonas Fall war es mehr. Vielleicht war das Handy so etwas wie ein Pfand? Eine Art Sicherheit, dass wir in Kontakt blieben, während zu Hause das Leben weiterging?

Solange Igor unterwegs war, arbeiteten Pavel und ich zu zweit, was deutlich entspannter war. Pavel tickte nicht so schnell aus wie Igor. Er kommandierte mich nicht herum und er brüllte auch nicht. Und er hörte mir sogar zu, wenn ich mal einen Vorschlag machte. Ein paar Tage nach meinem Besuch im Paranoia hatten wir endlich Glück mit der Stadtvilla in der Schillerstraße. Sie gehörte einer alten Schachtel, die eigentlich nie das Haus verließ. Eine Zeit lang dachten wir sogar, die Alte sei tot und keiner hätte es bemerkt. Aber dann beobachtete Pavel, wie sie mit ihrem Rollator aus dem Haus schlurfte. Er funkte mich an, und ich brauchte knapp sieben Minuten, um herauszufinden, wo sie ihre Ersparnisse bunkerte: in einer riesigen, blau-weiß geblümten Bodenvase made in China. Als Stjepan und Igor nach knapp einer Woche zurückkamen, nahm unser Familybusiness wieder Fahrt auf. Alles war wie immer: Igor erwartete, dass ich mich ihm unterordnete, Pavel hielt sich raus, und wir alle mussten vor Stjepan kuschen. Der im Übrigen extrem schlecht gelaunt war. Anscheinend hatte Vladimir nach dem roten SUV gefragt und Stjepan hatte nicht liefern können. Igor und Pavel hatten ihm damals weisgemacht, dass einer der Hausbewohner unerwartet aufgetaucht wäre und dass wir die Sache vorzeitig hätten abblasen müssen. Kein Wort davon, dass Jonas mich erwischt hatte. Auch nicht, dass Igor und Pavel ihn in die Mangel genommen hatten. Vermutlich hätte Stjepan ihnen dafür die Hölle heißgemacht. »Ihr geht da gefälligst noch mal rein!«, befahl er, als wir uns eines Abends zu einem Krisengespräch in der Küche versammeln mussten.

Mir ging das gehörig gegen den Strich. Jetzt, wo ich Jonas kennengelernt hatte, und vor allem nach der Nacht im Park, wollte ich auf gar keinen Fall noch einmal bei ihm einsteigen. Das wäre im Grunde so, als würde ich Leni beklauen!

Doch Stjepan war extrem gereizt. Das Letzte, worauf er Lust hatte, war eine Diskussion mit mir. Ich probierte es trotzdem.

»Das ist da echt total ungünstig, Stjepan. Die Haustür – also, wenn ich da dran bin, kann das jeder Nachbar sehen. Können wir nicht woanders …? So einen SUV gibt's doch bestimmt häufiger.«

Stjepan war es nicht gewöhnt, dass ich den Mund aufmachte. »Was soll das, Nika?«, fuhr er mich an. »Entscheidest du jetzt über die Location?«

»Nein, aber …«

»Mach deinen Job und besorg mir den Schlüssel. Wenn das mit der Tür nicht klappt, lass dir was einfallen! Nimm den Keller oder das Klofenster. Meinetwegen klingelst du und fragst nach einem Glas Wasser oder ob du mal auf die Toilette darfst. Ist mir scheißegal, wie du es machst. Aber schaff mir den Schlüssel her. Und zwar gestern!«

An einem der darauffolgenden Abende bekam ich dann schließlich die SMS, vor der ich mich die ganze Zeit gefürchtet hatte: Jonas hatte das Haus verlassen, und Pavel verkündete, dass die Luft rein war. Seufzend machte ich mich auf den Weg.

Diesmal war die Haustür zweimal abgeschlossen. »Wir lernen dazu«, brummte ich, während ich den Spanner mit sanftem Druck drehte, damit sich innen nichts verkantete. Ein leises Klicken und ich war drin.

Im Haus war es angenehm kühl. In der Küche stapelten sich leere Pizzakartons und Bierflaschen. Ein paar Fliegen summten um den vollen Mülleimer, in dem es auffällig nach Gras roch. »Hätt ich dir gar nicht zugetraut, DJ Ginger!«, murmelte ich.

Ich lief die Treppen hoch. Das Arbeitszimmer ließ ich links liegen. Den Schlüssel konnte ich später immer noch suchen. Jetzt wollte ich erst einmal sehen, wo DJ Ginger Musik machte.

Jonas' Zimmer erkannte ich auf Anhieb: ein zerwühltes Bett, ein Schreibtisch mit riesigem Bildschirm, ein Laptop, ein Laserdrucker, jede Menge Bücher und Schulzeugs in Regalen und auf dem Boden. Außerdem eine Playstation. Auch nicht schlecht. Allerdings kein Keyboard. Dafür lagen überall Klamotten herum. Ob Mama sonst bei ihm aufräumte? Oder nein, bestimmt hatten sie eine Putzfrau.

Ich lief weiter, entdeckte das Bad, natürlich mit Eckbadewanne und Regendusche, ein Schlaf- und ein Gästezimmer, ein Ankleidezimmer und eine weitere Treppe nach oben.

Der riesige Raum unterm Dach war vermutlich als zweites Gästezimmer gedacht. Es gab ein Bett, eine alte Kommode und in der Ecke zusammengerollt ein paar Yogamatten, einen Gymnastikball und so ein merkwürdiges Gerät auf einer langen Schiene, vermutlich eine Rudermaschine. Außerdem jede Menge Umzugskartons.

Ganz hinten entdeckte ich schließlich einen weiteren Raum. »FLUSH« stand in Großbuchstaben auf einem Schild, das in Augenhöhe an der Tür klebte. Was immer das heißen mochte.

Ich stieß die Tür auf und fand, wonach ich suchte: ein Studio, klein, aber fein! Wände und Decke sorgfältig mit grauen Schaumstoffplatten beklebt, ebenso das Fenster. Auf dem Boden ein dicker blutroter Teppich. Das besagte Keyboard, dazu Kopfhörer, Mischpult, Mikrofon und ein Computer, an dessen Bildschirm ein kleines Lämpchen blinkte.

»Abgefahren«, murmelte ich. Dass der Raum eigentlich ein Klo war, sah ich erst auf den zweiten Blick. Die Kloschüssel hatte er zu einem Beistelltisch umfunktioniert. Dort stand jetzt das Mischpult. Das Waschbecken war abgedeckt und diente als Ablage für eine Monitorbox. Daneben blitzte mich ein Saxofon an. Fasziniert strich ich über die vielen Klappen. So ein Teil spielen zu können, musste geil sein! Vorsichtig nahm ich es aus seinem Ständer. Es war schwerer, als ich dachte. Ich hängte mir den Gurt um den Hals und versuchte, meine Finger irgendwo unterzukriegen. Über dem Mundstück steckte eine schwarze Kappe. Ich nahm sie ab und blies kräftig hinein. Doch das Instrument gab nur ein heiseres Fauchen von sich. Ich probierte noch eine Weile herum, drückte auf die Klappen und sah zu, wie sie sich öffneten und schlossen. Schließlich klemmte ich das Teil ein wenig enttäuscht wieder in seinen Ständer und wandte mich dem Keyboard zu. Es bestand aus zwei Tastaturen. Wieso brauchte er zwei? Vorsichtig drückte ich eine der Tasten am unteren Keyboard und zuckte erschrocken zurück. Durch den Kopfhörer drang ein quäkender Sound. Angefixt stülpte ich mir die Dinger über die Ohren und drückte wahllos schwarze und weiße Tasten. Es war irre! Nach links wurde es orgelig, in der Mitte kamen die Bläser und rechts die Streicher. Wenn ich mit beiden Händen gleichzeitig auf die Tasten einschlug, begann ein Brausen und Dröhnen, als wäre ein ganzes Orchester total ausgeflippt. Ich probierte noch eine Weile herum, dann legte ich die Kopfhörer beiseite und ruckelte an der Maus. Der Bildschirmschoner verschwand. Eine Tabelle mit merkwürdigen bunten Balken tauchte auf. Leider passierte nichts, als ich die Balken anklickte. Ich hätte zu gerne etwas von Jonas gehört. Vielleicht hatte er ja schon etwas Neues geschrieben?

Als mein Handy vibrierte, fuhr ich zusammen. Igor! Ob ich den Schlüssel gefunden hätte.

»Nein«, tippte ich.

»Mach!«, kam seine Antwort.

Du nervst, dachte ich und packte das Handy weg. Noch einmal strich ich über die schwarzen und weißen Tasten, dann verließ ich das Studio.

Kurz nach dem Krisengespräch in der Küche hatte ich einen Entschluss gefasst. Und selbst Stjepan oder Igor würden diesen Entschluss nicht rückgängig machen. Überhaupt: Igor konnte mich mal. Ich war Nika, die Homejackerin, und ich allein entschied, wem ich einen Schlüssel klaute und wem nicht. »Behalt die Karre, DJ Ginger«, sagte ich und folgte der Treppe nach unten, vorbei am Arbeitszimmer, in dem ich den Autoschlüssel ganz sicher gefunden hätte. »Ich regle das.«

Ich hatte mich in Jonas verliebt. Und einen Menschen, den man liebte, den beklaute man nicht. Basta!

NIKA

»Wie? Du hast ihn nicht gefunden?!«, schnauzte Igor, als ich kurz darauf mit leeren Händen zu den beiden ins Auto stieg. »Und jetzt? Was sollen wir Stjepan deiner Meinung nach erzählen?« Ich zuckte die Achseln, doch das brachte Igor noch mehr in Fahrt. »Fuck!«, brüllte er, und das komplette Auto wackelte, als er mit der Hand auf das Lenkrad hieb.

»Hast du wirklich überall nachgesehen?«, hakte Pavel nach.

»Ja, Mann«, fauchte ich.

»Und sonst?«, knurrte Igor mit zusammengebissenen Zähnen. »Hast du sonst auch nichts gefunden? Kein Geld, keine Kreditkarten, Schmuck, einen Safe? Irgendwas, was wir Stjepan anbieten könnten?«

Wieder schüttelte ich den Kopf.

»Verarsch mich nicht!«, schrie Igor.

Jetzt hieß es aufpassen. Igor war nicht blöd. Er merkte es, wenn ich ihn belog.

»Vielleicht haben sie die Schlüssel mit in den Urlaub genommen, damit der Sohnemann keinen Mist baut«, schlug ich vor.

»Vielleicht hast du aber auch eine Schublade im Schlafzimmer übersehen? Oder er liegt in Alufolie verpackt im Kühlschrank«, wandte Pavel ein.

»Mann! Da habe ich überall nachgesehen«, log ich.

Eine Weile schwiegen wir. Schließlich hielt Igor es nicht mehr aus. »Okay, Plan B: Wir warten, bis der Typ zu Hause ist und dann rede ich noch mal mit ihm. Bin sicher, dass er den Schlüssel danach freiwillig herausrückt.«

»Du bist so bescheuert, Igor!«, giftete ich.

Igor guckte, als hätte ich ihm eine geknallt. »Bescheuert, ja?!«, brüllte er.

»Ja, bescheuert!«, schrie ich zurück. »Der Typ hat sich eure Visagen doch gemerkt, als ihr den zusammengeschlagen habt. Der kann den Bullen haargenau beschreiben, wie ihr ausseht. Und mich kennt der auch. Wir müssen ein anderes Modell suchen!«

Igor schnaubte wie ein wütender Stier. »Die Bullen können mir gar nichts! Und deine Klugscheißereien gehen mir auf den Sack, Nika! Du glaubst wohl, du wärst was Besseres? Dabei weiß ich genau, wieso du in der Hütte nichts findest.«

»Ja?«, keifte ich zurück. »Und wieso?«

»Du kennst den Typen, der hier wohnt. Du hast was mit dem!«

»Spinnst du jetzt total, oder was?«, schrie ich. »Woher soll ich den denn kennen?«

»Aus dem Klub!«, brüllte Igor. »Viktor hat es mir erzählt. Er hat dich mit ihm gesehen. Neulich nachts. Als Stjepan und ich die Autos weggebracht haben. Du warst mit Leni im Paranoia.«

Dieser verdammte Viktor! Für einen Moment verschlug es mir

die Sprache. Doch dann beschloss ich, dass Angriff die beste Verteidigung war. »Okay, ich war im Paranoia. Stimmt. Aber ich bin nicht mit irgendeinem Typen abgerauscht.«

»Viktor war an der Tür. So zwischen zwei und drei. Er hat euch gesehen. Mit zwei Jungs. Und der eine hatte rote Haare. Wie der Typ, der dir neulich nachgerannt ist.«

»Dein Viktor war wohl auf Speed oder was? Ich bin mit niemandem weg. Ich war bis um vier im Paranoia. Und danach sind wir mit der Tram zurückgefahren.«

»Da erzählt Leni aber etwas anderes!«

»Als ob!« Leni und ich hatten vorher abgesprochen, was wir sagen würden, falls wir aufflogen. Igor wollte mich nur aufs Glatteis führen. »Weißt du, was, Igor? Ich rede mal mit Stjepan. Und dann erzähl ich ihm, dass du und Pavel Leute auf der Straße zusammenschlagt. Und dass euch die Bullen demnächst wegen Körperverletzung drankriegen. Das findet der bestimmt super!«

Zack! Igor hatte mir eine gescheuert. Meine Wange brannte wie Feuer. »Und weißt du, was ich Stjepan erzähle?«, knurrte er. »Dass du hier den Zwergenaufstand probst und nicht mehr für die Familie arbeiten willst. Mal sehen, was er dazu sagt!«

In dieser Nacht schlief ich kaum. Ich bekam mit, wie Stjepan gegen zwei nach Hause kam. Als Igor ihm von der fehlgeschlagenen Aktion berichtete, flippte er völlig aus. Er brüllte herum, dass er nicht begreifen könne, wieso wir die Karre nicht organisiert hatten und dass wir einfach zu blöd wären.

»Nika sagt, da war kein Schlüssel«, verteidigte Igor sich. »Aber ich glaub, die lügt. Ich bin sicher, dass der da irgendwo rumgelegen hat.«

»Ich glaub auch, die sabotiert uns!« Typisch Pavel. Er hielt immer zu Igor.

»Wieso sabotiert die euch? Habt ihr die nicht mehr im Griff oder was?« Jetzt würde Stjepan gleich explodieren.

»Ja doch, schon. Aber gerade ist die total aufmüpfig. Diskutiert rum und so.« Das war jetzt wieder Igors Stimme. »Die hat keinen Bock mehr, mit uns zu arbeiten.«

»Was, keinen Bock mehr!«, brüllte Stjepan. »Wen interessiert, ob sie Bock hat? Die hat zu funktionieren, klar?«»Ich glaub, die würde lieber ohne uns arbeiten«, behauptete Pavel.

»So weit kommt's noch!«, blaffte Stjepan. »Wenn ihr sie bei einem Alleingang erwischt, legt ihr sie übers Knie. Ist das klar, Igor?«

»Mann, Stjepan, sie nervt! Man kann sich nicht mehr auf sie verlassen«, meckerte Igor. »Lass uns ein anderes Kind organisieren. Ein jüngeres. Nika ist sowieso zu alt! Gib sie dem Rösler!«

»Nichts da«, brummte Stjepan. »Dem schon gar nicht.«

»Wieso?«, fuhr Igor auf. »Erst neulich hat er mir gesagt, wenn wir sie nicht mehr brauchen, er nimmt sie sofort.«

»Kann ich mir vorstellen«, knurrte Stjepan. »Irinas Bruder hat auch schon gefragt. Fünfundsechzigtausend hat er geboten.«

Pavel pfiff beeindruckt durch die Zähne. »Für die kleine Ratte?«

»Ich verkauf sie nicht«, knurrte Stjepan. »Noch nicht.«

»Mann, wieso nicht?«, brauste Igor erneut auf. »Ist doch ein gutes Geschäft!«

Ein Stuhl krachte zu Boden. Igor stöhnte. Vermutlich hatte Stjepan ihm eine gescheuert. »Weil sie gut ist, verdammt! Sie hat in ihrem Kopf mehr Grips als ihr beiden zusammen!«, brüllte er.

»Nika wird es weit bringen, davon bin ich überzeugt. Sie ist ehrgeizig. Ein oder zwei Jahre noch, dann ist sie richtig gut. Und bis dahin sorgt ihr gefälligst dafür, dass sie in der Spur bleibt! Habt ihr mich verstanden?«

Ich hatte genug gehört. Frustriert stopfte ich mir die Kopfhörer in die Ohren und angelte nach meinem Handy. Dann rief ich meine Lieblingsplaylist auf und betäubte meinen Kopf mit Jonas' Musik. Ich wollte nicht darüber nachdenken, was ich da gerade gehört hatte. Einerseits gefiel es mir natürlich, dass Stjepan mich verteidigte. Er stand wirklich voll hinter mir, und er war überzeugt, dass ich es noch zu etwas bringen würde. Andererseits würde das jetzt die Eifersucht meiner Cousins schüren. Sie würden von nun an jeden meiner Schritte verfolgen und mich bei Stjepan sofort verpetzen. Bei jedem noch so kleinen Fehler.

Vielleicht sollte ich abhauen. Aber wohin? Zu Milan? Bei dem würde Stjepan doch als Erstes suchen! Zu Jonas? Besser nicht. Ich sollte ihn da nicht mit reinziehen.

Nachdenklich betrachtete ich Jonas' Handy. Du hast es gut, dachte ich. Niemand kontrolliert dich, wenn du nachts im Klub als DJ Ginger auftrittst oder in deinem Studio Gras rauchst und dabei Musik machst. Oder wenn du irgendwo mit Freunden abhängst. Deine Familie lässt dich in Ruhe. Du kannst tun und lassen, was du willst. Du bist frei!

Und wie sah es mit meinem Leben aus? Mit meinen Wünschen? Was wollte ich eigentlich? Entschlossen klickte ich auf die Notizen-App. Von jetzt an würde ich alle Dinge notieren, die ich irgendwann in meinem Leben einmal tun wollte.

Ich begann mit meinem Kindheitswunsch: ans Meer fahren

und am Strand schlafen. Unter einem riesigen, blinkenden Sternenhimmel. Mit Sternschnuppen und dem Rauschen der Brandung im Ohr.

Was noch? Genau! Ich wollte ein Tattoo. Ein weißes, das aussah, als wäre meine Haut aus zarter Spitze. Viele in meiner Familie waren tätowiert, vor allem die Männer. Aber es waren protzige Tattoos mit gruseligen Fratzen oder blutigen Messern oder Kalaschnikows. Igor hatte sich so eine stechen lassen, damit alle sehen konnten, was für ein harter Kerl er war. Ich dagegen wünschte mir ein Mandala aus Federn, vielleicht im Nacken oder zwischen den Schulterblättern. Oder einen Schmetterling auf dem Unterarm. Und passend dazu würde ich mir einen winzigen Stein in die Nase piercen lassen.

Ein Punkt nach dem anderen kam auf meine Wunschliste. Schließlich hatte ich zehn Dinge zusammen, die mir besonders wichtig erschienen. Ich speicherte alles ab und beschloss, dass ich diese Punkte innerhalb von einem Jahr abhaken würde. Egal wie – ich würde es schaffen!

Ein wenig getröstet kuschelte ich mich in meinen Schlafsack, während Jonas' Songs meine Ohren fluteten und mich in eine andere Welt entführten. Eine Welt, in der ich frei war und tun und lassen konnte, was ich wollte.

JONAS

Nach der nächtlichen Tour mit Nika hoffte ich jeden Tag auf ein Lebenszeichen von ihr. Ich vermisste sie. Ich wollte sie wiedersehen, ihr meine Songs vorspielen, ihr vielleicht sogar ein eigenes Lied schreiben. Mehrfach versuchte ich, sie auf meinem Handy zu erreichen. Ich war mir sicher, dass sie es behalten hatte und dass sie mich im Klub nur provozieren wollte. Doch es ging immer nur die Mailbox dran. Auf WhatsApp-Nachrichten reagierte sie nicht. Und orten konnte ich sie auch nicht mehr. Sie war wie vom Erdboden verschluckt.

In der Hoffnung, Nika würde sich irgendwann doch noch melden, vielleicht sogar hier vor meiner Tür auftauchen, verschanzte ich mich im Flush und komponierte, experimentierte und traktierte mein Keyboard, bis die Tasten rauchten. Ich hatte einen kreativen Schub nach dem anderen.

Irgendwann ging mir ein richtig geiles Solo durch den Kopf. Ich griff nach meinem Sax – und erstarrte. »What the f…?« Nie im Leben hatte ich es so dämlich hingestellt! Statt des Schalltrichters klemmten die Achsen im Ständer, und zwar so unglücklich, dass ich mich wunderte, wieso das Teil überhaupt noch stand. Misstrauisch blickte ich mich um. Jemand war hier gewesen – hier im Flush! Hatte herumgeschnüffelt, Sachen befingert, mein Keyboard angefasst, mein Saxofon aus seinem Ständer genommen!

Aber wann konnte das gewesen sein? Die letzten beiden Tage war ich rund um die Uhr zu Hause gewesen. Es musste davor gewesen sein!

Ich nahm das Sax in die Hand und untersuchte es. Die Klappen schienen okay zu sein. Auch sonst konnte ich keine Spuren erkennen. Ich zupfte die Kappe ab und beäugte das Blättchen. Nichts zu sehen. Selbst als ich ein paar Takte spielte, hörte es sich an wie immer. Trotzdem nahm mir die Sache total den Drive. Gleichzeitig keimte ein schrecklicher Verdacht in mir auf: Waren ihre Jungs etwa hier gewesen, während sie mit mir im Park herumgemacht hatte? War das alles nur ein Ablenkungsmanöver gewesen? Hatte sie mich nur benutzt, damit ihre Crew die Lage im Haus checken konnte?

Und ich hatte geglaubt, sie meinte es ernst! Wütend stellte ich das Sax in die Ecke und stöpselte mein Keyboard aus. Dann verließ ich das Flush und verbarrikadierte mich für die nächsten Stunden hinter meiner Playstation. Feinde plattmachen war jetzt das einzig Richtige.

Irgendwann bekam ich dann aber doch einen Hüttenkoller. Der einzige Mensch, den ich in den letzten Tagen getroffen hatte, war der Fahrradkurier von Lieferando. Jetzt konnte ich keine Pizza mehr sehen und außerdem musste ich unbedingt mal wieder unter Leute. Also rief ich Flo an und schlug vor, dass wir zum See fahren könnten.

»Geile Idee, Mann! Wie immer an unserer alten Stelle hinter dem Schwimmbagger?«

»Von mir aus.«

»Cool! Ich bring uns Ballerbrühe mit.«

»Okay, bis gleich.«

Ich wollte schon auflegen, da fiel Flo noch etwas ein. »Sag mal Ginger, hat sich deine Gangstabraut noch mal gemeldet?«

Ich zögerte. »Nee, wieso?«

»Na ja, ich dachte bloß. Wäre doch mega, wenn die beiden auch zum See kämen.«

»Ich hab ihre Nummer nicht«, wandte ich ein.

»Als ob!«, lachte Flo. »Die hat doch noch dein Handy!«

»Ja, schon. Aber …«

»Los, ruf sie an. Und sie soll Leni mitbringen!«

»Flo, ich …«

»Also bis nachher. Zu viert!« Weg war er.

»Ja, du mich auch!«, brummte ich und versuchte es erneut bei meinem eigenen Handy, aber Nika ging wieder einmal nicht dran. Also schrieb ich ihr eine Mitteilung, dass ich am See hinter dem Schwimmbagger auf sie warten würde. Und dass sie Leni mitbringen solle. Eigentlich hätte ich lieber unter vier Augen mit ihr gesprochen. Aber vielleicht würde sich ja eine Gelegenheit auftun.

Ich schwang mich auf mein Bike und radelte los. Wie erwartet war unsere alte Stelle am Schwimmbagger noch frei: eine Mondlandschaft aus Kies und Sand mit steil abfallendem Ufer und einer Sandrampe, die von der Straße zum See führte. Hier war man vollkommen ungestört. Die Leute mieden den Ort, obwohl der Bagger schon lange nicht mehr zur Sand- und Kiesgewinnung genutzt wurde. Die Warnungen vor abrutschenden Böschungen, kalten Wasserbewegungen, Elektrokabeln oder Drahtseilen unter Wasser hatten den Leuten den Spaß am Schwimmen vermiest. Sie legten sich lieber ans matschige Ufer auf der anderen Seite oder wühlten sich durch den Schlick, um ins Wasser zu kommen. Oder sie zahlten Eintritt für einen winzigen überwachten Strand, der komplett überlaufen war.

Zugegeben, der Blick auf den Bagger, der im Wasser langsam vor sich hin rostete, hatte wenig Romantisches. Dafür konnte man prima hinschwimmen und von einer der Plattformen ins Wasser springen – auch das übrigens ein No-Go für die breite Öffentlichkeit.

»Hi, Alter!« Eine halbe Stunde später warf Flo sich neben mich ins Gras. »Und? Kommen sie?«

»Keine Ahnung«, brummte ich und starrte in den wolkenlosen Himmel. Die Sonne brutzelte herab, und ich fühlte förmlich, wie ich langsam, aber sicher zum Hummer mutierte. Das Gelaber meiner Mum, von wegen Haut vergisst nicht und Krebs im Alter, ging mir durch den Kopf. Doch im Augenblick war es mir egal. Wer konnte schon sagen, wie alt man wurde? Wenn ich mit zwanzig einen Abgang machte, wollte ich wenigstens jetzt die Sonne genießen. »Hab sie nicht erreicht.«

Flo sagte nichts. Aber er wirkte enttäuscht, und zum x-ten Mal fragte ich mich, was da wohl zwischen ihm und Leni gelaufen war. In dieser Nacht, als er einfach mit ihr davongeschwommen war.

»Boah, ist das heiß!« Flo zog sich das Shirt über den Kopf. Er war knackig braun und super durchtrainiert. Kein Wunder, dass Leni auf ihn stand. Und Nika? Stand sie tatsächlich auf diesen bleichen Kerl mit den Sommersprossen? Für mich hatte es sich total echt angefühlt, neulich, unter der Trauerweide. Aber vielleicht war es wirklich bloß Show gewesen. Sonst hätte sie sich doch mal gemeldet!

»Bier?«, fragte Flo und kramte in seiner Sporttasche. Er hatte an alles gedacht, sogar an die Eiswürfel, die jetzt allerdings in seiner Tasche schwammen. Trotzdem, das Bier war noch kalt und es schmeckte super.

»Prost, Alter! Auf die Mafia.«

»Sehr witzig«, grummelte ich und stieß mit ihm an.

Auf dem See war einiges los. Am gegenüberliegenden Ufer zogen mehrere Kids ein Schlauchboot ins Wasser. Ein paar andere kamen dazu und kippten es um, sodass die Unterseite oben war. Nur drei oder vier schafften es, sich hochzuziehen. Die anderen klebten am Rand und versuchten, das Boot wieder umzudrehen. Das Ganze endete in einer heftigen Wasserschlacht.

Irgendwann kam ein Eiswagen vorbei. Die Kids stürmten aus dem Wasser und ließen das Boot zurück. Es dümpelte träge auf den winzigen Wellen und trieb langsam auf die Mitte des Sees zu.

»Wie war's denn noch mit Leni?«

»Alter, total geil! Wir sind den ganzen Eisbach runtergeschwommen. Als Einzige. Da war echt kein Schwein im Wasser.«

»Und dann?« Ich war neugierig, ob der Abend bei ihm auch so im Nirwana geendet hatte. Nika hatte mich ja vor dem Klub regelrecht abserviert. Und das nach so viel Romantik.

»Wir haben noch ein bisschen rumgemacht. Leni ist echt süß, aber so ganz kapiert hab ich die Sache nicht. Einerseits ist sie total verrückt und scheint vor nichts Angst zu haben. Sie wollte sogar in den Kiosk im Park einsteigen, um uns etwas zu essen zu organisieren. Aber ich hab sie daran gehindert. Hatte keinen Bock auf die Bullen. Und dann war sie wieder voll schüchtern. Als ich gefragt habe, ob sie bei mir pennen möchte, war sie richtig erschrocken. Sie hat behauptet, ihre Eltern wären voll dagegen, dass sie mit Jungs rummacht. Sie muss immer superpünktlich zu Hause sein, und bloß weil die gerade im Urlaub sind, konnte sie überhaupt weg.

»Und dann?«

»Dann sind wir irgendwann mit der Tram zurück, um unsere Sachen zu holen. Ihr wart schon weg. Bloß das Rad war noch da.« Flo nahm einen tiefen Schluck aus seiner Pulle. »Und du so?«

»Wir …« Die Erinnerung an Nikas Kuss unter der Trauerweide erregte mich jedes Mal aufs Neue. Ich hatte versucht, die Nacht in einem Song einzufangen. Aber ich war noch nicht zufrieden. »Es war total schön, auch wenn wir nicht so viel unterwegs waren wie ihr. Deshalb verstehe ich einfach nicht, wieso sie sich nicht meldet.«

»Vielleicht lässt sie dich absichtlich zappeln. Damit du so richtig heiß auf sie wirst.«

Ich schüttelte den Kopf. »Ich glaube eher, dass es einen anderen Grund gibt.«

»Echt?« Flo sah mich groß an. »Was denn für einen?«

Ich überlegte, ob ich Flo von meinem Verdacht berichten sollte. Er würde mich sicher für verrückt halten. Andererseits brauchte ich einfach mal jemanden zum Quatschen. »Irgendwer war in meiner Bude. Und ich vermute, es war genau in der Nacht, als wir mit den beiden unterwegs waren. Und ich glaube, es waren Nikas Jungs.«

»Krass!«, rief Flo. »Fehlt was? Ich meine, hast du nachgeschaut? Wurde was geklaut?«

Ich schüttelte den Kopf. »Nein, ich glaub nicht. Aber mein Sax stand schief im Ständer.«

Ein paar Sekunden starrte Flo mich fassungslos an. Dann prustete er los. »Alter, du tickst ja wohl nicht richtig! Das ist doch kein Beweis, dass jemand von Nikas Leuten in deiner Bude war. Vielleicht hast du es selbst so hingestellt.«

»Auf keinen Fall!«

»Du siehst Gespenster, Dude!«

»Glaub ich nicht. Ich glaub, das mit den Mädels war ein Ablenkungsmanöver. Damit die meine Bude durchsuchen konnten.«

Flo griff sich an den Kopf. »Bist du jetzt unter die Verschwörungstheoretiker gegangen? Alter, dass wir die beiden im Klub getroffen haben, das war reiner Zufall! Die konnten doch gar nicht wissen, dass du an dem Abend auflegst!«

Flo hatte recht. Es musste ein anderer Abend gewesen sein. »Was ist mit neulich? Als ich bei dir übernachtet habe? Da könnte es auch Nika selbst gewesen sein!«

»Weißt du, was, Alter? Chill mal«, brummte Flo. »Vielleicht bist du einfach nur ein bisschen hysterisch. Kein Wunder, so wie diese Schläger mit dir umgesprungen sind. Aber glaub mir: Da war keiner in deiner Bude.«

Mein Blick schweifte über den See und blieb am gegenüberliegenden Ufer hängen.

Mittlerweile zog der Eiswagen eine Traube von Kids hinter sich her und bimmelte dabei wie irre. Vermutlich machte der

Eisverkäufer heute ein sensationelles Geschäft. Zumindest dauerte es ewig, bis er endlich weiterfuhr.

Das Geräusch des Eiswagens war noch nicht ganz verklungen, als sich ein anderes in den Vordergrund drängte. Ein Motorrad brauste die Sandrampe hinter uns runter. Es wirbelte eine Menge Staub auf, während es mit großer Geschwindigkeit näher kam. Ein merkwürdiges Gefühl sagte mir, dass das kein Zufall war.

»Was wollen die denn hier?« Flo hatte die beiden ebenfalls bemerkt. Er sprang auf. »Hey, das ist unser Platz!«

»Scheiße, ich glaub, ich kenn die!«, zischte ich und sprang ebenfalls auf. »Das ist Nikas Killerkommando! Los, lass uns abhauen!«

Panisch sah ich mich um. Es gab nur einen Fluchtweg. »In den See!«, rief ich und sprang ins Wasser. Es war eisig und einen Augenblick blieb mir die Luft weg.

»Ey, Alter! Was 'n los?« Flo zögerte und starrte immer noch in die Richtung, aus der das Motorrad auf uns zukam.

»Flo!«, brüllte ich, und meine Stimme überschlug sich fast.

Flo riss sich los und köpfte ins Wasser. Er war eindeutig der bessere Schwimmer und mit meinen angeknacksten Rippen war an Kraulen nicht zu denken. Doch in diesem Augenblick verlieh mir die Angst Flossen. Wir strampelten los, als wäre der Teufel hinter uns her. Mein Kopf dröhnte, mein Atem ging stoßweise, und ich hatte das Gefühl, gleich einen Wadenkrampf zu kriegen.

Erst als wir schon weit draußen waren, wagte ich einen Blick über die Schulter. Ich hatte recht: Die beiden Typen hatten ihr Motorrad bei unseren Sachen abgestellt. Als der eine seinen Helm abzog, wusste ich, dass ich mich nicht getäuscht hatte. Die Grizzlys! Einer von ihnen durchsuchte unser Zeug, der andere, der, der mir die Nase gebrochen hatte, starrte in unsere Richtung. Mit zwei Fingern deutete er eine Pistole an, richtete sie auf uns und zuckte mit der Hand nach oben. Allein diese Geste versenkte mich fast im See.

»Mann! Sind die das?«, keuchte Flo und trat Wasser. »Sind das die Typen, die dich zusammengeschlagen haben?«

»Ja, Mann! Scheiße!«

»Was wollen die von uns? Und woher wissen die, dass du hier bist?«

»Woher?«, schnaufte ich. In meinem Kopf war es total neblig vom Bier und meine Gedanken wirbelten wild durcheinander. »Nika! Sie muss es ihnen gesagt haben.« Wieso, verdammt? Wieso hatte sie das getan?

»Was macht der denn jetzt?« Flo kniff die Augen zusammen und starrte ans Ufer. »Ey, ich fass es nicht! Der Arsch pisst auf unsere Sachen!«

»Los, zum Boot«, keuchte ich und hielt auf das verlassene Schlauchboot zu, das immer noch auf dem See trieb. Damit würden wir uns eine ganze Weile über Wasser halten können. Notfalls auch die ganze Nacht. Oder bis jemand sein Boot zurückhaben wollte und wir ihn um Hilfe bitten konnten.

Hinter uns ertönte ein zischendes Geräusch. Ich fuhr noch einmal herum und sah, wie der eine mit etwas Glänzendem auf unsere Reifen einstach. Es zischte noch drei weitere Male. Dann war es still. Nur unser Keuchen war zu hören, während wir auf das Schlauchboot zuhielten. Mit letzter Kraft hievten wir uns gegenseitig ins Boot und wagten einen Blick zurück.

Die Typen standen nach wie vor da und beobachteten uns. Irgendwann kapierten sie, dass wir uns ihnen nicht freiwillig ausliefern würden. Der Kerl, der mir die Nase gebrochen hatte, krallte sich mein Bike und warf es in den See. Als er Flos Rad hinterherwerfen wollte, hielt der andere ihn zurück. Die beiden setzten ihre Helme auf und schwangen sich auf ihre Maschine. Der Motor heulte auf und dann brausten sie davon. Wir traten noch eine ganze Weile Wasser, bis wir uns endlich trauten, zu unseren Sachen zurückzupaddeln. Wir zogen mein Bike aus dem Wasser und besahen uns den Schaden.

»Sauber«, brummte Flo und drückte auf den platten Reifen.

»Besser der Reifen als unsere Rippen«, knurrte ich und stopfte meine nassen Sachen in die Tasche. Boah, wie das stank!

Es dauerte ewig, bis wir mit unseren kaputten Rädern und den vollgepissten Klamotten total erschöpft und von der Sonne verbrannt endlich wieder zu Hause ankamen. Im Ernst – mit diesen Typen wollte ich nie mehr was zu tun haben!

NIKA

Zack!

Stjepans Schlag traf mein rechtes Ohr. Ich ging zu Boden. Ein schrilles Pfeifen erfüllte meinen Schädel. Verzweifelt riss ich die Arme hoch, um mein Gesicht vor einem neuen Schlag zu schützen.

Der Super-GAU war eingetreten: Igor hatte mich mit dem Handy erwischt. Ich hatte den Flugmodus rausgenommen, um zu sehen, ob Jonas sich gemeldet hatte. Das hatte er. Als die Nachrichten nacheinander eingingen, piepte das Handy mehrmals. Igor war das nicht entgangen. »Und was haben wir hier, hä?«, hatte er gebrüllt und mir das Handy aus der Hand gerissen. Da es noch nicht gesperrt war, hatte er Jonas' Nachrichten natürlich sofort gesehen und mich angeschrien, dass er es doch gewusst hätte und dass ich eine verlogene Bitch sei und dass der Typ jetzt was erleben könnte. Kurz darauf war er mit Pavel abgerauscht.

Als die beiden am Abend zurückkehrten, lieferten sie mich

Stjepan ans Messer. Sie erzählten ihm, dass ich ein Handy unterschlagen hätte und dass ich vermutlich schon länger in meine eigene Tasche wirtschaften würde. Stjepan war ausgeflippt.

Jetzt kauerte ich auf dem Küchenfußboden und erwartete seinen nächsten Schlag. Meine Ohren klingelten und mir war schwindelig vom Schmerz.

»Wieso weiß ich nichts von dem Handy?«, brüllte Stjepan und trat nach mir.

Irina, die am Küchentisch saß, als ginge sie das alles nichts an, griff nach ihren Zigaretten. »Ist doch klar«, sagte sie und zündete sich eine Kippe an. »Weil sie sich was dazuverdienen will. Unter der Hand. Die Jungs haben es bloß schneller kapiert als du.«

Stjepan fuhr zu Irina herum und hob drohend die Hand. »Du hältst dein verdammtes Maul!«

Irina zuckte nicht einmal. Sie bedachte Stjepan mit einem vernichtenden Blick und blies den Rauch in seine Richtung. »Blöd ist sie nicht, unsere Nika. Hast du selbst neulich gesagt.«

Stjepan packte mich grob und zog mich auf die Füße. »Wir haben einen Deal«, zischte er und schüttelte mich. »Weißt du noch?«

Ich biss die Zähne zusammen und nickte.

»Sag es!«, brüllte er. Seine Hand schwebte über mir, bereit zu einem neuen Schlag. Ich ließ sie nicht aus den Augen. Stjepan konnte blitzschnell und sehr hart zuschlagen.

»I-ich muss alles abgeben«, flüsterte ich.

»WAS? Ich versteh dich nicht«, bellte er wieder und riss an meinem Arm.

»Ich muss alles abgeben, was ich finde«, wiederholte ich etwas lauter.

»Und warum hast du nicht?«, schrie er. »Warum hast du es Igor nicht gegeben? Oder Pavel? So wie besprochen! Was?«

Ein glutroter Schmerz explodierte in meinem Schädel. Ich hatte den Schlag nicht kommen sehen. Mein Kiefer fühlte sich an, als hätte Stjepan ihn mir gebrochen. Tränen schossen mir in die Augen. »Ich mach's wieder gut«, schrie ich. »Ehrlich, Stjepan. Es tut mir leid. BITTE!«

Stjepan massierte seine Handkante, während er mich wütend anstarrte. »Was hast du noch unterschlagen?«

»Nichts! Ehrlich! Ich schwöre!«

Natürlich glaubte er mir nicht. Aber weder Pavel noch Igor fanden etwas, als sie meine Sachen durchwühlten.

Stjepan nickte finster, als die beiden zurückkamen. »Ab jetzt bleibst du in deinem Zimmer, Nika. Raus darfst du nur noch, wenn ich einen Auftrag für dich habe.« Er wandte sich an meine Cousins. »Ihr sorgt dafür, dass sie in der Spur bleibt. Und filzt ihre Taschen! Nach jedem Auftrag, klar?«

Die nächsten Tage verbrachte ich in dem kleinen Raum neben der Küche. Die Tür war abgeschlossen, sodass ich nicht einmal aufs Klo oder zur Dusche konnte. Ich musste jedes Mal klopfen, damit Irina oder Stjepan mich rausließen. Die beiden wechselten sich ab. Manchmal waren auch Igor oder Pavel zu Hause. Sie hingen vor der Playstation und zockten Killerspiele. Dabei tranken sie, und ich musste meist ziemlich lange rufen, bis sie mir öffneten.

Nach zehn Tagen durfte ich zum ersten Mal wieder nach draußen. Für einen neuen Auftrag. Stjepan erläuterte mir knapp, was ich tun musste. Es ging um einen schwarzen BMW, dessen Schlüssel ich aus einem der Stadthäuser in der Altstadt holen sollte. Die Sache war nicht weiter schwierig und ich trieb sogar den Fahrzeugbrief auf. Stjepan nahm alles kommentarlos entgegen. Den Hausarrest hob er trotzdem nicht auf.

Ich vermisste Jonas' Musik. Und vor allem vermisste ich Jonas. Ich wünschte mir nichts mehr als einen Freund, der mich verstand. Der mich ernst nahm und mit dem ich einfach ich selbst sein konnte.

Ich hatte keine Ahnung, was Igor und Pavel mit ihm angestellt hatten, doch ich rechnete mit dem Schlimmsten. Kontakte zur Außenwelt waren tabu. Ich hatte dieses Tabu gebrochen und Jonas würde es ausbaden.

Obwohl ich wieder »in der Spur war«, wie Stjepan es nannte, kannten seine Grausamkeiten keine Grenzen. Er hatte den anderen eingeschärft, nur das Nötigste mit mir zu reden, und sie hielten sich strikt an seine Anordnung. Irina, weil sie immer das tat, was Stjepan verlangte, und Igor und Pavel, weil sie sich daraus einen Vorteil für sich erhofften.

Eines Abends war ich mit Irina allein in der Wohnung. Durch die geschlossene Tür hörte ich, dass sie fernsah. Sie stellte den Ton immer ziemlich laut, was einerseits gut war, denn so konnte ich wenigstens mithören und mir die Zeit vertreiben. Andererseits hörte sie mich nicht, als ich nach ihr rief, damit ich mal aufs Klo konnte. Nach einer halben Ewigkeit hörte ich schließlich ihre schlurfenden Schritte im Flur und gleich darauf das stochernde Geräusch im Schlüsselloch. Ihr Blick war glasig. Sie hatte wieder getrunken.

»Los, mach!«, lallte sie und wankte zurück ins Wohnzimmer. Dort ließ sie sich wieder aufs Sofa fallen und starrte mit stumpfem Blick auf den Bildschirm. Ihre Füße in den ausgetretenen

Hausschuhen lagen auf dem Wohnzimmertisch, direkt neben der Wodkaflasche. Als ich zurückkehrte, war sie fest eingeschlafen.

Einen Moment stand ich unschlüssig herum. Irina schnarchte leise, während der Showdown eines alten Thrillers über die Mattscheibe flimmerte. Zwei Autos lieferten sich eine Verfolgungsjagd über eine Serpentinenstraße. Es war die Gelegenheit. Ich wandte mich ab und schlich ins Schlafzimmer. Die Rollläden waren heruntergelassen, es roch ungelüftet und nach verschwitzten Klamotten. Mein Blick fiel auf Stjepans Kleiderschrank. Ich wusste, dass er dort eine Kiste mit geklauten Handys und gefälschten Ausweisen aufbewahrte. Immer wenn er mir einen neuen Auftrag gab, holte er einen dieser Ausweise heraus. Später packte er alles zurück in seinen Schrank und sicherte ihn mit einem Vorhängeschloss. Während ich mich daran zu schaffen machte, lauschte ich immer wieder, ob Irina vielleicht aufgewacht war. Doch die war jenseits von Gut und Böse. Endlich sprang das Schloss auf. Ich riss die Schranktür auf und suchte nach der Kiste. Schließlich fand ich sie auf dem obersten Brett ganz hinten, wo ich natürlich nicht so ohne Weiteres drankam. Fluchend kletterte ich auf das Fußende des Betts und angelte mit einem Kleiderbügel nach der Kiste. Langsam und nach unzähligen Versuchen kam sie mir entgegen. Ich fing sie auf, bevor sie herunterkrachte, und durchsuchte sie mit fliegenden Fingern.

Da war es! Akku und SIM-Karte hatte Stjepan vorsorglich ausgebaut und in einen Ziplock-Beutel gesteckt. Mein Puls raste, als ich beides an mich nahm. Ich beklaute gerade meine eigenen Leute! Doch wenn ich das Handy nicht behalten durfte, dann sollte Stjepan es auch nicht kriegen!

Entschlossen stopfte ich die Kiste zurück in den Schrank und hängte das Vorhängeschloss wieder an seine Stelle. Auf den ersten Blick würde Stjepan nichts merken, und wenn ich Glück hatte, würde es ihm gar nicht auffallen. In der Kiste waren so viele fremde Handys – wer konnte schon sagen, welches das von Jonas war?

Leise verließ ich das Schlafzimmer und huschte am Wohnzimmer vorbei. Der Fernseher lief nach wie vor auf vollen Touren und Irina schnarchte mit offenem Mund. Der klägliche Rest in der Flasche zeigte, dass sie hackedicht sein musste. Meinem Plan stand nichts mehr im Weg. Auf leisen Sohlen machte ich mich auf den Weg zur U-Bahn.

Eine Stunde später stand ich vor Jonas' Haustür. Diesmal tat ich etwas, was ich noch nie zuvor gemacht hatte, zumindest nicht an einer Tür, hinter der nicht jemand aus meiner Familie wohnte: Ich klingelte. Nichts. Ich klingelte ein zweites Mal. Wieder nichts. Ein drittes. Vermutlich spielte er Keyboard und hatte seine Kopfhörer auf. Seufzend griff ich wieder zur altbewährten Methode und schob den Plastikstreifen in die Tür. Es klickte leise, als die Tür aufsprang. Lautlos glitt ich in die dunkle Diele.

»Jonas?«, rief ich unsicher. Nicht als Homejackerin hier aufzutauchen, war ein merkwürdiges Gefühl. Lautlos folgte ich der Treppe in den ersten Stock. Jonas war nicht in seinem Zimmer. Also nahm ich die Treppe ins Dachgeschoss. Die Tür zum Flush war geschlossen, aber ich hörte das leise Klappern der Tasten. Hoffentlich war er allein. Ich hatte keine Lust, jetzt auch noch diesem Flo zu begegnen. Vorsichtig öffnete ich die Tür.

Jonas saß an seinem Keyboard und war völlig vertieft in sein Spielen. Durch die Kopfhörer auf seinen Ohren erkannte ich den Song »Nightclubbing«, den er an dem Abend im Klub anspielen durfte. Es war der totale Ohrwurm, und ich fand, dass es einer seiner besten Songs war. Jetzt war noch eine Gesangsstimme dazugekommen.

Da Jonas mit dem Rücken zur Tür saß, bemerkte er mich nicht. Erst als ich ihm sanft auf die Schulter tippte, fuhr er hoch. Im Aufspringen riss er sich die Kopfhörer von den Ohren und wirbelte herum. Als er mich erkannte, sackte er zurück auf seinen Hocker. »Mann, Nika! Kannst du nicht klingeln? So wie jeder normale Mensch?«

»Ich hab's versucht«, verteidigte ich mich. »Ehrlich! Aber irgendwie klappt das bei mir nicht.«

Jonas überhörte meinen Einwand. Er zog mich an sich und wollte mich umarmen. Doch dann hielt er plötzlich inne. Im Halbdunkel hatte er erst jetzt mein geschwollenes Gesicht bemerkt. Seine Augen weiteten sich. »Scheiße! Was ist denn mit dir passiert?«, fragte er und starrte auf die blaue Stelle an meinem Kinn.

»Hingefallen«, murmelte ich.

»Hingefallen?«, wiederholte er ungläubig und berührte ganz leicht mein Gesicht. Nur ganz leicht. Trotzdem jagte er mir damit einen Schauer über den Rücken. »Das sieht aber nach ganz etwas anderem aus.«

»Lass mich!«, brummte ich und stieß seine Hand weg. Es war mir peinlich, dass Jonas mich so sah. Stjepan schlug mir sonst nie ins Gesicht. Es war sicher ein Ausrutscher gewesen.

»War das einer von deinem Killerkommando?«

Ich zögerte. Sollte ich ihm erzählen, was passiert war? Sollte ich ihm wirklich etwas vorjammern, nach allem, was meine Cousins ihm angetan hatten? »Nee, alles gut. Bin echt nur blöd gestolpert.«

»Nika! Erzähl mir nichts!« Er setzte sich wieder auf seinen Keyboardhocker und klopfte auf seine Oberschenkel. »Komm mal her.«

Was sollte das denn jetzt? Ich war doch kein Kleinkind mehr! Obwohl ich protestierte, zog er mich auf seinen Schoß und legte seinen Arm um meine Schultern. »Wer war das? Deine Cousins?«

»Ich will da jetzt nicht drüber reden, okay?«, sagte ich und kuschelte mich an seine Brust. Er roch so gut!

»Okaaayyy«, sagte er gedehnt. »Aber warum bist du dann hier? Willst du vielleicht mal meinen neuen Song hören?« Ich nickte, woraufhin er mir seine Luxus-Kopfhörer aufsetzte und auf seiner Tastatur herumtippte. Die ganze Zeit saß ich dabei auf seinem Schoß und fühlte mich das erste Mal seit Tagen einfach nur geborgen. Und der Song war megaschön!

»Gefällt's dir?«, fragte er, als ich ihm schließlich die Kopfhörer zurückgab. Ich nickte. Eigentlich hatte ich ihm doch bloß sein Handy wiedergeben wollen. Aber jetzt wäre ich am liebsten hier im Flush eingezogen. Es war so gemütlich, und es fühlte sich so sicher an, hier mit ihm.

»Verrätst du mir jetzt, was mit deinem Gesicht passiert ist?«, versuchte er es noch einmal.

Ich seufzte. »Du gibst echt keine Ruhe, oder?«

»Nö«, sagte er schlicht.

»Also gut, wenn du es genau wissen willst. Es war Stjepan. Also besser gesagt – mein Onkel.«

»Dein Onkel schlägt dich? Aber wieso?«

»Er hat von dem Handy erfahren. Also, von deinem Handy.«

»Aha.«

»Igor hat mitbekommen, dass ich es habe. Und mich verpetzt.«

»Und jetzt weiß dein Onkel, dass du klaust.«

Ich schnaubte verärgert. »Du kapierst echt gar nichts!«

»Wieso? Meine Mum wäre auch wütend auf mich, wenn sie erfahren würde, dass ich meinen Freunden Sachen klaue. Allerdings würde sie mich nicht verprügeln.«

»Schön für dich! Mein Onkel redet eben lieber mit den Fäusten.« Jonas, dieses behütete Einzelkind in seiner Villa, mit seinem megateuren Equipment und dem supergeilen iPhone! Er hatte keine Ahnung, was bei mir in der Familie los war!

»Du weißt schon, dass du ihn dafür anzeigen könntest? Wegen Körperverletzung, meine ich.«

Jetzt musste ich wirklich lachen. »Oh, danke! Super Tipp! Das nächste Mal überleg ich's mir.«

»Nein, im Ernst jetzt! Kommt es öfter vor, dass er dich schlägt?«

Ich hockte mich auf den blutroten Teppich und sah zu ihm auf. »Du fragst ganz schön viel, DJ Ginger!«

»Es interessiert mich eben. Du interessierst mich. Ich würde dir gerne helfen. Für mich war unser Abend neulich im Park nämlich etwas ganz Besonderes.«

Für mich auch, dachte ich. Aber ich sagte nichts. Das, was sich im Park ereignet hatte, musste eine einmalige Sache bleiben. Im Grunde hatte Jonas keine Ahnung vom wirklichen Leben. Er konnte mir nicht helfen. Stjepan hatte mich verprügelt und tagelang eingebuchtet und er würde es wieder tun. Ich hatte ihn beklaut und durfte mich auf etwas gefasst machen, weil ich obendrein auch noch getürmt war. Sobald Irina wieder aufwachte, würde sie Alarm schlagen, und alle würden nach mir suchen. Und wenn sie mich hier fanden, dann waren wir beide fällig.

»Hallo? Hörst du mir überhaupt zu?«

»Was?«

»Ich wüsste gerne mehr über dich!«

»Mehr über mich?«

»Na klar! Wer du bist und was du so treibst, welche Hobbys du hast und in welche Schule du gehst. Welche Musik du hörst. Und wieso du und deine Leute in Wohnungen einbrechen. Hier übrigens schon zum dritten Mal. Glaub ja nicht, dass ich das nicht bemerkt hätte. Ist das so eine Art Mutprobe bei dir und deinen Cousins?«

»Hä? Wieso zum dritten Mal?«

»Ach, komm schon! Ich weiß, dass ihr hier wart.«

»Wird das jetzt ein Verhör? Bist du 'n Bulle oder was?«

»Quatsch!«, sagte er, und dann zeigte er auf das Saxofon, das in seinem Ständer in der Ecke stand. »Hab's daran erkannt. Jemand hat es falsch abgestellt.«

Scheiße! Wie konnte mir so ein Fehler passieren? Sonst war ich immer extra vorsichtig. »Mann, ich war das nicht!«

»Glaub ich dir nicht. Wieso bist du noch mal hier eingestiegen? Neulich Abend, als ich bei Flo übernachtet habe?«

»Weil … Mann, ich hab was gesucht.«

»Also doch! Hast du es gefunden?«

»Ja.«

Seine Miene verfinsterte sich. »Na, toll«, brummte er. »Du hast mich also schon wieder beklaut. Und ich dachte, da wäre etwas zwischen uns … Egal. Vergiss es.« Er verschränkte die Arme vor der Brust und musterte mich von oben herab. »Was war es diesmal?«

»Nichts.«

»Wie, nichts?«

»Ich hab's nicht mitgenommen«, verteidigte ich mich. »Deshalb hab ich ja jetzt den Ärger.«

»Sekunde! Du bekommst also Ärger, wenn du *nichts* mitgehen lässt?« Hinter seiner Stirn arbeitete es. »Mit anderen Worten: Du klaust im Auftrag! Richtig? Du und deine Cousins, ihr gehört also doch zu einer Organisation! Und ich Depp hatte mir das Ganze schöngeredet und geglaubt, es wäre so eine Art Sport!«

Ich zuckte die Achseln. Hätte ich ihm erzählen sollen, dass ich meine Familie unterstützte, indem ich Sachen beschaffte, die vertickt oder an Vladimir geschickt wurden? In meiner Welt nannte man das Business – in seiner nannte man es Diebstahl.

»Und seit wann machst du das?«, fragte er. »Ich meine, seit wann klaust du für deinen Onkel?«

»Oh Mann! Frag doch nicht so doof!« Mit Leni war es mir nie peinlich, darüber zu sprechen, welche Dinge wir organisiert hatten. »Schon immer. Reicht das?«

»Was ist mit deinen richtigen Eltern?«

»Sind tot«, antwortete ich knapp.

»Oh«, sagte er, und ein Funken Mitleid trat in seine Augen. »Das tut mir leid.«

»Muss es nicht. Ich kenn die kaum. Bin bei meiner Oma aufgewachsen. Bevor mich mein Onkel aufgenommen hat.« Er durfte das alles gar nicht wissen. Trotzdem konnte ich irgendwie nicht mehr aufhören. Und vor allem wollte ich, dass er nicht sauer auf mich war. »Anfangs waren wir ein gutes Team, meine Cousins und ich. Alles lief super und Stjepan war total zufrieden mit uns. Aber jetzt, seit Igor sich als mein Boss aufspielt und mich beobachten lässt … Stell dir vor, er hat von einem der Türsteher vom Paranoia erfahren, dass Leni und ich mit dir unterwegs waren.

Ich hab natürlich alles abgestritten. Aber seitdem ist Igor total misstrauisch …«

»Sekunde! Heißt das, die Grizzlys wissen, dass du hier bist? Warten die etwa unten auf dich?« Jonas war aufgesprungen. In seinem Gesicht spiegelte sich nackte Angst. »Ey, ich hab echt keinen Bock auf diese zwei Psychos! Ich hab noch vom letzten Mal die Schnauze voll!«

»Jetzt komm mal wieder runter! Ich bin allein hier.« Ich rappelte mich ebenfalls auf.

Jonas' blaue Augen blitzten wütend. »Weißt du eigentlich, dass deine Bodyguards mir und Flo am See aufgelauert haben? Die haben uns gedroht und auf unsere Räder eingestochen und unsere Klamotten vollgepisst. Und ich frage mich jetzt, woher die wussten, dass wir da waren? Doch nur, weil du es denen erzählt hast!«

»Hab ich nicht!«

»Du lügst!«

»Mann, ich hab dir doch gesagt, dass die mich mit deinem Handy erwischt haben!«

»Ach ja?!« Jonas' Gesicht mit den vielen Sommersprossen war wutverzerrt. »Weißt du, was, Nika? Ich hab keinen Bock mehr auf diese Scheiße! Du brichst hier ein, beklaust mich, hetzt mir deine Schläger auf den Hals – ganz ehrlich? Ich will, dass du jetzt abhaust, und zwar sofort. Und für immer! Oder ich ruf die Polizei und erzähl denen mal was von dir und deiner kriminellen Familie!«

»Mach doch!«, fauchte ich und hasste mich selbst dabei. Gleichzeitig war ich total sauer, dass er nicht einmal versuchte, mich zu verstehen. Rasend vor Wut zog ich sein Handy aus der

Tasche und knallte es auf seinen Verstärker. »Hier hast du dein dämliches Handy zurück! Ich wollte es sowieso nie behalten!« Ohne seine Reaktion abzuwarten, stürmte ich die Treppen runter. Auch ich wollte diesen Typ nie mehr wiedersehen!

NIKA

Vor der Haustür blieb ich einen Augenblick unschlüssig stehen. Wo sollte ich hin? Es war mitten in der Nacht. Wahrscheinlich hatte Irina mein Verschwinden noch gar nicht bemerkt, weil sie immer noch betrunken auf dem Sofa hing. Ich hätte einfach zurückkehren können. Doch zurück ging gar nicht!

Ich würde es bei Milan und Mateo versuchen. Vielleicht könnte ich bei den beiden ein paar Tage untertauchen und mit etwas Glück würde Milan ja mal mit Stjepan reden und ein gutes Wort für mich einlegen, damit ich nicht mehr mit Igor und Pavel zusammenarbeiten musste.

Milan und Mateo wohnten in einem alten Industriegebäude ganz oben unterm Dach, irgendwo in der Altstadt. »Showtime« stand auf dem Klingelschild, was sich großartiger anhörte, als es in Wirklichkeit war. Milan hatte die Bude zu einem Studio ausgebaut, in dem Mateo regelmäßig für ihn Fotoshootings machte. Die Models vermittelte Milan dann irgendwie weiter. An Leute, die eine Begleitung für ein Geschäftsessen suchten oder für eine Messe, was weiß ich.

Mateo öffnete. »Nika? Was machst du denn hier?«, fragte er überrascht. Er trug Tanktop und Boxershorts und wirkte noch ziemlich verschlafen. Trotzdem sah er megacool aus mit seinem Tattoo am Hals, das er sich erst kürzlich hatte stechen lassen: ein Milan mit gespreizten Schwingen. Milan und Mateo hatten oft darüber gelacht, dass der Name auch gleichzeitig für einen Raubvogel stand. Nur dass dann die Betonung auf dem »a« lag. Dabei war Milan alles andere als ein Raubvogel. Er hatte mir mal erklärt, dass sein Name aus dem Slawischen käme und dass das übersetzt »der Liebe« hieß. Mateo hatte sich das Tattoo stechen lassen, um zu zeigen, dass er und Milan ein Paar waren. Und Milan hatte es gezahlt. So wie er alles zahlte, was Mateo sich wünschte. Mateos Studium, die teuren Kameras, seine Markenklamotten und Städtetrips.

Dafür fotografierte Mateo Milans Models, arbeitete als Fahrer und hätte auch sonst alles für Milan getan. Dabei schien es ihm nichts auszumachen, dass Milan bestimmt doppelt so alt war wie er selbst.

»Willst du zu Milan?«, fragte er, und ich nickte. »Der ist nicht da. Sorry.«

»Kann ich trotzdem reinkommen?«

Mateo schob die Tür ein Stück weiter auf und ich tauchte unter seinem Arm durch.

»Wann kommt er zurück?«

Mateo zuckte genervt die Schultern. »Keine Ahnung.«

»Was ist? Dicke Luft?«

Mateo zündete sich eine Zigarette an und blies den Rauch

an die Decke. Es roch nach Gras. »Seine Models«, nuschelte er. »Also die, die er in letzter Zeit so anschleppt.«

»Was ist mit denen?«

»Die … Also ich … Ich wusste nicht … Das war so nicht abgesprochen.«

»Was war nicht abgesprochen?«

»Komm schon, Nika.« Mit einer wütenden Geste wies er auf seinen Schreibtisch. Darüber hing eine Pinnwand mit mehreren Fotos. »Das sind Kids, siehst du das nicht?! Die sind höchstens sechs oder sieben! Neulich war ein Kleinkind dabei!«

Ich betrachtete die Bilder über Mateos Schreibtisch. Er machte wirklich tolle Fotos. »Ja und? Die sind doch süß!«

Mateo starrte mich einen Augenblick ungläubig an. Dann winkte er kopfschüttelnd ab. »Vergiss es«, sagte er und verschwand in der Küche. Mit einem Aschenbecher kam er zurück. »Was willst du von Milan?«

»Ich bin abgehauen«, sagte ich.

Mateo fuhr erschrocken auf. »Scheiße! Jetzt echt?«

Ich nickte. »Stjepan hat mich eingesperrt. Ich durfte nur noch raus, um Wohnungen klarzumachen. Ich hab's einfach nicht mehr ausgehalten.«

»Und jetzt?«

Ich zuckte mit den Schultern. »Kann ich nicht bei euch mitmachen?«

Mateo schnaubte verächtlich. »Als ob ich das zu entscheiden hätte.«

»Mateo, bitte!«

»Nika! Ich will damit nichts zu tun haben. Rede mit Milan, aber lass mich da raus, okay? Ich hab schon genug Scheiße am

Hals.« Schweigend saßen wir eine Weile da, während er seine Kippe zu Ende rauchte. Schließlich stand er auf. »Ich hau mich noch ein paar Stunden aufs Ohr. Du kannst da drüben pennen.« Er wies auf ein durchgelegenes Sofa, das in einer Ecke stand. »Aber morgen musst du zurück, sonst ist hier die Kacke am Dampfen. Und das Letzte, was ich gebrauchen kann, ist Stress mit Stjepan.«

Am nächsten Morgen wachte ich auf, weil mich jemand an der Schulter rüttelte. Es war Milan. »Nika, verdammt! Was machst du hier? Stjepan hat angerufen. Er tobt. Igor und Pavel sind schon auf dem Weg hierher. Sie holen dich ab.«

Schlagartig war ich wach. Mein Verschwinden würde mir mächtigen Ärger einbringen. Aber ich hatte gehofft, dass Milan mir helfen würde. Ich setzte mich auf und rieb mir die Augen.

»Was war denn los?«, fragte Milan und ließ sich zu mir aufs Sofa fallen. Hast du Ärger mit Stjepan?«

Ich nickte. »Und vor allem mit Igor, diesem Arsch!« Meine Stimme zitterte. Jetzt bloß nicht losheulen!

»Wieso?«

»Er glaubt, er wäre mein Boss. Er kommandiert mich rum und er droht mir. Und er rennt zu Stjepan und verbreitet Lügen über mich.«

»Und Pavel?«

»Pavel!«, schnaubte ich. »Der hält sowieso immer zu Igor. Außerdem ist er meistens bekifft. Und dann macht er Fehler. Die ich hinterher ausbaden muss. Zuletzt hat er übersehen, dass in einem der Häuser noch einer war.«

»Und?«

»Ja, ich bin dem direkt in die Arme gelaufen.«

»Und dann?«

»Bin ich natürlich abgehauen. Aber der Typ ist mir hinterher. Und plötzlich sind Igor und Pavel aufgetaucht und haben ihn fertiggemacht. Dabei hatte ich die Situation voll im Griff!«

Milan schwieg.

»Ohne mich wären die beiden Idioten komplett aufgeschmissen«, setzte ich grimmig hinzu.

»Ich weiß.« Milan legte seinen Arm um meine Schulter. »Man hört so einiges von dir, Nika. Du machst die meisten Autos klar. Stjepan gibt regelmäßig mit dir an.«

»Echt?«

Milan lachte. »Echt! Er nennt dich seine ›Homejacking Queen‹. Du glaubst nicht, wie viele Anfragen es für dich gibt. Mein Schwager hätte dich gerne in seinem Team. Und Djuro, das ist sein Bruder, der hat mich auch schon nach dir gefragt. Aber Stjepan verkauft nicht.«

»Wie, der verkauft nicht?«, fragte ich irritiert.

Milan sah mich einen Augenblick durchdringend an. »Ja, vergiss es«, sagte er dann schnell. »Ich meinte natürlich, dass er es super findet, was du machst. Auch wenn er es nicht so sagt. Er ist einfach nicht der Typ für so was.«

Ein warmes Gefühl durchströmte mich. Ich war gut in meinem Job! Leute fragten nach mir.

»Kannst du dann nicht mal mit Stjepan reden? Ich will ohne die beiden arbeiten. Oder in einem anderen Team. Aber mit Igor, das geht gar nicht.«

Jetzt wurde Milan wieder ernst. »Ich kann es versuchen, Nika. Aber ich glaube nicht, dass Stjepan sich darauf einlässt.«

Kurz darauf trafen Igor und Pavel ein. Sie begrüßten Milan und Mateo, mich ignorierten sie. Vermutlich hatte Stjepan ihnen zuvor eingeschärft, dass sie nicht zimperlich mit mir umgehen sollten. »Los, komm!«, war das Einzige, was Igor zu mir sagte.

Schweigend stiegen wir in Stjepans Wagen, doch statt nach Hause fuhren wir in Richtung Gewerbegebiet. Ich vermutete zunächst, dass wir vorher noch einen Job zu erledigen hatten, aber da irrte ich mich.

Es regnete leicht. Das Einzige, was man hörte, war das Quietschen der Wischer auf halb nasser Scheibe. Hinter dem Recyclinghof bog unser Wagen scharf rechts ab. Am Ende der Straße tauchte ein Haus mit rosa Fassade und blinkenden Herzen über den Fenstern auf. Ich war hier noch nie zuvor gewesen, doch ich wusste, dass das der Wellness-Tempel von Stjepans Freund Dennis Rösler und dessen Frau Katharina sein musste.

Igor stieg aus und riss die Tür hinter dem Fahrersitz auf. »Raus!«, herrschte er mich an.

»Mann, was –?«, protestierte ich. Igor packte mich am Arm. »RAUS«, brüllte er wieder und zerrte mich grob aus dem Auto. Mein Herz startete durch. Igor meinte es ernst. »Du wartest hier«, befahl er Pavel, der nur stumm nickte und sich eine Kippe anzündete. Igor zog mich vom Auto weg über den Hof durch eine Tür, wobei ich fast mit einem Kerl zusammengeprallte, der gerade aus einem der Zimmer trat. Er nickte Igor knapp zu und zwängte sich dann an uns vorbei nach draußen.

Mein Cousin hieb mir seine Pranke in den Nacken und schob mich vor sich her. Wir durchquerten einen langen Gang mit unzähligen Türen. Der letzten am Ende des Korridors verpasste er einen gewaltigen Tritt. Die Tür flog auf und knallte gegen die Wand dahinter. Igor stieß mich in den Raum.

Im Halbdunkel erfassten meine Augen ein breites Bett, einen

Schminktisch und einen Hocker, auf dem ein Mädchen in einem Morgenmantel saß. Sie war nicht viel älter als ich. Als sie Igor im Spiegel erblickte, sprang sie auf und stürzte an uns vorbei nach draußen.

»So, du Bitch«, zischte Igor dicht an meinem Ohr. »Einen schönen Gruß von Stjepan. Das hier könnte dein neues Zuhause werden, wenn du noch mal abhaust. Oder ihn beklaust. Denn glaub ja nicht, dass er nicht bemerkt hat, dass du in seinem Schlafzimmer warst!«

Mein Herz raste. Wie zum Teufel hatte Stjepan bemerkt, dass ich Jonas' Handy genommen hatte?

Igor hatte mich immer noch gepackt. Jetzt machte er eine großzügige Geste, die den ganzen Raum beschrieb. »Schau dir alles in Ruhe an!«

Ich spürte, wie sich mir sämtliche Härchen sträubten, als mein Blick über das Bett mit den Rüschen- und Plüschkissen wanderte, den Spiegel an der Decke erfasste und den mannshohen Käfig in der Ecke. Stjepan wollte mich in einen Puff stecken?

Saskia und Mira hatten mal davon erzählt und von den Mädchen, die hier landeten, und was ihnen blühte. Angeblich brachten sie die Mädchen aus unseren Teams hierher, wenn sie nicht genug einnahmen. Oder wenn Dennis Rösler ein Auge auf sie geworfen hatte – so wie auf mich damals. Auch Jungs sollen hier schon gelandet sein. Und dann pumpten sie sie mit Drogen voll und sie verschwanden auf Nimmerwiedersehen.

Igor riss mich zu sich herum. »Du sagst ja gar nichts. Gefällt's dir nicht?« Seine fleckigen Zähne und das Weiße in seinen Augen leuchteten unheimlich in dem blauen Licht.

»Lass mich los, du Arsch!« Verzweifelt versuchte ich, mich loszureißen. Dabei stolperte ich rückwärts über den Hocker und krachte gegen den Schminktisch. Panisch tastete meine Hand auf der Glasplatte herum. Keine Schere, keine Nagelfeile, nichts, womit ich mich hätte wehren können! Stattdessen warf ich eine Parfumflasche um. Sie fiel zu Boden und zerbrach. Ein ekelhaft süßer Geruch verbreitete sich im Zimmer.

Igors Pranke schoss vor und schloss sich um meinen Hals. »Eigentlich bist du nämlich schon zu alt fürs Homejacking. Und zu weit – entwickelt.« Mit einem anzüglichen Grinsen grapschte er nach meiner Brust. »Du würdest viel besser hierher passen.«

Ich schlug nach seiner Hand, versuchte, ihn wegzustoßen. Doch Igor drückte mich wie eine Puppe auf den Hocker. Sein Atem ging stoßweise. »Ich würde dich sogar ab und zu besuchen.«

»Du bist so krank, Igor!«, keuchte ich und winkelte mein Bein an, um ihn zu treten. Er durchschaute meine Absicht. Mit dem Handrücken schlug er mir hart ins Gesicht. Ich schmeckte Blut. »Hör auf!«, winselte ich und versuchte, meinen Kopf zu schützen. »Mann, lass mich los! Bitte, Igor!« In meinem ganzen Leben hatte ich noch nie solche Angst gehabt wie jetzt.

»Hör zu, Nika.« Igors Stimme war gefährlich leise und so kalt, dass es mich fröstelte. »Noch denkt Stjepan, dass du bloß ein Handy unterschlagen hast. Aber ein Ton von mir, und er erfährt, dass du dich mit diesem Typen rumtreibst.« Ich wollte protestieren, doch Igor packte mich umso fester. »Und wenn dir dieser Kerl irgendwas bedeutet, dann überlegst du dir gut, wie unsere Zusammenarbeit in Zukunft aussieht. Hast du mich verstanden?«

»Hör auf!«, beschwor ich ihn. »BITTE, IGOR!«

Plötzlich flammte Licht auf. Dennis Rösler stand in der Tür.

Er trug ein weißes Hemd, das so weit aufgeknöpft war, dass ich die fetten Goldketten auf seiner haarigen Brust glänzen sah. Sein Blick streifte das Chaos und blieb an Igor und mir hängen. »Seid ihr bald fertig? Ich brauch das Zimmer.«

Igor ließ mich los. »Kein Thema«, sagte er schnell. »Wir mussten nur was klären.«

In meinem Kopf wirbelten die Gedanken, und meine Beine zitterten, als ich langsam aufstand. Unter meinen Sohlen knirschte der zerbrochene Flakon.

»Ja, kommt. Macht 'n Abgang«, befahl Dennis und wedelte mit der Hand, als wären wir lästige Fliegen. Als ich an ihm vorbeiwollte, stellte er sich mir in den Weg. »Ach, und Igor!«, sagte er, fasste nach meinem Kinn und drehte mein Gesicht ins Licht. »Schönen Gruß an Stjepan. Mein Angebot steht immer noch. Ich nehm die Süße, aber nur zum Sonderpreis. Und ich will keine Kratzer im Lack, okay?«

»Richte ich aus«, brummte Igor und packte meinen Ellenbogen. »Los, komm!«

Wie in Trance stolperte ich neben Igor den schwach beleuchteten Flur entlang, vorbei an den vielen Türen. Ohne zu protestieren, ließ ich mich auf die Rückbank stoßen. Abhauen war zwecklos, das hatte ich jetzt kapiert. Igor meinte es ernst und auf Stjepans Schutz konnte ich erst recht nicht mehr zählen. Ich hatte ihn beklaut und das würde er mir nie verzeihen. Ein weiterer Fluchtversuch und sie würden Jagd auf mich machen. Und was sie dann mit mir anstellten, wollte ich mir gar nicht erst ausmalen.

JONAS

Seit Tagen lag mir Flo in den Ohren, dass wir jetzt doch endlich mal den neuen Nachtbiergarten im Stadtzentrum auschecken sollten.

Die *Beachbar* lag in knapp dreißig Metern Höhe auf dem obersten Deck eines Parkhauses. Das Geile an dem Laden war, dass es neben zweitausend Quadratmetern Sand, Liegestühlen, Palmen und zwei Pools auch noch ein Beachvolleyballfeld gab. Nicht dass ich ein begnadeter Volleyballer gewesen wäre. Im Gegenteil: Gerade barfuß war ich der komplette Volltrampel. Aber es machte total Laune und wir schlugen uns gar nicht mal so schlecht. Nach dem Spiel ließ ich mich vollkommen erschöpft am Rand des Pools nieder und steckte meine Füße ins lauwarme Wasser. Der Pool war nur knapp einen halben Meter tief, doch die Illusion war perfekt.

»Meine Fresse, ist das heiß!«, röchelte Flo und hielt mir eines der Gläser mit Long Island Iced Tea hin, die er gerade an der Bar erstanden hatte. Dann hockte er sich neben mich und wir stießen an. »Auf den Sommer, Bruder!«

»Cheers!«, sagte ich und nippte an dem Gebräu. Ehrlich gesagt, war ich jetzt nicht so der Fan von Cocktails, aber mit der Cola schmeckte es doch ganz lecker. Ich angelte nach der Zitrone und presste den Saft in den Drink. Es schäumte kurz. Ich nahm noch einen kräftigen Schluck und spürte, wie mir die Mixtur aus Wodka, Gin, Rum und weiß der Geier, was da noch drin war, in den Kopf stieg. Egal, Hauptsache, es knallte und es lenkte mich von meinen Grübeleien rund um Nika und unsere letzte Begegnung ab.

Ich zog mein Handy aus den Shorts und checkte die Temperatur. »Achtunddreißig Grad. Aber vermutlich ist es hier auf dem Dach noch heißer.«

Flo verschluckte sich fast. »Alter, du hast ja dein Handy zurück!«, rief er und riss mir das Teil aus der Hand. »Ey, ich fass es nicht! Seit wann?«

»Sie hat es mir zurückgebracht. Vorgestern. Als sie mal wieder bei mir eingestiegen ist.«

»Was? Schon wieder?!« Flo schüttelte ungläubig den Kopf. »Du hast es ihr echt angetan! Ich wünschte, Leni würde mal bei mir einbrechen!«

»Willst du nicht!«, brummte ich. »Außerdem: Wir haben uns gezofft.«

»Echt?« Flo klickte sich weiter durch meine Anwendungen. »Wieso?«

»Weil – Mann, sie bricht in Häuser ein und klaut! Findest du das normal?«

»Dude, jetzt chill mal. Was hat sie denn geklaut? Das Handy

hat sie dir doch wieder zurückgebracht. Das ist nicht das, was man gemeinhin unter Klauen versteht.«

Das stimmte zwar. Aber trotzdem. Sie gehörte einem mafiösen Clan an. Damit wollte ich nichts zu tun haben. »Und das Killerkommando? Wenn die gekonnt hätten, hätten die uns neulich im See ersäuft!«

»Hätte, hätte, Fahrradkette. Haben sie aber nicht. Außerdem: Was kann Nika dafür, dass ihre Cousins bescheuert sind! Willst du sie jetzt in Sippenhaft nehmen?«

»Ja, nee …«

»Siehste! Oh, by the way: Ist deine Musik noch auf dem Handy?«

»Alles korrekt«, sagte ich. Flo hatte recht. Es war nicht Nikas Schuld, dass es die Grizzlys gab. Oder dass ihr Onkel sie zum Klauen zwang. Für seine Familie konnte man nichts. Plötzlich hatte ich voll das schlechte Gewissen. Ich war nicht gerade nett zu ihr gewesen, neulich Abend im Flush. Sie hatte schrecklich ausgesehen. Ihr Onkel musste ein richtiger Arsch sein, und es tat mir auch total leid, dass er sie so behandelte. Aber ich hatte einfach keinen Bock, in so eine verkorkste Familiengeschichte reingezogen zu werden.

Und ihren Grizzlys wollte ich erst recht nicht mehr begegnen. Irgendwie musste sie da alleine durch.

»Oh, wait!« Flo stutzte. »Und was ist das?«, fragend hielt er mir das Display unter die Nase.

Ich nahm ihm das Handy aus der Hand und überflog die Zeilen. »Nie gesehen.« Der Text war voller Rechtschreibfehler, und zum Teil hatte ich Mühe, überhaupt zu verstehen, was gemeint war. »Nikas Liste«, stand da in einer Art Überschrift. Mit gerunzelter Stirn scrollte ich mich durch den Text. »Das ist 'ne Bucket List!«

»Lies mal vor!«

»Am Strand schlafen«, begann ich. »Ein Tattoo mit Federn, Nackt baden …«

»Nackt baden?« Flo zog die rechte Augenbraue hoch.

»Ja, hier steht Nacktbaden«, bestätigte ich.

Flo kicherte und stieß mir seinen Ellenbogen in die Seite. »Nee, das stammt bestimmt nicht von dir.«

»Du Arsch«, rief ich und spritzte ihm eine Ladung Wasser über.

»Lies weiter!«

»Eine Motorjacht kapern, an einem Hundeschlittenrennen teilnehmen, eine totale Sonnenfinsternis erleben.«

Flo lachte. »Na, bis dahin dauert es aber noch ein paar Jahre!«

»Warte, da kommt noch mehr: ein Nasenpiercing, mit Haien schwimmen, einen Vulkan besteigen, Bungeejumping, Blut spenden, Schule abschließen, nie mehr Homejacking.«

»Hä?«

»Das war's.«

»Und was ist Homejacking?«

»Keine Ahnung, Mann. Ich kenn nur Hitchhiking.«

»Google doch mal«, schlug Flo vor und stand auf. »Ich besorg uns noch was zum Schlucken.«

»Du hast ja einen Zug!« Der Long Island Tea hatte mir jetzt schon den Kopf vernebelt. »Bring mir 'ne Fassbrause mit.«

Flo warf mir einen mitleidigen Blick zu. »Fassbrause«, wiederholte er abfällig, dann verschwand er an der Bar.

Ich tippte *Homejacking* bei Wikipedia ein und landete sofort einen Treffer. »Worauf man sich so spezialisieren kann …«

»Was brummelst du da?«, fragte Flo, als er zurückkam. Grinsend hielt er mir ein Bier hin. Mein lahmer Protest ging in einem »Prost, Mann!« unter. Unsere Flaschen knallten gegeneinander.

»Und?«, fragte Flo und rülpste halblaut. »Hast du das mit dem Homedingens rausgefunden?«

Ich nuckelte nachdenklich an meinem Bier, während ich das Internet nach aktuellen Fällen absuchte. *Homejacking – Sie kamen in der Nacht* oder *Porsche und Mercedes geklaut* – Mannheim, Düsseldorf, München.

»Ja, und?«, drängte Flo.

»Halt dich fest, Alter: Nika klaut Autoschlüssel.«

»Alter, du verträgst echt nichts«, grunzte Flo und ließ sich neben mir am Beckenrand nieder.

»Doch, echt jetzt. Homejacking bedeutet einbrechen und Autoschlüssel klauen. Nika hatte auch neulich so was in der Art angedeutet. Sie hat gesagt, sie hätte etwas bei mir gesucht. Und dann nicht mitgenommen.«

»Und wie kommst du darauf, dass das ausgerechnet ein Autoschlüssel war?«

»Na, wegen dem Homejacking auf ihrer Bucket List. Nika bricht ein und sucht nach Autoschlüsseln. Und ihre Cousins oder irgendwelche Hintermänner schaffen die Autos weg. Vermutlich verschachern die die Karren irgendwo im Ausland.«

Flo guckte mich an, als hätte ich nicht mehr alle Latten am Zaun. »Bullshit! Wieso sollten die das tun? Einbrechen und Schlüssel klauen – das ist doch viel zu umständlich!«

»Scheinbar nicht. In den Artikeln hier steht, dass Kurzschließen heute nicht mehr vorkommt. Wegen der Wegfahrsperren. Die Karren sind ja mehr Computer als Auto. Da brauchst du dann schon den Originalschlüssel. Und Nika und Leni werden vorgeschickt, weil sie unauffälliger aussehen.«

»Ich glaub das nicht!«

Ich hielt ihm mein Handy mit einem aktuellen Zeitungsartikel unter die Nase. *Homejacking – Einbrecher stehlen VW Touareg aus Carport* stand da und dass die Einbrecher laut Polizei gewaltsam in das frei stehende Haus eingestiegen waren und den Schlüssel aus der Diele entwendet hatten, während die Bewohner schliefen. *»Die Fahndung der Polizei verlief bislang erfolglos«*, zitierte ich.

Flo schüttelte den Kopf. »Also, dass die beiden nicht sauber sind, wussten wir ja. Aber das mit den Autos? Im Ernst, jetzt?«

»Und jetzt will sie aussteigen.«

»Du meinst, die beiden werden gezwungen, da mitzumachen?«

»Du hast sie nicht gesehen, Flo. Als sie neulich bei mir aufgekreuzt ist, war sie grün und blau im Gesicht. Ihr Onkel schlägt sie, wenn sie nicht macht, was er sagt. Und ich vermute, bei Leni ist es ähnlich.«

»Aber dann sollten wir zur Polizei gehen!«

»Und die buchten dann Nika und Leni als Erstes ein. Ist doch Scheiße, Mann.« Keine Frage, ich mochte Nika. Sehr sogar. Auch wenn wir uns gestritten hatten. Doch dass sie einem mafiösen Clan angehörte, war mir einfach eine Nummer zu groß. »Hast du Leni eigentlich noch mal getroffen?«, versuchte ich, vom Thema abzulenken.

»Nee, leider nicht«, seufzte Flo. »Ich hab nicht mal ihre Nummer. Und wo sie wohnt, hat sie mir auch nicht verraten.« Er nahm einen weiteren tiefen Schluck, dann starrte er gedankenverloren in den Nachthimmel. »Die wollen nicht gefunden werden. Damit die nicht auffliegen.«

»Und jetzt?«

»Alter! Wenn Leni da aussteigen wollte, ich würd ihr sofort helfen.«

Seine Worte versetzten mir einen Stich. War ich jetzt ein Feigling, bloß weil ich Angst hatte vor Nikas Clan? War sie neulich zu mir gekommen, weil sie aussteigen wollte, und ich hatte es einfach nur nicht geschnallt?

»Du nicht?«, unterbrach Flo meine Grübeleien. »Würdest du Nika nicht helfen, wenn sie dich fragt?« Voller Skrupel dachte ich an unseren Streit und wie sie danach davongerauscht war. War es falsch von mir gewesen, dass ich ihr mit der Polizei gedroht hatte? Hätte ich sie lieber bei mir verstecken sollen? Was, wenn ihr Onkel sie jetzt noch mal in die Mangel genommen hatte? »Wie sollte das deiner Meinung nach funktionieren?«, wich ich aus.

»Keine Ahnung, Mann!? Vielleicht so James-Bond-mäßig mit Abhauen und Untertauchen und Ins-Ausland-Gehen und mit neuer Identität und so.« Flo war aufgesprungen. Begeistert stieß er seine Bierflasche in die Luft. Schaum spritzte in den Pool.

»Nee, is' klar, Mann!«, brummte ich und winkte ab. »Du glaubst doch nicht im Ernst, du könntest es mit einem verdammten Clan aufnehmen?«

»Wieso denn nicht?« Flo hörte mir gar nicht mehr zu. »Versuchen würd ich's jedenfalls.« Mit ausgebreiteten Armen pflügte er ein paar Meter durch das flache Wasser. »Ich glaub, ich hab mich verliebt, Ginger!«, schwärmte er und drehte sich im Kreis. »Leni ist einfach … Also, sie … Ja, Mann. Und, also, wenn ich könnte, ich würd's versuchen.«

»Und dann?«, erkundigte ich mich, obwohl ich wusste, dass unser Gespräch gerade in eine ziemlich schräge Richtung abdriftete. »Was würdest du tun? Die würden sie doch suchen. Und dich vermutlich auch.«

Flo zuckte mit den Schultern. »Was weiß ich, Mann! Egal! Wir würden beide untertauchen. Ab durch die Mitte, Dude! Und schließlich irgendwo glücklich werden. In Timbuktu zum Beispiel. Oder auf Sansibar …«

»Alter, du guckst echt zu viele Filme!«

»Und du hast bloß Schiss, Nika zu helfen.«

»Ob du's glaubst oder nicht: Das hab ich wirklich. Ich hab nämlich auch ein Leben. Und das würde ich wegen so einer Scheiße ganz sicher nicht aufs Spiel setzen!«

NIKA

Ich hätte niemals gedacht, dass ich so feige war. Aber Igors Drohungen, dass er mit Stjepan reden und er sich Jonas noch mal vorknöpfen würde, verfehlten ihre Wirkung nicht: Ich zog den Schwanz ein und bemühte mich ehrlich, meine beiden Cousins als meine Chefs zu akzeptieren, obwohl Igor ein brutaler Arsch und Pavel ein dämlicher Vollidiot war. Kommentarlos übergab ich den beiden alles, was ich in den Wohnungen auftrieb, ließ mich danach bis auf die Unterwäsche filzen und verzog mich bis zum nächsten Auftrag in meine Ecke. Die Männer in meiner Familie gaben die Richtung vor, und das würde auch immer so bleiben, egal, wie sehr ich mich dagegen sperrte: Ich war nichts als das Bauteil einer riesigen Maschine. Ein unbedeutendes Rädchen, auf das man kräftig mit dem Hammer klopfte, wenn es mal blockierte. Und wenn es gar nicht mehr funktionierte, ersetzte man es ganz einfach durch ein neues. Und was das für mich bedeutete, hatte Igor mir ganz klar demonstriert.

Eine Weile glaubte ich, dass ich das alles irgendwie akzeptiert hätte. Doch dann kam dieser heiße Nachmittag mitten in der Woche. Ich war gerade von einer Tour zurückgekehrt, bei der ich eine Wohnung und eine ziemlich hässliche Bude mit Flachdach und Pool klargemacht hatte. Außer einem Autoschlüssel für einen Porsche Cayenne hatte ich zwei teuer aussehende Armbanduhren und ein Smartphone aufgetrieben. In der Wohnung hatte ich dann noch eine Kreditkarte, Schmuck und eine ganze Menge Bargeld gefunden. Während Igor das Auto wegbrachte, kehrten Pavel und ich in Stjepans Bude zurück, wo ich mich vor den Fernseher lümmelte. Für den Rest der Woche würden sie mich hoffentlich in Ruhe lassen.

»Ich geh noch zu Alfons«, sagte Pavel irgendwann. Bei Alfons bekam man für Schmuck und Gold sofort Bares ausgezahlt, das Pavel über Western Union direkt an Vladimirs Adresse schickte. Alfons wollte keinen Ausweis sehen und stellte keine blöden Fragen, dafür überließ Pavel ihm einen Teil der Beute. Die beiden verstanden sich gut, und ich wusste, dass Pavel gerne mal bei Alfons versackte. Ich würde ihn so schnell nicht wieder zu Gesicht bekommen.

Kurz darauf hörte ich, wie jemand die Wohnungstür aufschloss. War Pavel schon wieder zurück? Doch dann erklang Miras erschöpfte Stimme aus dem Flur. »Hi, Nika«, rief sie und warf einen kurzen Blick ins Wohnzimmer. Ich schaltete den Fernseher aus und lief in die Küche, um Mira und die anderen zu begrüßen. Ich hatte Miras Team seit Tagen nicht gesehen und freute mich, Leni endlich wiederzusehen.

Doch als ich in die Küche kam, stellte ich fest, dass Leni gar nicht dabei war. Das Mädchen, das mir mit großen dunklen Augen neugierig entgegenblickte, war vielleicht neun oder zehn Jahre alt.

Ein ungutes Gefühl machte sich in mir breit.

»Das ist Josefina, unser Neuzugang«, stellte Mira mir das Mädchen vor. »Fina, das ist Nika. Sie gehört zu Igor und Pavel.«

»Neuzugang?«, fragte ich, ohne Finas schüchternes Hallo zu erwidern. »Und wo ist Leni?«

Saskia warf ihre Tasche auf den Tisch und stürmte aus der Küche. Wir hörten, wie sie die Badezimmertür hinter sich zuknallte und abschloss. Für die nächste halbe Stunde blieb sie verschwunden.

»Falsche Frage«, seufzte Mira und legte Fina die Hände auf die Schultern. »Fina ist seit zwei Wochen bei uns. Sie macht ihre Sache schon echt gut. Stimmt's, Fina?« Das Mädchen strahlte und nickte Mira dankbar zu.

»Mira«, fuhr ich ungeduldig dazwischen. »Wo ist Leni?«

Mira beugte sich zu Fina. »Wenn du willst, darfst du noch ein bisschen fernsehen, bis das Essen fertig ist.« Sie schob Fina ins Wohnzimmer, und ich hörte, wie sie die Programme durchzappte.

Zurück in der Küche zündete Mira sich eine Zigarette an. Während sie den Rauch inhalierte, starrte sie wortlos aus dem Fenster.

»Hallo?!«, bohrte ich nach.

»Leni kommt nicht mehr«, antwortete Mira tonlos und drückte die halb gerauchte Zigarette in ein leeres Einmachglas auf der Fensterbank. Ihre Hände zitterten.

»Was?«, rief ich ungläubig. »Was heißt das?«

Mira drehte sich langsam um und sah mich an. Ihre Augen

waren dunkel. »Das heißt, dass sie nicht mehr für unser Team arbeitet«, antwortete sie. »Sie war nicht gut genug. Sagt Roko.«

»Was?!«, brauste ich auf. »Aber das stimmt doch gar nicht!«

»Wenn Roko es sagt«, murmelte Mira und betrachtete ihre Fingernägel. Der knallrote Lack war an vielen Stellen abgeplatzt. »Bei der Polizei kannten sie Leni schon. Außerdem war ihre Ausbeute schlecht. Roko hat uns gedroht und er hat Leni verprügelt. Du weißt ja, sie ist nicht auf den Mund gefallen. Das hat ihm nicht gepasst. Er hat sich mit Stjepan beraten. Und dann hat er sie verkauft.«

»Verkauft?«, schrie ich und spürte, wie die Panik in mir hochstieg. »An wen? Wo ist sie jetzt? Ist sie noch in der Stadt?«

Miras Gesicht verschloss sich. »Wir haben nichts mehr von ihr gehört. Aber ich glaube nicht, dass sie noch hier ist. Milan hat sie abgeholt.«

»Aber …«

Mira stand auf und schob sich an mir vorbei zum Kühlschrank. Es war nicht viel drin, doch Mira brauchte trotzdem eine Ewigkeit, bis sie sich für Kartoffeln und Eier entschied. »Frag einfach nicht, okay? Wir wissen nichts und Roko redet nicht darüber. Nicht mit uns. Wir sollen die Kleine anlernen, und basta.« Sie zog einen Hocker unterm Küchentisch hervor und setzte sich. »Guck mich nicht so an, Nika. Es ist nicht zu ändern«, bemerkte sie abschließend und begann, Kartoffeln zu schälen.

Das kratzende Geräusch des Messers und ihre stoische Ruhe machten mich wahnsinnig. Am liebsten hätte ich ihr das Messer aus der Hand gerissen und ihr in den Bauch gerammt. Roko hatte Leni verkauft und sie einfach durch irgendeine Fina ersetzt – und was tat Mira? Sie saß hier und schälte Kartoffeln! »Wie konntest du das zulassen?«, schrie ich und kämpfte mit den Tränen. »Leni war meine Schwester!«

Mira knallte das Messer auf die Kartoffelschalen und funkelte mich an. »Leni war nicht nur *deine* Schwester, Nika! Was hätte ich denn tun sollen? Roko bei den Bullen verpfeifen?«

Ich musste hier raus! Weg hier, egal wohin. Und wenn ich heute Nacht unter einer Brücke oder im Park schlafen müsste. Ich würde ersticken, wenn ich nicht sofort hier rauskäme! Rasend vor Zorn drehte ich mich um und stürmte aus der Küche. Tränen verschleierten mir die Sicht, während ich hastig ein paar Klamotten in meinen Rucksack stopfte. Ich riss die Wohnungstür auf und stolperte ins Treppenhaus. Mira brüllte mir noch irgendwas hinterher, doch es war mir egal.

Ich rannte zur Tramstation und nahm die erstbeste Bahn. Sie fuhr Richtung Zentrum, doch ich hatte keinen Plan, wohin ich wollte. Stumpf starrte ich aus dem Fenster, bis mich zwei Kontrolleure in Zivil aufschreckten. Sie bahnten sich ihren Weg durch die voll besetzte Tram. Langsam lief ich bis ans andere Ende des Zuges und stellte mich an die Tür. Bevor sie bei mir waren, erreichten wir schon den nächsten Halt, und ich stieg aus. Kurz darauf nahm ich eine andere Bahn.

Das Ganze wiederholte ich über Stunden. Ich fuhr endlos und vollkommen sinnlos einfach hin und her. Ich hatte überhaupt keinen Plan, wohin ich wollte, und zu Jonas traute ich mich schon mal gar nicht. Wegen Igor. Er würde zwei und zwei zusammenzählen. Und wenn er mich dann bei ihm fand, wären wir beide geliefert. Nein, Jonas musste ich vergessen. Eine Homejackerin passte ohnehin nicht in sein Leben, das seine Eltern vermutlich von A bis Z für ihn durchgeplant hatten.

Irgendwann musste ich eingeschlafen sein, denn ich wachte davon auf, dass mich jemand an der Schulter rüttelte. »Junge Frau, ich hab Feierabend«, sagte der Fahrer. »Du musst jetzt aussteigen. Oder willst du im Depot übernachten?«

Verschlafen sah ich mich um. Außer mir war kein Mensch mehr in der Bahn. Ich raffte mich auf und stieg aus. Es hatte zu regnen begonnen, ich war müde und mein Magen knurrte. Vielleicht hatte am Bahnhof noch ein Laden auf, in dem ich mir etwas zu essen organisieren konnte.

Zwanzig Minuten später erreichte ich den Hauptbahnhof. Außer ein paar Obdachlosen, die herumstanden und gierig an ihren Zigaretten saugten, war kein Mensch unterwegs. Ich setzte mich an die leere Straßenbahnhaltestelle vor dem Bahnhofsgebäude und kramte mein Handy aus dem Rucksack. Ich würde Jonas anrufen. Einfach nur, um seine Stimme zu hören. Und um ihm zu sagen, dass es mir leidtat wegen neulich. Ich konnte verstehen, dass er nichts mit mir zu tun haben wollte. Aber ich wollte ihm wenigstens sagen, dass es unheimlich schön mit ihm war. Und dass ich so was noch nie vorher … Fuck! Ein Auto bremste neben mir. Ich schoss hoch. Es war Viktor, der Türsteher aus dem Klub! Wie zum Teufel hatte der mich gefunden?

Ich rannte los, wollte ins Bahnhofsgebäude und mich dort irgendwo verstecken. Doch schon ging die Beifahrertür auf. Jemand sprang aus dem Wagen. Schritte in Turnschuhen sprinteten hinter mir her. Eine Hand riss mich grob herum und verpasste mir eine schallende Ohrfeige. Es war Pavel.

»Du tickst ja wohl nicht mehr richtig!«, brüllte er, während er mich zurück zum Auto zerrte. »Mira hat mich angerufen. Stjepan ist ausgerastet. Wegen dir hab ich voll den Stress mit dem. Und

Igor ist auch total sauer. Aber jetzt ist Ende Gelände, das sag ich dir!«, polterte er und stieß mich ins Auto.

Zitternd kauerte ich mich auf dem Rücksitz zusammen. Was passierte jetzt? Würde Stjepan mich auch verkaufen? Verkaufen wie ein Stück Vieh? Wie Leni, meine einzige Freundin?

Es dämmerte bereits. Also musste es so gegen halb sechs sein. Viktor fuhr nicht zu unserer Wohnung. Das Viertel, durch das wir kamen, bestand aus heruntergekommenen Wohnblocks und Ein-Euro-Läden, Tankstellen und verrammelten Autowerkstätten. Schließlich hielten wir bei einer Trinkhalle, vor der an diesem Morgen schon die ersten Typen herumlungerten und Bier tranken.

»Endstation«, sagte Viktor, und seine Augen suchten mich im Rückspiegel. Er fummelte einen Schlüssel aus seiner Jacke und gab ihn Pavel. »Fünfter Stock, linke Seite. Aber nur bis Freitag, klar? Am Wochenende kommen die Neuen, sag das Stjepan.«

Pavel nickte und nahm den Schlüssel. »Los, steig aus«, befahl er. Dann zog er mich hinter sich her. Wir liefen auf einen Hochhauskomplex zu, dessen regennasse Fassade bereits abblätterte. Neben den Abfalltonnen stapelten sich Tüten und Hausrat. Ein alter Kühlschrank lag da, umgekippt und mit offener Tür. Daneben gammelten die zersplitterten Überreste einer Einbauküche vor sich hin. Vermutlich hatte sie jemand direkt vom Balkon aus entsorgt.

Pavel schob mich durch eine zertretene Glastür ins Treppenhaus. Ein ausgebrannter Kinderwagen versperrte uns den Weg zur Treppe. Pavel trat ihn beiseite und zeigte nach oben. »Los, hoch da!«, befahl er.

Wir liefen an Wänden voller Graffiti vorbei und über versiffte

Stufen, an denen ich mit meinen Sohlen beinahe kleben blieb. Vor einer ramponierten Wohnungstür im fünften Stock blieben wir stehen. Pavel zog Viktors Schlüssel heraus und schloss auf.

Die Wohnung war in einem heftigen Zustand. Der herausgerissene Teppichboden lag in einer langen Rolle im Flur. Die Tapeten hingen in ausgefransten Fetzen von den Wänden und es stank nach einer Mischung aus Pisse und faulen Eiern. Außer einem dunklen Flur gab es noch ein winziges Bad ohne Fenster, daneben einen Raum, der wohl mal eine Küche gewesen sein musste, denn ein Teil der Wand war mit fettigen gelben Fliesen beklebt. Außerdem gab es noch ein weiteres Zimmer, in dem eine einzelne nackte Glühbirne von der schimmeligen Decke hing. Die Fenster hatte jemand von innen mit Brettern verschraubt. Auf dem nackten Betonboden lagen ein paar fleckige Matratzen, vergilbtes Zeitungspapier und ein winziger Schuh.

»Gib mir deinen Rucksack.« Auffordernd streckte Pavel die Hand aus. Ich tat es und er filzte ihn durch. Er nahm das Handy, mein Werkzeug und den Plastik-Flipper heraus, damit ich hier nicht auf dumme Gedanken kam. »Okay«, sagte er dann und warf mir den Rucksack vor die Füße. »Igor kommt später vorbei. Der hat dir auch noch was zu sagen.« Damit ließ er mich in der stinkenden Bude zurück. Die Wohnungstür schloss er zweimal ab.

Ich lauschte auf seine Schritte, die sich im Treppenhaus verloren. Nachdem es still geworden war, besah ich mir die Tür. Viel konnte ich nicht sehen, denn das schwache Licht aus dem großen Zimmer drang kaum bis hierher. Ich tastete die Tür nach Schwachstellen ab und rüttelte an der Klinke. Dann schlüpfte ich aus meinen Schuhen. Unter der Sohle hatte ich für alle Fälle einen Draht versteckt. Doch sosehr ich auch stocherte und bohrte, ich bekam das blöde Schloss nicht auf. Schließlich trommelte ich mit den Fäusten gegen das Türblatt und schrie, bis mir die Kehle wehtat. Aber anscheinend wohnte in diesem Scheißhaus niemand! Zumindest niemand mit funktionierendem Gehör, denn keiner kam, um sich über mein Gebrüll zu beschweren.

Als Nächstes untersuchte ich die Bretter an den Fenstern. Sie waren so gründlich verschraubt, dass ich es ohne Werkzeug gar nicht erst probieren musste. Vom vielen Brüllen vollkommen erschöpft, hungrig und verzweifelt, ließ ich mich irgendwann auf eine der gammeligen Matratzen fallen. Bald hatte ich jedes Zeitgefühl verloren.

Geräusche an der Tür weckten mich. Ich brachte mich in Position, denn ich hoffte, dass ich vielleicht entwischen könnte, sobald sich die Tür öffnete. Doch Igor hatte bereits mit einem Fluchtversuch gerechnet. Er packte mich und schob mich vor sich her ins große Zimmer. Dort drückte er mir einen durchgeweichten Pizzakarton und eine Flasche Wasser in die Hand. »Du hast es verkackt, Nika«, sagte er, und ein kaltes Lächeln huschte über sein Gesicht. »Du und Leni. Ihr habt es beide verkackt. Stjepan und Roko haben keinen Bock mehr auf euch.«

»Wo ist Leni?«, fragte ich heiser. Erst jetzt merkte ich, wie durstig ich war.

»Bei Dennis. Sie spielt jetzt in seinem Nachwuchsteam.«

Igors Antwort schockte mich dermaßen, dass ich die Pizza fallen ließ. »Nein!«, flüsterte ich und sank auf die Matratze. »Nein, das ist nicht wahr!«

Igor grinste schadenfroh. »Doch, das ist wahr«, sagte er. »Und ich finde es echt schade, dass Dennis dich nicht auch genommen hat. Ich wäre wirklich gerne ab und zu vorbeigekommen, um zu sehen, wie es dir geht. Aber du warst ihm zu teuer.«

Mühsam unterdrückte ich das dringende Bedürfnis zu schreien, meinen Kopf gegen die Wand zu schlagen, Igor an die Gurgel zu gehen. Vor meinem inneren Auge sah ich, wie Leni in einem der Zimmer auf dem Bett saß und auf einen dieser geilen Säcke wartete. Es war nicht zu ertragen!

»Milan bringt dich nach Düsseldorf.«

Ich sah überrascht auf. »Düsseldorf? Wieso?«

»Stjepans Schwager braucht einen Homejacker. Und sein Sohn eine Frau.« Igor grinste anzüglich. »Zwei Fliegen mit einer Klappe, würd ich sagen.«

»Oh Gott, was?« Der Horror nahm kein Ende! »Ich will aber nicht!« Voller Verzweiflung sprang ich auf und rannte in den Flur. »Ich will nicht! Lass mich raus, Igor! Ich will raus hier!« Panisch riss ich erneut an der Klinke. Doch natürlich hatte Igor abgeschlossen. Verzweifelt hämmerte ich gegen das Türblatt.

Igor war mir langsam gefolgt. Lässig lehnte er an der Küchentür und beobachtete ungerührt, wie ich schließlich schluchzend auf dem Boden zusammenbrach. »Wann kapierst du eigentlich, dass du hier nichts zu wollen hast, Nika?«, fragte er, Triumph und Kälte in der Stimme. »Wenn Milan kommt, wirst du schön lieb sein, damit er dir nicht wehtun muss. Hast du das kapiert?«

Er riss mich hoch und zerrte mich von der Tür weg. »Und jetzt iss deine Pizza, bevor sie kalt wird. Und trink das Wasser!« Damit stieß er mich in das Zimmer mit den Matratzen und kickte Pizzakarton und Wasserflasche hinter mir her. Dann verließ er die Wohnung.

Ich konnte mich nicht rühren. Wie betäubt starrte ich auf die

Haustür und versuchte zu begreifen, was Igor mir gerade mitgeteilt hatte. Ich würde Leni nie wiedersehen. Auch Jonas würde ich nie wiedersehen. Milan würde kommen und mich abholen. Ich sollte einen fremden Kerl heiraten. Und ich würde weiterhin für sie arbeiten. Nichts hatte sich geändert. Im Gegenteil: Seit meiner Flucht war alles nur noch schlimmer geworden.

Mein Blick schweifte durch den leeren Raum und blieb an dem Kinderschuh hängen. Eine Sandale für den linken Fuß. Größe neunundzwanzig – ich konnte es von hier aus lesen.

Nur bis Freitag, hatte Viktor gesagt. Am Wochenende kommt die neue Lieferung. Schlagartig wurde mir klar, was er damit gemeint hatte: Am Wochenende würden sie neue Kinder bringen! Kinder, die keine Eltern hatten oder deren Eltern arm waren und die ihre Kinder abgaben in der Hoffnung, dass es ihnen woanders besser ging. Oder einfach nur, weil sie selbst arm waren und sonst nicht über die Runden kamen. Kinder, die so jung waren, dass man sie zum Betteln zwingen oder zum Klauen erziehen konnte. So wie mich, damals. Oder sie wanderten gleich in Dennis' Wellness-Tempel. Es war Milan, der die Kinder einkaufte. Seine Agentur war nichts anderes als ein Umschlagplatz für menschliche Ware. Wer zahlte, dem wurde geliefert. Und über dem Ganzen thronte König Vladimir in seiner Luxusvilla und sackte die Einnahmen ein. Wieso hatte ich das nie kapiert? Oder hatte ich es einfach nicht kapieren wollen? Denn hieße das nicht, dass meine Oma mich damals auch an Milan verschachert hatte? Milan, der *Liebe*. Was für ein Witz! Er hatte mir bloß vorgegaukelt, dass er mein Onkel ist! In Wirklichkeit hatte Stjepan mich gekauft, damit ich seine dreckigen Geschäfte für ihn erledigen konnte!

Wütend trat ich gegen die Flasche, die mir Igor mitgebracht

hatte. Sie drehte sich und blieb mit dem Flaschenhals in meine Richtung liegen. Wahrheit oder Pflicht? Konnte es wahr sein, dass meine Oma mich verkauft hatte? Dass sie mich nicht mehr hatte haben wollen? Weil sie Sorge hatte, dass sie uns beide nicht mehr durchbringen konnte? Oder hatte sie tatsächlich geglaubt, Milan würde mich nach Deutschland bringen, damit ich zur Schule gehen und etwas Anständiges lernen könnte? Was hatte Milan ihr erzählt?

Die Flasche war nicht mehr versiegelt. Jemand musste sie aufgefüllt haben. Ich schraubte den Deckel ab und hielt meine Nase an die Öffnung. Es roch nach nichts, doch ich trank trotzdem nicht. Um auch später nicht in Versuchung zu geraten, kippte ich die Brühe ins Klo. Igor war nicht zu trauen.

Als Nächstes nahm ich den Pizzakarton in Augenschein. Die Pizza darin sah normal aus, wenn man davon absah, dass sie kalt und labberig war. Sie roch auch nicht schlecht. Es war eine einfache Margherita. In der Mitte schwamm eine Fettpfütze, doch egal. Hauptsache, ich bekam etwas zwischen die Zähne. Ich nahm einen Bissen und kaute langsam und vorsichtig. Der Geschmack nach kaltem Hefeteig mit ebenso kalter Tomatenpampe war eigentlich ganz okay. Nachdem ich die Hälfte verputzt hatte, merkte ich, dass ich einen Fehler gemacht hatte. Ich fühlte mich irgendwie aufgekratzt und gleichzeitig war mir schwindelig. Meine Arme und Beine kribbelten und schienen nicht mehr zu mir zu gehören. Als das Zimmer sich um mich zu drehen begann, ließ ich mich kraftlos auf die stinkende Matratze fallen. Nika, du bist so blöd!, war das Letzte, was ich dachte. Und dann wurde alles schwarz.

Als ich aufwachte, hatte ich keine Ahnung, wie viel Zeit vergangen und ob zwischenzeitlich etwas passiert war. Ich hatte einen kompletten Filmriss! Mir war schlecht und ich kam um vor Durst. Das Wasser im Bad war abgestellt und in der Küche gab es überhaupt keinen Hahn. Wütend kickte ich den Pizzakarton durch die Bude. Igor, dieser Arsch! Ich hätte es wissen müssen. Wahrscheinlich wollte er sicherstellen, dass ich eine Weile Ruhe gab und bei den Nachbarn keine Aufmerksamkeit erregte. Oder dass ich mich nicht wehrte, wenn Milan kam, um mich mitzunehmen. Ich versuchte es erneut mit Schreien und Klopfen, doch das verursachte mir höllische Kopfschmerzen, also ließ ich es wieder.

Irgendwann hörte ich, wie sich der Schlüssel erneut im Schloss herumdrehte. Aber es war nicht Milan, der den Kopf durch die Tür streckte. Es war Mateo.

»Hey, Nika!« Er schien irgendwie überrascht. Sorgfältig schloss er die Tür hinter sich ab und kam näher. »Du bist ja wach!«

Wenn ich jetzt noch einen Beweis für Igors Drogencocktail gebraucht hätte: Hier war er. Mateo hatte geglaubt, dass ich völlig teilnahmslos in dieser stinkenden Bude herumhing. Einer Eingebung folgend tat ich ihm den Gefallen. »Wo ist Milan?«, hauchte ich und rieb mir die Schläfen.

»Kann heute nicht«, antwortete er. »Bist du okay?«

»Kopfschmerzen.«

»Hast du was getrunken?«

Ich nickte schwach und zeigte auf die Flasche, die Igor mir gebracht hatte. »Die hab ich leer gemacht. Kurz bevor du gekommen bist.«

Mateo nahm mir meine Darbietung ab. Mitfühlend lächelte er mich an. »Kannst im Auto schlafen. Los, komm. «Ich folgte Mateo aus der Wohnung und durch das schäbige Treppenhaus, wo ich es sogar zuließ, dass Mateo mir seinen Arm um die Schulter legte, damit ich nicht stolperte. Es war bereits später Nachmittag, vielleicht fünf oder halb sechs, und es regnete mal wieder. Doch die frische Luft tat mir gut. Mateo brachte mich zu einem weißen VW Caddy, einem kleinen Lieferwagen mit zwei Flügeltüren hinten und jeweils einer Schiebetür auf jeder Seite. Mateo schob die Seitentür auf, und ich blickte in einen dunklen Laderaum, in dem nichts als ein paar alte Decken lagen. Während ich mich darauf niederließ, überlegte ich fieberhaft, wie ich Mateo entwischen könnte. Sicher hatte er sein Handy dabei und würde sofort Hilfe anfordern. Ich musste einen Moment abpassen, in dem er abgelenkt war.

Ich checkte den Innenraum des Caddys. Die Flügeltüren konnte man nur von außen öffnen, das hatte ich schon beim Einsteigen bemerkt. Doch die Schiebetür auf der Beifahrerseite war einen Versuch wert. Wenn ich die aufbekäme, sobald Mateo tankte oder unterwegs aufs Klo ging, könnte ich abhauen und mich irgendwo verstecken.

Während ich noch vor mich hin grübelte, hörte ich, wie Mateo einstieg und den Motor anließ. Dabei telefonierte er. »Milan? Ja, ich fahre jetzt los … Nein, kein Problem. Ja, hat sie. Schläft sicher gleich. Okay. Bis dann.«

Am Geräusch auf dem Autodach hörte ich, dass der Regen stärker geworden war. Die Tropfen prasselten auf das Blech und vermischten sich mit dem Lärm des Motors. Mateo war nervös, das merkte ich an seinem Fahrstil. Er gab zu viel Gas beim Anfahren und bremste viel zu heftig, sodass es mich im dunklen Laderaum ganz schön hin und her warf.

Plötzlich stieg Mateo in die Eisen, offensichtlich viel zu spät, denn es knallte, Glas splitterte, und ich wurde nach vorne gegen die Plastikabtrennung zur Fahrerkabine geschleudert. Einen Augenblick war ich vollkommen benommen. Mein Schädel brummte und mein Magen rebellierte. Vorsichtig setzte ich mich auf und befühlte meinen Kopf. Etwas Warmes lief mir über Finger und Wange. Ich wischte es mit meinem Ärmel ab und versuchte, einen klaren Gedanken zu fassen. Da waren Stimmen. Jemand fluchte. Eine Wagentür öffnete sich. Eine aufgeregte Männerstimme brüllte etwas von roter Ampel und Abstand halten und Polizei, und ich wusste, dies war meine Chance!

Vermutlich hatte Mateo den Schlüssel im Zündschloss stecken lassen, als er aus dem Wagen gesprungen war. Der Wagen hatte sich noch nicht wieder selbst verriegelt, das hätte ich gehört. Außerdem konnte Mateo nahezu sicher sein, dass ich dank Igors Drogencocktail schlief oder zumindest so benommen war, dass ich keinen Fluchtversuch unternehmen würde. Jedenfalls war seine Aufmerksamkeit gerade nicht bei mir. Das würde ich nutzen. Im Dunkeln tastete ich nach dem Griff in der Schiebetür und hätte beinahe gejubelt. Die Tür ließ sich tatsächlich öffnen! Behutsam schob ich sie einen Spalt auf und spähte hinaus.

Mateo und ein Mann um die vierzig mit einem grauen Anzug, gelber Krawatte und Halbglatze besahen sich gerade den Schaden, den Mateos Caddy an Stoßstange und Kofferraum des schwarzen BMW X6 angerichtet hatte. Der Mann war vollkommen außer sich. Mit hochrotem Kopf schrie er Mateo an.

Ich überlegte nicht lange. Vorsichtig schob ich die Tür so weit auf, dass ich hinausklettern konnte. Eine belebte Kreuzung, Autos, Fußgänger, Radfahrer und hinter uns der Zugang zur U-Bahn. Besser hätte ich es nicht treffen können! Geduckt schlich ich um den Caddy herum, warf noch einen letzten Blick auf Mateo und den BMW-Mann, dann stürmte ich los.

JONAS

Als es an der Tür klingelte, saßen Flo und ich gerade vor meiner Playstation und zockten. Wir hatten Pizza bestellt, und ich nahm an, dass es der Typ von Lieferando war, der geklingelt hatte. Ich drückte auf Pause und flitzte die Treppen runter.

Als ich die Tür aufriss, traf mich fast der Schlag. »Scheiße, Nika!« Sie war vollkommen außer Atem und sie sah noch schrecklicher aus als beim letzten Mal. Ihre Haare waren total verfilzt und sie hatte Ringe unter den Augen. Über der linken Braue war ein blutiger Riss.

»Ich weiß, du bist total sauer auf mich«, keuchte sie. »Und du hast ja auch recht und es tut mir auch voll leid. Aber ich dachte … Also, ich … Kannst du … Kannst du mir helfen? Bitte!«

Ich warf einen schnellen Blick die Straße herunter. Die Grizzlys waren nirgends zu sehen. Wortlos schob ich sie ins Haus und schloss die Tür hinter ihr. Dann zog ich sie an mich und hielt sie ganz fest. Eine Weile standen wir so, bis ich spürte, wie sich Nikas Herz langsam wieder einkriegte. »Nein, mir tut's leid«, flüsterte ich in ihr Haar. »Ich hätte dich neulich nicht wegschicken dürfen.«

Sie wandte mir ihr Gesicht zu und mir lief ein Schauer über den Rücken. Die Platzwunde über ihrem Auge hatte aufgehört zu bluten. Doch sie sah immer noch ziemlich heftig aus. »Das muss genäht werden. Soll ich dich zum Arzt bringen?«

»Nein!«, rief sie erschrocken. »Bloß nicht! Niemand darf wissen, dass ich hier bin.«

»Aber du –«

»Jonas, ich bin abgehauen! Zum zweiten Mal!«

»Scheiße … Und was jetzt?«

»Keiner weiß, dass ich hier bin. Noch nicht. Aber ich – ich kann nicht mehr! Ich weiß nicht, wohin. Stjepan will mich verkaufen!«

»Er will – WAS?!«

»Ich soll den Neffen von meinem Onkel heiraten. Ich weiß nicht mal, wer das ist! Und dann soll ich für die arbeiten. Igor sagt, die brauchen jemanden mit meinen –«, sie stockte. »… mit meinen Fähigkeiten. Und da hat Stjepan mich an den verkauft.«

»Sekunde. Wer soll heiraten?!« Flo war oben auf dem Treppenabsatz aufgetaucht. Vermutlich wunderte er sich, wo ich mit der Pizza blieb. »Nika!?« Sein Erstaunen war mindestens so groß wie meines. »Was machst du denn hier?«

»Jonas, bitte! Hilf mir!« Nika ignorierte Flo. Ihre Augen hielten mich fest. Flehten mich an. Waren voller Panik.

»Das geht überhaupt nicht«, stammelte ich. »Du bist viel zu jung zum Heiraten. D-das ist verboten.«

»Du hast ja keine Ahnung!«, schrie sie, fast schon hysterisch.

»Das läuft bei uns eben anders. Da kannst du gar nichts dagegen machen. Und den Brautpreis, den muss ich dann auch noch abarbeiten!«

In diesem Augenblick klingelte es schon wieder an der Tür. Nika fuhr herum. »Das kann nicht sein!«, stammelte sie.

Ich schob sie beiseite und spähte durch das ovale Fensterchen. Ein Kerl in orangefarbener Uniform mit zwei Pizzakartons. »Das ist nur unsere Pizza«, sagte ich.

»Ich mach das, Ginger!«, rief Flo und stürmte die Treppen runter. »Kümmer du dich um Nika!«

»Los, komm.« Ich zog Nika hinter mir her die Treppen hoch und ins Badezimmer. Dort setzte sie sich auf den Badewannenrand, damit ich ihre Wunde säubern konnte. Sie ließ alles stoisch über sich ergehen. Am Ende klebte ich ein Pflaster auf die Stelle und hoffte, dass es so gehen würde und dass keine hässliche Narbe zurückblieb.

Kurz darauf tauchte Flo mit unseren beiden Pizzen auf. Er bot Nika die Hälfte seiner Pizza an, doch sie wandte sich angewidert ab.

»Stehst wohl nicht auf Salami?«, fragte Flo und biss herzhaft in sein Stück. »Ginger hat mit Garnelen und Knoblauch, wenn du das lieber magst.«

»Nee, danke. Ich steh gerade nicht auf Pizza«, antwortete Nika. Flo schob mir die Pizza mit dem Extraknoblauch rüber und setzte sich auf den Rand der Badewanne. »Und jetzt?«, wollte er wissen. »Was jetzt?«

Nika wich seinem Blick aus. Sie wirkte so unendlich müde. So als habe sie nächtelang nicht mehr geschlafen. Ihre Haut war aschfahl und sie war noch magerer geworden. Ihre Hände zitterten, und man konnte sehen, dass sie komplett am Anschlag war.

»Was ist mit Leni?«, fragte Flo. »Ist die auch abgehauen?«

»Flo! Mann!«, knurrte ich, doch es war zu spät. Nikas Augen füllten sich mit Tränen. Sie wandte sich ab.

Ich warf Flo einen nervösen Blick zu. Flo hob hilflos die Augenbrauen. »Nika?«, fragte ich und sah sie an. »Ist etwas mit Leni?«

Nika ballte die Fäuste. »Sie … Leni ist nicht mehr bei uns«, antwortete sie mit erstickter Stimme. »Sie muss jetzt für Dennis arbeiten.«

»Dennis? Wer zum Henker ist das jetzt schon wieder?«, fragte Flo.

»Ein Freund von meinem Onkel. Ihm gehört der Nachtklub«, antwortete Nika. »Im Gewerbegebiet. Der Laden mit den blinkenden Herzchen.«

»Was denn? Der Puff!?« Flo kapierte schneller als ich. »Scheiße!«, stöhnte er und ließ das Stück Pizza sinken, das er sich gerade in den Mund schieben wollte.

»Wie, sie muss da jetzt arbeiten?«, fragte ich. »Als …?«

»Ja, genau, Alter. Als Nutte!«, brüllte Flo und trat gegen den Mülleimer. »SCHEIßE!«

Nika brach in Tränen aus. Betreten warf ich Flo einen Blick zu. Flo schüttelte den Kopf. Er schäumte vor Wut. »Diese Schweine!«, fauchte er. »Los, wir rufen die Bullen!«

»Was? Nein!«, rief Nika entsetzt. »Das könnt ihr nicht machen!« Tränen liefen ihr über die Wangen.

Ich legte meinen Arm um ihre Schultern. »Nika, Flo hat recht. Nur so kannst du Leni helfen. Du musst der Polizei sagen, was dein Onkel und dieser Dennis treiben«, beschwor ich sie.

»Ich kann nicht!«, schluchzte sie. »Ihr dürft auf keinen Fall die Polizei anrufen! Die dürfen davon nichts wissen!«

»Nika, du musst den kompletten Laden hochgehen lassen. Auch den obersten Boss. Gerade den.« Flo hielt ihr sein Handy hin. »Tu's für Leni!«

»Ich kann nicht!«, heulte Nika. »Wenn ich die alle auffliegen lasse, dann … bin ich tot.«

Ein Schauer jagte mir über den Rücken. Würden die wirklich so weit gehen? Ich warf Flo einen schnellen Blick zu. Auch er hatte kapiert. Langsam ließ er das Handy sinken. »Und jetzt?«, fragte er. »Wir müssen Leni doch helfen!«

»Jetzt müssen wir vor allem erst mal weg hier«, sagte ich und pflückte ein paar Lagen Klopapier von der Rolle, damit Nika sich die Nase putzen konnte. »In meiner Bude sind wir nicht mehr sicher. Früher oder später spricht sich das rum, dass Nika abgehauen ist. Und dann kommen die vorbei.« Ich wandte mich an Flo. »Wir brauchen einen Ort, wo wir in Ruhe nachdenken können. Hast du eine Idee?«

Flo überlegte. Dann hellte sich sein Gesicht auf. »Ich weiß, wo wir hinfahren. Da kommen die nie drauf. Wo ist der Autoschlüssel?«

Ich kapierte nicht gleich. »Wie, Autoschlüssel?«

»Weil du uns jetzt fährst.« Flo spähte aus dem Fenster und nickte beruhigt. Anscheinend lauerte noch niemand vor der Tür. »Da, wohin ich euch jetzt lotse, fährt kein Bus. Und ein Taxi würde uns einen weiteren Mitwisser bescheren! Also?«

»Alter, bist du bescheuert?«, protestierte ich. Seit ein paar Monaten machte ich beim *BF17*, dem *Begleiteten Fahren* mit. Meine Mum war in meinen Papieren eingetragen. Wenn ich ohne sie erwischt wurde, würde ich mir eine Menge Ärger einhandeln. »Was, wenn uns die Bullen schnappen?«

Flo winkte ab. »Heul nicht rum! Wenn wir den beiden helfen wollen, dann können wir uns nicht mit läppischen Details aufhalten!« Er verschwand in der Küche und kam gleich darauf mit einem Stoffbeutel zurück. Darin hatte er eine Dose Ravioli, ein Päckchen Schwarzbrot und ein Glas Nutella verstaut. »Ready for Take-off?«, fragte er. Doch er wartete unsere Antwort gar nicht erst ab, sondern riss die Haustür auf und steuerte auf die Garage zu.

Einen Moment später saß ich auch schon hinter dem Steuer unseres knallroten SUVs. »Anschnallen!«, befahl ich. Flo reckte die Daumen. Nika legte sich platt auf den Rücksitz und versteckte sich unter einer Decke. »Nur solange wir in der Stadt sind«, bat ich sie und drückte den Startknopf. Ich setzte rückwärts aus der Garage und streifte mein Bike. Außerdem die Tonne mit dem Biomüll, die kurz schwankte, dann aber doch stehen blieb. Gutes Zeichen!, dachte ich, schaltete auf *Drive* und gab Gas. »Wohin?«

»Erst mal raus aus der Stadt«, gab Flo zurück. »Auf die Sechsundneunzig.«

Ich schluckte. Mit Autobahnen hatte ich noch nicht so viel Erfahrung. Hoffentlich gerieten wir in keine Verkehrskontrolle. Einen Kratzer am Auto würde ich meiner Mum ja noch erklären können. Aber keine Spritztour mit Flo und einem flüchtigen Clanmitglied.

Laut Navi fuhren wir Richtung Westen. Je weiter wir uns von der Stadt entfernten, desto besser wurde es mit dem Verkehr. Ich wurde ruhiger und auch die anderen entspannten sich. Wenn ich mit meiner Mum unterwegs war, laberte sie ständig auf mich ein: *Jetzt blinken, Jonas. Schulterblick nicht vergessen. Sehr schön. Achtung, da überholt einer! Halt das Steuer ruhig.*

Flo dagegen saß einfach nur neben mir und hielt die Klappe. Und um ehrlich zu sein, so langsam kam ich auf den Geschmack. Niemals hätte meine Mum zugelassen, dass ich schneller als hundertzwanzig fuhr. Aber für Flo war das offenbar kein Ding, denn selbst bei hundertsiebzig gab's keine Beschwerden.

Während ich mich aufs Fahren konzentrierte, berichtete Nika von ihrer Flucht. »Jemand hat mich bei meinen Cousins verpfiffen und die haben es meinem Onkel gesagt. Vermutlich hat der daraufhin eine Suchmeldung losgetreten. Unsere Leute sind alle untereinander vernetzt. Und die wissen, dass ich zu Stjepan gehöre.«

»Stimmt es, dass du für diesen Stjepan Autoschlüssel klaust?«, fragte Flo.

»Woher …?« Seine Direktheit verschlug Nika die Sprache. Eine Weile blieb es still auf der Rückbank. Ich dachte schon, jetzt hätte sie komplett dichtgemacht. Doch dann hörte ich ihre Stimme wieder. Sie klang müde, tonlos, so als wäre ihr mittlerweile alles egal. »Ja, es stimmt. Seit ich dreizehn bin. Woher wisst ihr davon?«

»Deine Bucket List. Wir haben sie gelesen«, sagte Flo. »›Nie mehr Homejacking‹ stand da als Letztes.«

»Die lassen mir überhaupt keine Wahl!«, brach es aus Nika heraus. »Und was passiert, wenn man sich wehrt, bekommt Leni gerade am eigenen Leib zu spüren! Dieser scheiß Rösler, ich hasse ihn!«

»Haben sie dir auch mit dem Puff gedroht?«, fragte ich teilnahmsvoll.

»Natürlich haben sie!«, schluchzte Nika. »Mein Cousin Igor hat mir den Laden gezeigt, um mir Angst zu machen. Aber anscheinend hat Rösler weniger für mich geboten als Stjepans Schwager.«

»Ist das der Typ, der dich heiraten will?«, fragte Flo.

»Nein, das ist der, der einen guten Homejacker braucht. Heiraten soll ich den Sohn. Igor sagt, das wären zwei Fliegen mit einer Klappe.«

»Boah, ich glaub, ich kotz!«, rief Flo aufgebracht. »Das ist ja wie auf dem Sklavenmarkt!«

Eine Weile war es still im Auto. Flo und ich mussten das alles erst mal verdauen. Es war schon eine heile Welt, in der wir da aufwuchsen. Unsere Zukunft wurde nicht einfach so über unsere Köpfe hinweg entschieden. Wir hatten ein Mitspracherecht. Nika hatte keins. Hatte es nie gehabt. Sie hatte nicht mal den Hauch einer Chance auf eine eigene Entscheidung.

»Was ist passiert, nachdem sie dich geschnappt hatten?«, wollte ich schließlich wissen.

Nika schnaubte genervt. »Sie haben mich eingesperrt. In so eine abgefuckte Bude, wo sie sonst immer die Kids hinbringen, bevor die weitervermittelt werden.«

»Sekunde: was?« Flo hatte sich zu Nika umgedreht und starrte sie an. »Was denn für Kids?«

»Weiß ich auch nicht so genau«, wich sie ihm aus. »Kids eben. Mein Onkel Milan kümmert sich um die.«

Man konnte hören, dass das nicht die ganze Wahrheit war. Aber offensichtlich wollte Nika nicht darüber reden. Sie schwieg, und im Rückspiegel sah ich, dass sie aus dem Fenster starrte.

Flo zuckte die Achseln. »Muss ich nicht kapieren«, brummte

er. »Aber sag mal: Wenn du so ein Ass im Einbrechen bist, wieso bist du dann so mies im Ausbrechen? Ich meine, warum bist du nicht abgehauen? Aus dieser Bruchbude?«

Ein weiterer Blick in den Rückspiegel, und ich sah, wie Nika die Augen verdrehte. »Was glaubst du denn? Ich hab's natürlich versucht. Aber die haben mir meine Sachen weggenommen und ganz ohne Werkzeug geht's dann halt doch nicht. Und kurz danach kam Igor und hat mir irgendwas gebracht, was mich total ausgeknockt hat.«

»Wie jetzt? K.-o.-Tropfen oder was?«, fragte Flo empört.

Nika gab einen unbestimmten Laut von sich. »Keine Ahnung, was es war. Jedenfalls wurde mir total schlecht und dann bin ich erst Stunden später wieder aufgewacht.«

Als wir die Autobahn nach knapp zwei Stunden verließen, war es schon fast dunkel. Eine Weile ging es über eine Landstraße, die schließlich zu einer Uferstraße wurde. Vereinzelt schaukelten Lichter auf dem Wasser.

»Geile Idee! Darauf kommt wirklich keiner«, lobte ich Flo, als mir klar wurde, wohin er uns lotste: Der Jachthafen! Seine Eltern hatten dort ein Segelboot liegen. Ein genialer Platz für ein Versteck.

Wir parkten das Auto bei der Marina und folgten Flo zum Wasser. Am Ende eines langen Stegs dümpelte die *Mistral*, eine weiße Segeljacht mit ordentlich zusammengerolltem Segel. Flo sprang an Bord und kramte eine Weile im Cockpit herum. Schließlich förderte er einen Schlüssel zutage, mit dem er die Tür zur Kajüte öffnete. Er kletterte die steilen Stufen hinab ins Innere und winkte ungeduldig. »Wo bleibt ihr denn?«

Nika und ich folgten ihm. Es war eng und etwas stickig, aber trotzdem total gemütlich. Wir klemmten uns auf das schmale Sofa und checkten unsere Vorräte. Dann machten wir uns über die Ravioli her. Kalt schmeckten sie widerlich, trotzdem löffelten wir tapfer die komplette Dose leer.

»Jemand Nutella zum Nachtisch?«, fragte Flo, während er das Nutella-Glas aufschraubte und die goldene Folie abzog. Er holte einen Löffel und wir ließen das Glas kreisen. Es schmeckte deutlich besser als die Ravioli. Nach Sommerurlaub und unbeschwerter Kindheit, und für einen kurzen Moment vergaß ich beinahe, weshalb wir hier waren.

Doch Flo holte mich zurück in die Wirklichkeit. »Wie machen wir denn jetzt weiter?«, fragte er. »Für heute Nacht ist das Boot ja ganz prima. Meinetwegen auch noch für morgen. Aber ewig können wir nicht hierbleiben.«

Ich nickte. »Du musst zur Polizei, Nika. Je eher, desto besser. Wir können dich nicht vor deinen Leuten schützen.«

»Mann, kapiert doch endlich!«, jammerte Nika. »Ich kann das nicht!«

»Wieso, verdammt?«, fuhr Floh auf. »Hast du mal überlegt, was sie dir angetan haben? Verweigern dir die Schule, schicken dich zum Klauen, verprügeln dich, sperren dich ein, setzen dich unter Drogen, wollen dich an irgendeinen Kerl verkaufen, dich verheiraten – mit fünfzehn! Soll ich noch mehr aufzählen?«

Nika starrte ihn an. »Flo! Ich stecke doch selbst bis zum Hals mit drin!«

»Na und? Dann musst du eben dafür geradestehen!«, blaffte Flo sie an. »Außerdem: Was ist mit Leni? Ist die dir völlig egal?«

»Natürlich nicht, Mann!«

»Dann mach endlich!«, rief Flo und stieß energisch den Löffel in die Schokocreme. »Du bist die Einzige, die ihr jetzt noch helfen kann. Du kennst die ganze Wahrheit. Unternimm endlich was! Sonst hast du nicht nur Scheiße am Hals, sondern auch noch einen Menschen auf dem Gewissen!«

Manchmal klang Flo richtig pathetisch. Aber seine Worte verfehlten nicht ihre Wirkung. »Hallo?!«, schrie Nika und sprang ebenfalls auf. Die beiden funkelten sich über den Tisch hinweg an. »Das ist nicht so einfach, wie du denkst!«

»Ach ja? Hast du mal überlegt, wie einfach es für Jonas und mich gerade ist? Wegen dir wurde mein bester Freund halb totgeprügelt. Am See haben uns deine Cousins aufgelauert, und sie hätten uns vermutlich abgeschlachtet, wenn wir an Land gewesen wären. Wir haben das Auto von Jonas' Eltern geklaut, damit wir dich in Sicherheit bringen können. Ich hab das Segelboot von meinem Alten geknackt, damit du dich hier verstecken kannst. Wie wär's, wenn du auch mal was beisteuerst!?«

»Leute«, schaltete ich mich ein. »Das bringt doch nichts. Lasst uns mal eine Nacht darüber schlafen. Morgen ist auch noch ein Tag.«

»Du klingst wie deine Mum!«, schimpfte Flo. »Und das Problem ist morgen immer noch da. Bloß dass wir dann auch noch Zeit verloren haben. Zeit, die Leni nicht hat! Und Nika und wir übrigens auch nicht!«

»Wir finden eine Lösung«, beschwichtigte ich ihn. »Morgen. Und danke Flo, dass wir hier pennen dürfen.«

Flo winkte wütend ab. Aus einem der Oberschränke holte er drei Schlafsäcke. Den einen hielt er Nika hin. »Du kannst in der Koje dahinten schlafen. Jonas und ich hauen uns hier auf die Sofas.«

Warum war bloß alles so kompliziert? Es hätte so verdammt romantisch sein können, hier auf diesem schnuckeligen kleinen Boot. Mit Nika. Und einem Haufen Sterne über uns. Aber dass Flo Nika unter Druck setzte, war vermutlich richtig. Sie hatte den ersten Schritt gewagt. Jetzt musste sie weitermachen.

Seufzend nestelte ich den Reißverschluss meines Schlafsacks auf und kletterte hinein. Aber an Schlaf war nicht zu denken. Ich war total aufgekratzt. Nikas Worte ließen mich nicht los. Ich konnte mir einfach nicht vorstellen, dass es so etwas gab: Familien, die ihren Nachwuchs zum Klauen abrichteten oder an Puffs verkauften. Ich hatte den Eindruck, dass Nika das gar nicht richtig klar war. Sie hielt immer noch zu ihren Leuten. Obwohl sie ihr so viel angetan hatten.

Flo schnarchte und irgendwie waren ein paar Stechmücken mit reingekommen. Sie nervten mich und ich wälzte mich unruhig von einer Seite auf die andere. Als das erste Sonnenlicht durch die Fenster sickerte, hatte ich das Gefühl, dass ich die ganze Nacht kein Auge zugemacht hatte.

Während die anderen noch schliefen, schlich ich mich an Deck. Der See war total glatt, und die anderen Segelboote spiegelten sich so perfekt im Wasser, dass es aussah, als gäbe es sie zweimal – nur einmal eben auf dem Kopf. Von nebenan wehte Kaffeeduft zu mir herüber und mein Magen meldete sich. Ich kletterte nach vorne und scheuchte dabei ein paar Enten auf. Sie quakten empört, während sie knapp über dem Wasser davonflatterten.

Ich hatte die halbe Nacht gegrübelt. Über Nika, über mich und über dieses Gefühl, dass wir zusammengehörten, gerade jetzt, wo die Kacke am Dampfen war. Und da Nika vermutlich noch ewig herumeiern würde, musste ich ihr die Entscheidung abnehmen. Selbst wenn es unsere Freundschaft kosten würde. Allein würde sie es niemals schaffen.

Ich zog mein Handy aus der Tasche und googelte eine Weile. Es war erstaunlich, wie viele Adressen es im Umkreis gab. Schließlich entschied ich mich, atmete einmal tief durch, tippte auf die angegebene Nummer und wartete gespannt.

Zwei Stunden später kam Wind auf. Das Boot begann, leicht zu schaukeln. Ein Seil hämmerte in gleichmäßigen Abständen gegen den Mast und weckte meine Begleiter.

Verschlafen krochen Flo und Nika an Deck. Flo ging los, um Croissants und Kaffee zu besorgen. Nika setzte sich zu mir an Deck. Sie sah verheult aus.

»Und? Wie hast du geschlafen?«, fragte ich.

»Schlecht«, antwortete sie bedrückt. »Ich hab die ganze Zeit nachgedacht. Flo hat recht. Ich hab Scheiße gebaut, mein ganzes Leben schon. Und ich will da raus. Unbedingt. Und Leni will ich auch helfen, aber ich …«

»Du hast Angst. Kann ich verstehen.«

Nika nickte. Schweigend blickte sie über das Wasser. »Für euch klingt das alles so easy: Nika geht zur Polizei, lässt ihren Onkel und dessen Kumpels hochgehen und danach ist Friede, Freude, Eierkuchen. Aber die Bullen können nicht alle einsperren. Und wenn die mich finden …« Sie schluckte. Schüttelte den Kopf. Schwieg.

Ich nahm ihre Hand und drückte sie. Sie war genauso zart und schmal wie der ganze Rest von ihr.

»Und selbst wenn die Bullen alle einsperren könnten – was würde aus mir?«, fuhr sie fort, und ich hörte an ihrer Stimme, dass sie schon wieder kurz vorm Heulen war. »Ich meine, ich hab keinen Schulabschluss und nichts. Ich hab nicht mal regelmäßig eine Schule besucht. Ich kann einfach gar nichts. Außer Türen knacken und Schlüssel klauen.«

»Aber du kannst das doch alles nachholen! Die Schule und all das. Du bist fünfzehn!«

»Klar. Das wird bestimmt mega!«

»Ein bisschen was musst du schon dafür tun. Immerhin wärst du frei. Ist das nichts?«

Wir schwiegen und beobachteten, wie ein Segler zwei Stege weiter ablegte. Einen Augenblick tuckerte noch der Motor, dann erstarb das Geräusch. Eine Frau machte sich an einem blütenweißen Segel zu schaffen. Plötzlich entfaltete es sich und das Schiff nahm Fahrt auf. »Schau mal, so ist das bei dir dann auch«, bemerkte ich und zeigte auf das Boot. »Erst brauchst du noch ein bisschen Starthilfe. Aber dann segelst du plötzlich los. Ganz von selbst. Und keiner wird dich aufhalten.«

Ein kleines Lächeln huschte über ihr Gesicht. »Du bist süß«, sagte sie und lehnte ihren Kopf an meine Schulter.

Ich zog sie an mich und wusste: Das war meine Chance! »Nika, ich muss dir was sagen«, begann ich vorsichtig. »Ich habe mit jemandem telefoniert. Jemand, der dir helfen kann.« Ihr Körper wurde starr. Doch ich ließ sie nicht los. »Nicht mit der Polizei«, sagte ich schnell. »Jemand von einer Beratungsstelle. Es ist total anonym, du musst keine Angst haben. Aber ich will, dass du da anrufst. Jetzt!«

NIKA

Die Frauenstimme am Telefon klang freundlich. Sie meinte, ich solle mir Zeit lassen, und dann hörte sie einfach nur zu. Anfangs war ich meganervös, und es fiel mir schwer, überhaupt etwas zu sagen.

Ich wusste auch gar nicht, wo ich anfangen sollte. Doch dann begann ich zu erzählen – natürlich ohne meinen Namen zu nennen –, dass ich bei meinem Onkel und meiner Tante lebte und dass ich abgehauen war, weil ich es dort nicht mehr aushielt. Dass mein Onkel und meine Cousins und bestimmt noch ein paar andere jetzt nach mir suchten. Und dass ich auf keinen Fall zu ihnen zurückwollte.

»Darf ich mal fragen, wie alt du bist?«, war das Erste, was die Frau wissen wollte.

»Ich bin zwölf«, sagte ich wie aus einem Reflex heraus.

»Hm, zwölf?«, fragte die Frau. Die plötzliche Skepsis in ihrer Stimme konnte nicht deutlicher ausfallen. »Bist du sicher? Ich meine, wir wollen doch ganz offen miteinander sein, oder? Unser Gespräch bleibt anonym, also was hast du zu verlieren?«

Ich zögerte. Wie oft hatte Stjepan mir eingebläut, dass ich den Bullen niemals und auf gar keinen Fall mein richtiges Alter nennen durfte. Aber die Frau war ja nicht von der Polizei und seit gestern hatte Stjepan mir ohnehin nichts mehr zu sagen. »Okay, also eigentlich bin ich fünfzehn«, gestand ich.

»Na, siehst du«, meinte die Frau. »Möchtest du mir erzählen, was genau du für deinen Onkel erledigen musst?«

»Nein! Nein, lieber nicht«, wich ich aus. Aber ich will auch auf keinen Fall zurück!«

»Hast du mal versucht, mit deinem Onkel zu reden?«

»Das bringt überhaupt nichts!«

»Hast du es denn schon einmal versucht? Ich meine, mit fünfzehn ist es vollkommen normal, dass man die eine oder andere Aufgabe von seinen Eltern, oder in deinem Fall von deinem Onkel, übertragen bekommt. Zum Beispiel auf kleine Geschwister aufpassen. Das ist alles eine Frage der Absprache.«

»Absprache?«, fragte ich entgeistert. »Bei uns wird nichts abgesprochen. Ich muss tun, was die sagen, sonst bekomme ich Ärger.«

»Okay«, antwortete die Frau gedehnt. »Aber wenn du möchtest, dass wir dir helfen, müsstest du schon ein bisschen mehr von dir und deiner Familie erzählen.«

»Ich – ich kann nicht!«

»Gut, dann lass mich anders fragen: Was passiert denn, wenn du dich weigerst, meinetwegen weil du dich lieber mit deinen Freunden treffen möchtest?«

Beinah hätte ich gelacht. »Nein, also mit jemandem treffen,

das geht schon mal gar nicht! Das darf ich nicht. Und seit mein Onkel meine Cousins auf mich angesetzt hat … also – nur mit Leni, meiner Freundin. Mit der darf ich mich manchmal treffen. Aber die ist ja jetzt …« Ich stockte, schluckte und nahm einen neuen Anlauf. »Als ich mich das letzte Mal geweigert habe, hat mein Cousin mich – also er hat mich zu diesem Klub gebracht. Und er hat mir gedroht, dass ich sonst dort arbeiten müsste.«

»Ein Klub? Was denn für ein Klub?«

»Na, dieser Nachtklub mit den blinkenden Herzen. Wo Leni jetzt …« Meine Stimme splitterte. Ich wusste nicht, wie ich das in Worte fassen sollte.

»Warte mal. Deine Freundin arbeitet in einem Nachtklub?«

»J-ja«, schluchzte ich.

»Und ich nehme mal an, sie ist so alt wie du?«

»Mhm«, bestätigte ich und zog die Nase hoch.

Am anderen Ende der Leitung blieb es still. Dann hörte ich das Klicken eines Kugelschreibers, die Frau machte sich wohl irgendwelche Notizen. »Hallo? Bist du noch dran?«, wollte sie kurz darauf wissen.

»Ja«, flüsterte ich und schluckte, um den Knoten in meinem Hals loszuwerden.

»Was hältst du davon, wenn wir uns treffen? Wir könnten gemeinsam überlegen, wie es für dich jetzt weitergeht.«

»Ich weiß nicht.«

»Schau mal, du warst so mutig und hast bei uns angerufen. Wenn du willst, dass wir dir helfen, dann musst du jetzt am Ball bleiben.«

»Aber Sie dürfen mich nicht zurück zu meinen Leuten bringen! Bitte!«

»Niemand zwingt dich, nach Hause zurückzugehen, ohne zu wissen, was bei dir los ist. Ich mache dir einen Vorschlag. Wir treffen uns sozusagen auf neutralem Boden. In einem Café. Du erzählst mir alles und kannst dann immer noch entscheiden, ob wir dir helfen sollen oder ob du das Ganze alleine lösen willst. In Ordnung?«

»Okay«, flüsterte ich.

Sie nannte mir die Adresse eines Cafés in der Innenstadt und eine Uhrzeit.

Bevor sie auflegte, sagte sie noch: »Gut, dass du bei uns angerufen hast. Ich verspreche dir, wir werden eine Lösung finden. Bis später.«

Ich ließ Jonas' Handy sinken und merkte erst jetzt, wie sehr sich meine Finger um das Gerät verkrampft hatten. Meine Hände waren feuchtkalt und sie zitterten.

Anfangs hatte ich befürchtet, dass die Frau mich nicht ernst nehmen würde. Vor allem, als sie davon anfing, dass ich mit fünfzehn schon mal ein paar Aufgaben für meinen Onkel übernehmen müsste. Aber dann, gegen Ende des Gesprächs, hatte sie plötzlich anders geklungen. So als hätte sie verstanden, dass ich wirklich in einer Notlage war.

»Wie lief's?«, fragte Jonas, als ich wieder an Deck auftauchte und ihm sein iPhone zurückgab. Ich zuckte die Schultern und griff nach dem Chai-Latte-Becher, den Flo mir hinhielt. »Sie will sich mit mir treffen«, sagte ich nachdenklich. »Heute noch. Im Café Marlene.«

»Und? Ist doch super!«, rief Jonas. »Soll ich mitkommen?«

Ich nippte nachdenklich an meinem Getränk. Eigentlich sollte ich da alleine hingehen. Aber vielleicht würde ich im letzten Moment kneifen. Und dann wäre alles umsonst gewesen. Zögernd nickte ich.

»Hat sie auch eine Unterkunft für dich?«, wollte Flo wissen. »Eine, wo du vor deiner Familie sicher bist?«

»Bestimmt!« Jonas griff nach meiner Hand. »Die haben ganz sicher was für dich.«

»Aber das hat sie so nicht gesagt«, gab ich zu bedenken und malte mir aus, wie die von der Beratungsstelle meine Adresse aus mir herausquetschten und mich dann nach Hause brachten. Und schließlich der absolute Horror: Stjepan würde mir die Tür öffnen, mit denen ein paar unverbindliche Worte wechseln, sie wegschicken und danach mit mir abrechnen. Mein Puls beschleunigte sich. So durfte das auf keinen Fall ablaufen!

NIKA

»Ginger, vergiss es! Du kannst jetzt nicht nach Hause!« Seit wir von der Marina aufgebrochen waren, redete Flo auf Jonas ein wie auf einen lahmen Gaul.

»Ich will doch gar nicht ins Haus!«

Jonas starrte stur geradeaus. Seine Finger krampften sich um das Lenkrad. »Aber ich muss wenigstens die Karre zurückbringen!«

»Schwachsinn! Die stellst du solange bei uns ab.«

»Und was sag ich meiner Mum, wenn die nach Hause kommt?«

»Wann kommt die denn?«

»Weiß nicht genau. Nächste Woche oder so.«

»Mann, bis dahin ist doch noch genug Zeit.«

»Aber …«

»Jonas, Flo hat recht«, mischte ich mich ein. »Mit ziemlicher Sicherheit beobachten meine Cousins euer Haus. Wir würden denen direkt in die Arme laufen.«

Jonas' Augen suchten mich im Rückspiegel. »Und was schlagt ihr also vor?«

»Du kommst so lange mit zu mir, bis wir wissen, wie diese Organisation Nika gegen ihre Leute helfen kann. Und bis wir sicher sein können, dass die Jungs nicht bei dir zu Hause lauern.«

»Wie willst du dir da sicher sein?«

Flo stöhnte genervt. »Mann, weiß ich noch nicht. Ich überleg mir was.«

Wir stellten das Auto in der Nähe von Flos Elternhaus ab und verabschiedeten uns.

»Bis nachher, Alter!«, sagte Flo und schlug Jonas auf die Schulter. Dann umarmte er mich. »Halt die Ohren steif, Nika! Du tust garantiert das Richtige.«

Das Café Marlene lag in einer Seitenstraße. Es war klein und vollgestopft mit alten Sofas, plüschigen Sesseln und niedrigen Tischchen. Fast alle Plätze waren besetzt. Nur im hinteren Bereich saß eine Frau allein an einem Tisch. Ende vierzig, Strickweste, kinnlanges graues Haar, rote Hornbrille, Milchkaffee.

»Ist sie das?«, fragte Jonas und wies unauffällig in die Richtung der Frau.

»Die kann mir ganz sicher nicht helfen«, sagte ich und wollte schon wieder umdrehen. Jonas griff nach meinem Arm. »Lass uns erst mal hören, was sie zu sagen hat.«

Die Frau hatte uns ebenfalls bemerkt. »Hallo«, sagte sie, als wir an ihren Tisch traten. »Ich bin Pet. Haben wir heute Morgen telefoniert?«

»Hallo«, erwiderte ich knapp und machte keine Anstalten, mich vorzustellen oder hinzusetzen.

»Du hast einen Freund mitgebracht. Das war eine gute Idee«,

bemerkte sie. »Setzt euch doch.« Sie wies auf die beiden leeren Sessel. »Was möchtet ihr trinken?«

Wir bestellten beide Cola und warteten, bis die Bedienung mit ihrem Tablett wieder verschwand. Dabei entstand eine unangenehme Stille, die noch andauerte, nachdem die Kellnerin längst gegangen war.

Ich fühlte mich total unwohl, vielleicht auch, weil Pet mich so erwartungsvoll ansah. Vermutlich hoffte sie, dass ich ihr jetzt meine komplette Lebensgeschichte auftischen würde. Stur starrte ich in meine Cola und sah zu, wie die Eiswürfel langsam schmolzen. Ab und zu tippte ich sie mit dem Finger an, sodass sie kurz untertauchten. Sie waren hohl und …

»Okay. Wenn du nicht anfangen willst, dann fang ich mal an«, brach Pet das Schweigen. »Dass ich Pet heiße, weißt du ja schon. Ich arbeite seit dreiundzwanzig Jahren für den Kinder- und Jugendnotdienst. Wir bekommen sehr viele Anrufe. Mal sind es Probleme mit den Eltern, Gewalt in der Familie, Alkoholprobleme, mal ist es Mobbing in der Schule. Manchmal dreht es sich um Drogen und manchmal weiß jemand einfach nicht mehr weiter. Jeder Fall ist anders, und wir müssen immer wieder neu überlegen, wie wir helfen können. Manches kann man im gemeinsamen Gespräch mit den Eltern oder mit der Schule klären. Aber es gibt auch Situationen, die sind deutlich komplizierter. Und manchmal müssen wir sogar die Polizei um Mithilfe bitten.«

»Polizei?!« Beinah wäre ich aufgesprungen. Doch da griff Jonas schon nach meiner Hand und drückte sie. Du hast es versprochen!, schien er mir sagen zu wollen.

Pet war meine Reaktion nicht entgangen, trotzdem blieb sie völlig gelassen. »Stell dir vor, jemand kündigt einen Amoklauf in der Schule an. Oder will sich vor einen Zug werfen. In so einem Fall brauchen wir Verstärkung. Damit nicht noch andere Menschenleben gefährdet werden. Wir geben der Polizei einen Hinweis, natürlich ohne den Namen der Person zu nennen, die uns angerufen hat.«

Ich beruhigte mich wieder ein wenig. Mit Amoklauf hatte mein Fall ja wirklich nichts zu tun.

»Du hast bei uns angerufen, weil du dich von deiner Familie bedroht fühlst. Du hast Angst, dass sie dir etwas antun. Habe ich das so richtig verstanden?«

Ich nickte.

»Wir unterliegen der gesetzlichen Schweigepflicht«, fuhr Pet fort. »Das heißt, dass wir alles vertraulich behandeln, was du uns erzählst. Wie viel du uns erzählst, entscheidest du ganz allein.« Sie nahm ihren Milchkaffee in beide Hände und schwenkte die Schale, sodass sich der Schaum am Rand löste. »Wenn sich ein Jugendlicher, so wie du, in einer Notsituation an uns wendet, sind wir verpflichtet, ihm zu helfen. Dafür gibt es sogar ein Gesetz. Es sagt aus, dass junge Menschen ein Recht darauf haben, dass es ihnen dort, wo sie leben, gut geht. Sie dürfen weder beschimpft noch geschlagen noch misshandelt werden.«

»Und wie wollen Sie das verhindern?«, fuhr ich auf.

Pet blieb weiterhin ruhig. »Natürlich werden wir zunächst einmal versuchen, mit deinen Eltern zu reden. Vielleicht finden wir gemeinsam eine Lösung für dein Problem.«

Ich stöhnte frustriert. »Das bringt doch nichts! Sie werden immer weitermachen. Ich – ich will nicht mehr zurück! Ich *kann* nicht mehr zurück. Auf keinen Fall!«

Pet nickte verständnisvoll. »Es besteht die Möglichkeit, dich anonym unterzubringen. In einem unserer Häuser. Dort kannst du erst einmal zur Ruhe kommen.«

»Und wie lange wäre das?«, fragte Jonas.

Pet tat so, als hätte ich selbst die Frage gestellt. »Dein Aufenthalt bei uns kann bis zu sechs Wochen gehen, in Ausnahmefällen auch länger. In dieser Zeit überlegen wir gemeinsam, wie wir deine Situation ändern können und welche Zukunftsperspektiven du hast.«

»Zukunftsperspektiven!«, schnaubte ich.

Pet überhörte meinen Sarkasmus. »Allerdings dürfen wir dich nicht einfach so aus deiner Familie herausnehmen. Zumindest nicht, ohne dass wir uns ein Bild von den Verhältnissen vor Ort gemacht haben. Über eine sogenannte Inobhutnahme entscheidet dann ein Jugendgericht.«

»Aber das dauert bestimmt ewig!«, fuhr Jonas auf. »Ich meine, bis die das alles überprüft haben. Wir brauchen jetzt Ihre Hilfe! Die suchen sie doch überall! Und wenn die sie finden …«

»Kennst du denn die Eltern?«, wandte Pet sich an Jonas.

Der bekam vor Aufregung rote Flecken ins Gesicht. »Eltern hat sie doch gar keine mehr! Nur einen Onkel. Und der ist gewalttätig, das hab ich selbst mitbekommen. Außerdem kenn ich die beiden Typen, die mit in der Familie leben. Die haben mich neulich zusammengeschlagen. Einfach so. Bloß weil ich mit ihr geredet habe.«

»Weiß das die Polizei? Hast du die beiden angezeigt?«

»Nein!«

»Wieso nicht?«, fragte Pet.

»Ich hatte total Schiss, dass die wiederkommen und mich fertigmachen! Aber wir haben weiter heimlich gewhatsappt. Das haben die zwei spitzgekriegt und mir und einem Kumpel aufgelauert. Draußen am See. Zum Glück konnten wir abhauen. Ni... – verdammt! –, sie hat dann alles abgekriegt. Ihr Onkel hat sie verprügelt und tagelang eingesperrt.«

»Heißt das, du bist schon mal abgehauen?«

»Ich hab's versucht.« Ich schauderte bei dem Gedanken an die Nacht, als Pavel und Viktor mich am Bahnhof erwischt hatten. »Aber die haben mich gefunden und in eine leere Wohnung gesperrt. Es gab kein Wasser und die Fenster waren vernagelt.«

»Und dann haben sie ihr K.-o.-Tropfen gegeben, damit sie stillhält! Und sie wollten sie aus der Stadt bringen, um sie ...«

»Hör auf!«, rief ich und hielt mir die Ohren zu. Ein paar der Gäste drehten sich genervt nach uns um.

»Nein, verdammt!«, zischte Jonas nun etwas leiser. »Du musst endlich sagen, was Sache ist!« Er zeigte auf das Pflaster über meiner Augenbraue. »Das waren die auch!«

Pets Blick wanderte zu der Stelle über meinem Auge. Ihre Hand berührte meinen Arm, nur ganz leicht. Ich zuckte sofort zurück. »Dein Freund hat recht. Du solltest diese Verletzungen unserer Ärztin zeigen. Und das hier ebenfalls.« Sie zeigte auf ein paar kreisrunde Narben auf meinem Unterarm. Vor Jahren hatte Stjepan dort seine Zigarette ausgedrückt, um mir zu demonstrieren, was passierte, wenn ich ihm nicht gehorchte. Sie waren kaum noch zu sehen, aber die Erinnerung an diesen Augenblick war längst noch nicht verblasst.

»Ich brauch keinen Scheißarzt!«, fauchte ich. »Ich brauch einen Platz, wo mich keiner von denen findet!«

»Keine Frage.« Pet lächelte mitfühlend. »Trotzdem müssen wir etwas gegen deinen Onkel in der Hand haben, damit du langfristig bei uns bleiben darfst. Aber das besprechen wir später. Fürs Erste …« Sie kramte einen Zettel aus ihrer Tasche und kritzelte etwas darauf. »… fahrt ihr da jetzt hin. Das ist zwar etwas außerhalb, aber dafür ist es sicher.«

»Was ist das?«, fragte ich misstrauisch.

»Das ist die Adresse einer Wohngruppe. Wir bringen dort junge Frauen unter, die von psychischer oder physischer Gewalt bedroht sind. Anonym, natürlich. Ich weiß, dass da noch ein Platz frei ist. Dort kannst du vorübergehend bleiben. Was meinst du?«

Unsicher nahm ich den Zettel und warf einen Blick darauf. War das meine Chance? Würde sich jetzt mein Leben ändern? »Danke«, sagte ich zögernd und steckte den Zettel ein.

»Melde dich bei Manuela und sage ihr, dass Pet dich geschickt hat. Sie wird sich um dich kümmern.« Sie winkte der Bedienung und kramte ihren Geldbeutel hervor, um zu bezahlen. »Ich muss jetzt leider los. Aber ich wünsche dir alles Gute!«

NIKA

»Sorry, dein Freund kann leider nicht mit reinkommen.« Die Frau, die bei unserem Klingeln öffnete, war vielleicht so alt wie Mira. Sie trug ihre Haare in langen blonden Dreads und im Gesicht hatte sie jede Menge Piercings. »Aber wenn du ein paar Tage vorher Bescheid sagst, spreche ich das mit den Mädels hier durch. Okay?«

Falls Jonas enttäuscht war, ließ er es sich nicht anmerken. Er umarmte mich zum Abschied. »Du schaffst das!«, sagte er leise. Ich biss die Zähne zusammen und nickte. Unterwegs in der Tram wäre ich ein paarmal beinahe ausgestiegen und weggerannt. Und als wir vor dem gelben Wohnhaus ankamen und Jonas auf die Klingel drückte, am liebsten auch.

»Ich komm dich besuchen«, versprach er. »Schick einfach eine Nachricht auf das Handy meiner Mutter. Die Nummer findest du unter *Mum.* Und das Passwort von meinem Handy kennst du ja.« Er zog sein Telefon heraus und überreichte es mir mit einem schrägen Grinsen. »Ich hab zwei neue Songs drauf. Würd mich interessieren, wie du sie findest.«

Ich nahm das Handy und steckte es ein. Dann öffnete ich das kleine Gartentor und ging auf die Frau mit den Dreads zu. Sie streckte mir ihre Hand entgegen. Auf ihrem Unterarm wand sich ein Drache. Aus seinem Maul züngelte es. »Hallo! Pet hat mir schon gesagt, dass du kommst. Ich bin Manuela.«

»Hi.« Ich nahm ihre Hand und schüttelte sie.

»Du brauchst noch einen neuen Namen. Irgendeine Idee?«

Das hatte ich in der Aufregung glatt verdrängt. Sämtliche Namen, die mir Stjepan gegeben hatte und für die es falsche Papiere gab, schossen mir durch den Kopf. So einer durfte es auf keinen Fall sein. Es musste ein unverbrauchter Name sein. Einer, mit dem ich noch nichts Negatives verband.

»Dir fällt schon noch was Passendes ein«, sagte Manuela und hielt mir die Haustür auf. »Jetzt komm erst mal rein, ich zeig dir das Haus und stell dir die anderen Mädchen vor.«

Wir betraten einen hell gefliesten Flur, von dem mehrere Türen abgingen. Eine davon führte ins Gästeklo, eine andere in eine Art Büro. »Unter der Woche sitzt hier immer eine von uns, die du um Rat fragen kannst«, erklärte Manuela. »Nachts und am Wochenende gibt's eine Rufbereitschaft. Außer mir arbeiten hier noch zwei weitere Betreuerinnen. Die lernst du dann morgen kennen.« Manuela stieß die dritte Tür auf. »Und hier ist die Wohnküche.«

Die Küche machte einen gemütlichen Eindruck: hell und sonnig, mit Kräutertöpfen auf der Fensterbank und einem großen Tisch mit einer Eckbank und fünf Stühlen. Auf der Bank saßen zwei Mädchen, die von einem Heft aufblickten, als wir reinkamen. Die eine trug ein nachtblaues Kopftuch, das ihre Haare komplett verbarg. Es mussten sehr viele sein, denn das Tuch beulte sich am Hinterkopf stark aus. Die andere trug ihre Haare halblang und blau gefärbt. Sie kaute nervös auf ihrem Stift herum.

»Hallo, Mädels, kommt ihr voran mit Mathe?«

»Boah, ich kapier das alles nicht!«, wetterte die Blauhaarige und klopfte wütend mit dem Stift auf das Heft.

»Pass auf, ich erklär's dir noch mal. Du musst zuerst die Klammern auflösen«, sagte die mit dem Kopftuch geduldig. »Und dann …«

»Sorry, wir wollen gar nicht lange stören«, unterbrach Manuela. »Das ist …«

»Sophia«, sagte ich schnell und ohne nachzudenken.

Manuela blinzelte mir verschwörerisch zu. »Also, das ist Sophia. Sie wohnt ab jetzt bei uns. Sophia, das sind Samira und Jasmin.«

Das Mädchen mit dem Kopftuch lächelte, sagte aber nichts, während Jasmin gleich drauflossprudelte. »Ja, cool! Willkommen bei uns! Lass uns heute Abend gemeinsam kochen, ja? Wir wollen Falafel machen.«

»Aber bitte hinterher alles wieder wegräumen«, erklärte Manuela. Sie zeigte auf eine Spülmaschine. »Seit Kurzem haben wir diesen tollen Kollegen. Erleichtert die Arbeit ungemein. Alles andere steht auf diesem schlauen Teil.« Sie zeigte auf einen bunten Wandkalender. »Hier kannst du deinen Namen eintragen, und an dieser Stelle siehst du, wann du mit Putzen und so dran bist.«

Samira und Jasmin hatten sich bereits in den Kalender eingetragen. Der Name in der dritten Spalte war mehrmals durchgestrichen. Daneben hing ein Stift an einem Faden. Ich nahm ihn und schrieb über die freie Spalte »Sophia«. Der Name fühlte sich merkwürdig fremd an. Doch irgendwie klang er auch positiv mit seinem »ja« am Ende.

»Kommst du?«, hörte ich Manuelas Stimme aus dem letzten Zimmer. »Die beiden sind in Ordnung«, sagte sie, als ich zu ihr aufschloss. »Jasmin ist seit fast zwei Jahren bei uns. Davor hat sie auf der Straße gelebt. Auch sie hat es zu Hause nicht mehr ausgehalten. Jetzt will sie unbedingt ihren Schulabschluss nachholen, damit sie eine Ausbildung zur Frisörin machen kann. Und am allerliebsten möchte sie Maskenbildnerin am Theater werden.«

»Und die andere? Samira?«

»Hat sich von Aleppo über die Türkei bis zu uns durchgeschlagen. Allein und ohne Eltern. Sie möchte später Ärztin werden.«

Ich war beeindruckt. Auch für die beiden war ihr bisheriges Leben kein Zuckerschlecken gewesen. Aber sie hatten ein Ziel. Sophia würde auch ein Ziel haben!

»Das hier ist unser Aktionsraum«, fuhr Manuela fort und stieß eine weitere Tür auf. Es gab ein paar Sessel, ein gemütliches Sofa mit jeder Menge Kissen, einen riesigen Flachbildfernseher und einen Schrank, der mit Brettspielen aller Art vollgestopft war. Hinter der großen Schiebetür konnte ich einen Blick auf die Terrasse und einen kleinen, verwilderten Garten werfen.

»Hier könnt ihr quatschen, fernsehen oder gemeinsam spielen. Im Garten ist noch eine Tischtennisplatte. Aber nicht nach zehn Uhr abends, okay? Sonst gibt's Ärger mit den Nachbarn. So, und jetzt komm. Ich zeige dir dein Zimmer.«

Die drei WG-Zimmer erreichte man über eine schmale, weiß lackierte Holztreppe. Mein Zimmer lag direkt neben dem gemeinsamen Bad. Es ging nach hinten raus zum Garten, und man konnte sehen, dass es hinter der Grundstücksgrenze noch andere verwilderte Gärten gab. Das Zimmer selbst war mit hellen Möbeln eingerichtet: ein Schreibtisch am Fenster, ein Stuhl, ein Bett, ein Schrank.

»Gefällt's dir?«

Ich nickte und strich mit der Hand über die geblümte Bettdecke, auf der zwei Handtücher lagen. In meinem Hals wurde es eng.

»Alles gut?« Manuela musterte mich prüfend. »Willst du reden?«

Ich schluckte und schüttelte entschieden den Kopf. Ich war noch nicht so weit.

Manuela lächelte. »Weißt du, vieles von dem, was unsere Mädchen erlebt haben, ist schmerzhaft, und es dauert lange, bis sie darüber reden können. Allein schon die Entscheidung, von zu Hause wegzugehen, kostet eine Menge Kraft. Lass dir Zeit und komm erst mal zur Ruhe. Wir überlegen dann später gemeinsam, wie es für dich weitergeht.« Sie wandte sich zum Gehen. An der Tür fiel ihr noch etwas ein: »Ich bin morgen ab neun hier. Wenn du willst, schaust du einfach mal bei mir vorbei.«

JONAS

»Können wir uns sehen? Bitte!« Nikas Stimme klang drängend. Seit Tagen hatten wir uns nicht gesprochen und sie hatte sich auch nicht über WhatsApp gemeldet. Ich hatte keine Ahnung, was in der Zwischenzeit passiert war und ob ihr die vom Jugendamt langfristig helfen konnten.

»Wo?«, fragte ich. Seit der Aktion auf Flos Segelboot hatte ich mich nicht mehr nach Hause getraut, aus Angst, die Grizzlys könnten dort auf mich lauern. Zum Glück hatten Flos Eltern kein Problem damit. Im Gegenteil: Da sie wussten, dass meine Mum auf Grenada war, hatten sie mir sogar angeboten, bei ihnen zu wohnen.

»Im Stadtpark«, sagte sie. »Auf dem Spielplatz. Aber pass auf, dass dir keiner folgt.«

»Wieso? War irgendwas? Hast du jemanden von deinen Leuten gesehen?«

»Nein, aber man kann nie wissen.«

»Okay. Bin in einer halben Stunde da.«

Als ich knapp fünfunddreißig Minuten später auf dem Spielplatz ankam, war Nika nirgends zu sehen. Ich drehte eine komplette Runde um den leeren Platz und wunderte mich, doch schließlich entdeckte ich sie auf dem Holzturm mit der Feuerwehrstange. Ich stellte mein Bike ab und kletterte zu ihr hoch. »Hi, Nika!«, sagte ich und wollte sie schon umarmen. Doch irgendwie hatte sie so eine Eisprinzessinnen-Aura um sich. »Und?«, fragte ich vorsichtig. »Wie ist es?«

»Ich heiße jetzt Sophia.«

»Aha?«

»Ich musste mich für einen Namen entscheiden.«

»Ach so. Klar. Wegen anonym und so.«

»Wie findest du ihn?«

»Sophia?«, meinte ich und betrachtete sie. »Gefällt mir. Der Name passt zu dir. Sophia mit den schlammgrünen Augen.« Immerhin lächelte sie jetzt. Ein kleines, zaghaftes Lächeln.

»Die Mädchen sind nett. Jasmin ist ziemlich anstrengend. Sie fragt mir Löcher in den Bauch. Aber mit Samira verstehe ich mich gut.«

»Das ist doch super«, sagte ich eine Spur zu munter. Weil irgendwas war gar nicht super. Nika – Sophia war total angespannt. Nervös zupfte sie an einer Haarsträhne, die sich aus ihrem Pferdeschwanz gelöst hatte.

»Ich hatte ein Gespräch mit Manuela«, sagte sie nach einer Pause. »Gestern Morgen.«

»Ist das die mit den Haaren und den Piercings?«, wollte ich wissen. »Die, die mich weggeschickt hat?«

»Genau die. Sie ist jetzt offiziell meine Betreuerin.«

»Und?«

»Ich habe ihr alles erzählt. Die ganze Geschichte.«

»Wow! Auch das mit dem Homejacking?«

»Na ja, das noch nicht. Aber dass ich für meinen Onkel und meine Tante betteln musste und später für sie geklaut habe. Das schon.«

»Und wie hat sie reagiert?«

Nika zuckte die Achseln. »Sie hat zugehört, das ist doch schon mal was. Aber ich bin mir nicht sicher, ob sie mir alles geglaubt hat.«

»Ist ja auch eine ziemlich wilde Story«, sagte ich. »Und wie geht's jetzt weiter?«

Nika schüttelte den Kopf. »Ich weiß nicht genau. Die wollen zu Stjepan und Irina. Wegen dieser Inobhutdingens.«

»Na, viel Spaß. Hoffentlich nehmen sie Verstärkung mit«, sagte ich. »Aber das war noch nicht alles, nehme ich an?«

»Also ...«, druckste sie und warf einen verzweifelten Blick in die Baumkronen, die den Spielplatz nahezu komplett überdachten. »Manuela sagt, dass ich ... als ich bei *Teenphone* angerufen hab, neulich ... Da hab ich denen ja das mit dem Nachtklub erzählt. Dass Leni dort jetzt arbeitet.«

»Ich weiß. Und?«

»Und da haben die vom Jugendnotdienst die Polizei eingeschaltet.«

»Oh, Scheiße! Heißt das, dass du jetzt doch nicht anonym bleibst?«

»Ich bin nicht sicher.« Nika knetete nervös ihre Hände. »Manuela meint, dass sie der Polizei noch nichts von mir gesagt hätten. Nur eben, dass sie jemanden aufgenommen hätten, der das mit dem Nachtklub mitgekriegt hätte. Und ich vertrau ihr da auch.«

»Aber?«

»Aber jetzt wollen alle, dass ich zur Polizei gehe und aussage.«

»Wer will das?«

»Manuela. Und die anderen von der Beratungsstelle. Sie sagen, dass ich Leni damit vielleicht retten könnte. Und außer ihr noch eine Menge anderer Kids.«

»Da haben sie recht. Und? Überlegst du's dir?«

»Vielleicht …«, murmelte sie und kickte einen Kieselstein vom Turm. »Aber vielleicht ist Leni ja auch schon tot!«

»Quatsch!«, rief ich entgeistert. »Wie kommst du denn darauf?«

Nika warf mir einen gehetzten Blick zu. »Und wenn doch? Was, wenn dieser Rösler …«

»Leni ist nicht tot!«

»Jonas, ich hätte das verhindern können. Ich hätte Leni warnen müssen!«

»Nika!« Ich fasste sie an den Schultern und zwang sie, mich anzusehen. »Sie. Ist. Nicht. Tot! Okay?«

»Aber wenn die mich jetzt befragen –«

»Na und? Dann sagst du denen alles, was du über diesen Puff weißt.«

»Mann, ich weiß doch gar nichts! Außerdem: Ich hab mit Stjepan und meinen Cousins schon genug Probleme! Da brauche ich nicht noch mehr!«

»Aber vielleicht kannst du Leni damit wirklich helfen!«

»Du glaubst ja wohl nicht im Ernst, dass ich Leni damit helfe? Wenn Rösler rauskriegt, wem er das Ganze zu verdanken hat, dann ist sie die Erste, die es abkriegt. Und ich hab dann nicht nur Stjepan, sondern auch noch Röslers Leute auf dem Hals.«

»Wie soll er das denn rauskriegen? Du bist doch eine anonyme Zeugin.«

»Am Arsch mit anonym!«, fuhr Nika auf. Sie hatte Tränen in den Augen. »Wenn der von Igor erfährt, dass ich abgehauen bin, dann zählt der doch zwei und zwei zusammen!«

»So schlau ist der nicht.«

»Hast du 'ne Ahnung!«, schluchzte sie. »Mann, ich schaff das nicht! Ich will da nicht hin! Scheiße!«

»Du schaffst das«, flüsterte ich und nahm sie trotz ihres Widerstands in den Arm. »Du bist doch jetzt Sophia. Und die ist voll stark. Die schafft noch ganz andere Sachen.«

NIKA

»Und wenn die mich jetzt verhaften?« Seit einer halben Ewigkeit hockten wir nun schon auf diesen unbequemen Plastikstühlen vor Zimmer 226.

Meine Nervosität wuchs mit jeder Minute, und ich war heilfroh, dass Manuela neben mir saß. Damit sie nicht merkte, wie stark meine Hände zitterten, hatte ich sie zwischen meine Knie geklemmt.

»Keine Sorge«, beruhigte mich meine Betreuerin. »Das machen die nicht. Die dürfen dich nicht zu einer Aussage zwingen, mit der du dich selbst belastest. Und du darfst das Gespräch auch jederzeit abbrechen. Aber du willst doch deiner Freundin helfen. Also hör dir wenigstens an, was der Typ dadrin zu sagen hat.«

»Kommst du mit rein?«

»Na klar!«

Gleich darauf öffnete sich die Tür. Ein Mann streckte den Kopf raus und scannte den Gang ab. Straßenköterblond, Dreitagebart, stechend blaue Augen. »Sophia?«, fragte er, als er Manuela und mich vor seiner Tür bemerkte.

»Ja?«, gab ich mit dünner Stimme zurück. Mein Herz raste, als ich mich erhob und dem Kerl die Hand gab. Sie war groß und warm und trocken, während meine genau das Gegenteil war: schweißnass und klein und mager. Sie verschwand fast vollständig in seiner Pranke.

»Kriminalhauptkommissar Peter Kern«, stellte er sich vor.

Ich musterte ihn misstrauisch. So sah ein Hauptkommissar aus? Keine Uniform, keine Dienstwaffe. Stattdessen dunkelgraues Hemd und Jeans.

»Ich bin Leiter einer Sonderermittlungsgruppe.« Er machte eine Pause, damit seine Worte sacken konnten.

Sonderermittlungsgruppe.

Was hatte es wohl damit auf sich? Und was genau ermittelten die da? Und vor allem: Was wollten die von mir?

»Setzt euch«, sagte er und zeigte ohne eine weitere Erklärung auf die beiden Besucherstühle, die vor einem Schreibtisch voller Akten standen. Dann wandte er sich an mich. »Laut deiner Betreuerin vom Jugendamt nennst du dich Sophia. Wie ist dein richtiger Name?«

Ich warf Manuela einen Hilfe suchenden Blick zu. »Ich dachte, ich sei anonym hier?«

»Das ist nicht ganz richtig«, kam Kern ihr zuvor. »Als Zeugin bist du verpflichtet, uns, also der Polizei, deinen richtigen Namen zu nennen.«

»Wie, als Zeugin?!«

»Darüber hatten wir gesprochen, Sophia«, mischte sich Manuela ein. »Du möchtest der Polizei doch helfen, damit sie deine

Freundin Leni finden. Damit bist du automatisch so etwas wie eine Zeugin.«

Kern nickte. »Zeugen sind für unsere Arbeit sehr wichtig, damit eine Tat überhaupt verfolgt werden kann. Keiner von uns möchte schließlich, dass ein Täter ungeschoren davonkommt und einfach so weitermacht wie bisher.«

»Aber …«

»Falls dich das beruhigt: Wir können dafür sorgen, dass du gegenüber der Öffentlichkeit und dem Beschuldigten anonym bleibst.«

Beruhigte mich das? Inwieweit konnte ich diesem Kern überhaupt vertrauen? Erhöhte sich durch ihn und sein Team tatsächlich die Chance, dass Leni freikäme? »Nika«, sagte ich zögernd. »Ich heiße Nika Marinić.«

»Nika Marinić«, murmelte der Kommissar und warf einen Blick auf ein Schriftstück, das vor ihm auf dem Schreibtisch lag: »Ich sehe, hier liegt ein Antrag auf Inobhutnahme durch das Jugendamt vor?«

»Das ist richtig«, sagte Manuela. »Es besteht Grund zu der Annahme, dass die Erziehungsberechtigten ihr Kind zu kriminellen Aktivitäten ermutigen.«

»So«, brummte Kern. »Hattet ihr bereits Kontakt mit den Eltern?«

»Nein«, antwortete Manuela. »Bisher konnten wir nur die beiden Cousins antreffen. Nika hat uns erzählt, dass sie bei ihrem Onkel lebt. Er heißt Stjepan Marinić.«

Der Kriminalkommissar nickte und machte sich eine Notiz.

»Und wie alt bist du, Nika?«

»Fünfzehn.«

»Aktueller Wohnort?«

Ich nannte ihm die Adresse der Mädchen-WG, und er verglich sie mit den Daten, die bereits vor ihm lagen.

»Davor hast du also bei deinem Onkel gelebt?«

»Ja.«

»Schon immer?«

»Nein, davor bei meiner Oma.«

»Aha. Und was ist mit deinen Eltern?«

»Sind tot.«

Kern nickte nachdenklich. »Und wieso lebst du bei deinem Onkel? Ist deine Oma ebenfalls verstorben?«

Ich zuckte die Achseln. »Weiß nicht. Wir haben keinen Kontakt mehr.«

»Wie kommt es, dass du jetzt bei deinem Onkel lebst?«

»Meine Oma war total arm und da hat mein anderer Onkel mich nach Deutschland geholt. Da war ich fünf oder sechs.«

»Dein anderer Onkel? Das sind ja ziemlich viele Onkels, findest du nicht?«

Wieder zuckte ich die Achseln. »Ist eben eine große Familie.« Kern nickte erneut, als hätte ich damit seine Annahme bestätigt. »Und dein Onkel macht – was noch mal?«

Ich überlegte einen Augenblick. Manuela hatte gesagt, dass ich keine Fragen beantworten müsste, die mit meiner Familie in Zusammenhang standen. Sicher, ich wollte Leni helfen. Aber über Stjepan wollte ich auf keinen Fall sprechen. »Autohandel«, sagte ich schließlich vorsichtig. Das war zwar nicht ganz richtig, aber es war auch nicht gelogen.

»Autohandel«, wiederholte Kern und legte nachdenklich die Fingerspitzen aneinander. »Und deine beiden Cousins – Igor und

Pavel Marinić heißen die, wenn ich das hier richtig lese –, die beiden auch?«

»Ich möchte dazu nichts sagen.« Ich konnte förmlich sehen, wie Kern die Ohren anlegte. Meine Antwort schmeckte ihm nicht. Trotzdem nickte er.

»Du hast vergangene Woche einen Notruf bei *Teenphone* abgesetzt, stimmt das?«

Ich nickte wieder, doch tief in mir drin brodelte es. Wusste mittlerweile die halbe Welt von meinem Notruf? Warum hatte ich ihn nicht gleich auf Facebook gepostet?

Seine stahlblauen Augen fixierten mich nach wie vor. »Natürlich wunderst du dich, woher wir das wissen. Wo man dir doch versichert hat, dass alles anonym bleibt.«

Der Typ war mir unheimlich. Er las meine Gedanken. Ein echt unangenehmes Gefühl. Ich sagte nichts.

»Okay, ich will nicht lange um den heißen Brei herumreden: Wie du weißt, haben uns die Leute vom Jugendnotdienst verständigt, nachdem du diesen Notruf abgesetzt hast. Sie waren der Meinung, dass außer dir noch andere Menschen in Gefahr schweben. Menschen in deinem Alter. Was kannst du uns über diese Menschen sagen?«

Ich überlegte. Musste ich Kern von Leni und den Teams berichten? Vom Homejacking und den Einbrüchen? Oder würde er mir auch so abnehmen, dass Leni an Rösler verkauft wurde?

Kerns Ungeduld erlöste mich aus meinen Überlegungen. »Du hast in deinem Notruf von einem Nachtklub berichtet und in diesem Zusammenhang ein paar sehr unschöne Dinge angedeutet«, versuchte er es etwas konkreter. »Ich schlage vor, dass du mir einmal ganz genau erzählst, woher du diesen Nachtklub kennst.«

»Ich … Also, ich hatte Streit mit meinem Cousin. Also, mit Igor«, begann ich zögernd.

»Weshalb habt ihr euch gestritten?«

»Er wollte, dass ich etwas für ihn erledige.«

»Was genau?«

»Das will ich nicht sagen.«

»Okay. Und weiter?«

»Ich hab mich geweigert und da ist er total ausgeflippt. Er hat mich in sein Auto gestoßen und mich zu diesem Klub gebracht.«

»Wann war das?«

Ich überlegte. »Vor zwei Wochen etwa. Bisschen länger.«

»Wohin genau hat dein Cousin dich gebracht? Kannst du den Ort beschreiben?«

Ich schauderte. Das Haus mit den blinkenden Herzen, der lange Flur und das Zimmer mit dem ekelhaften Parfum und dem Käfig in der Ecke verfolgten mich bis in meine Träume. »In den Klub im Gewerbegebiet. Den mit den Herzen über den Fenstern«, sagte ich stockend. »Ich war in so einem Zimmer. Mit einem Bett und einem Spiegel an der Decke und einem Schminktisch. In einer Ecke stand ein großer Käfig.«

»Waren da noch andere Personen?«

Ich zögerte. Knetete meine Finger. Hörte, wie Manuela neben mir unruhig wurde. »Sollten wir nicht besser einen Psychologen …?«

Doch Kern schnitt ihr mit einer Handbewegung das Wort ab. »Also?«, drängte er.

»Da war dieses Mädchen auf dem Hocker«, sagte ich und erinnerte mich an ihren Gesichtsausdruck, als wir reinplatzten. Nackte Angst war das gewesen. »Sie ist sofort rausgerannt.«

»Wie alt war das Mädchen?«

Ich zuckte die Schultern. »Keine Ahnung. So alt wie ich. Vielleicht ein bisschen älter.«

»Aber es war nicht diese Freundin, die du in deinem Anruf erwähnt hast?«

»Nein!«

»Bist du sicher?«

»Absolut.«

»Woher weißt du dann, dass sie dort ebenfalls arbeitet?«

»Sie …« Hilfe suchend sah ich Manuela an. Sie legte ihre Hand auf meinen Arm, wollte etwas loswerden. Überlegte es sich anders.

»Igor hat es mir gesagt.«

»Was genau hat er gesagt?«

Ich schluckte. »Er hat gesagt, dass Leni an den Klub verkauft wurde. Und dass ich zu teuer war, sonst hätte der Klubbesitzer mich auch genommen.«

Kern runzelte die Stirn, doch er hielt sich zurück. »Und wen hast du sonst noch gesehen?«, fragte er dann.

Ich überlegte. »So einen Typen. Der kam mir entgegen. Am Eingang. Er hat mich angerempelt und ist dann raus.«

»Kannst du ihn beschreiben?«

Ich hatte doch keine Zeit gehabt, mir den Typen genauer anzusehen! Igor hatte mich im Nacken gepackt und vor sich hergestoßen. Seine Pranken spürte ich jetzt noch. Ich schüttelte den Kopf. »Ich konnte nur die Schuhe sehen. Außerdem war es total dunkel.«

»Was für Schuhe?«

Ich zuckte mit den Schultern. »Braun. Oder schwarz!?«

»Halbschuhe? Stiefel?«

»Hallo! Es war dunkel!«

»Okay. Wen noch?«

»Den Besitzer.«

»Du hast den Betreiber des Nachtklubs gesehen? Woher wusstest du, dass es der Betreiber war?«

Ich starrte auf meine Doc Martens. An einer Stelle waren die Schnürsenkel schon ganz dünn. Bestimmt würden sie demnächst genau da durchreißen. Dann müsste ich sie knoten und das wäre voll …

»Nika?« Brutal riss Kern mich aus meinen Gedanken. Ohne mich aus den Augen zu lassen, schob er ein Foto über die Tischplatte. »Ist es der?«

Ich betrachtete das Foto. Es zeigte Milan, wie er gerade aus einer fetten schwarzen Karre stieg. Ich schüttelte den Kopf. »Nein, das ist er nicht.«

»Aber du kennst diesen Mann?«, bohrte er nach.

Ich zögerte. Sollte ich etwas zu Milan oder zu Dennis Rösler sagen? Wer war denn jetzt das Schwein: derjenige, der mit Menschen handelte, oder der, der sie einkaufte? Wenn ich Milan verriet, würde ein anderer aus meiner Familie seinen Job übernehmen. Wenn ich Dennis verriet, gäbe es einen weniger, der uns für seine Sache missbrauchte. Milan war ein Schuft, keine Frage. Aber er war immer nett zu mir gewesen.

Erneut schüttelte ich den Kopf.

Kern nahm das Foto zurück und legte mir ein anderes hin. »Und den? Kennst du den?«

Ich warf einen Blick auf das Foto. Diesmal war es Dennis, mit seinen dämlichen Goldkettchen und dem Machogrinsen. Er hatte Leni in seiner Gewalt, dieses Arschloch! »Ja«, sagte ich mit fester Stimme. »Das ist er. Das ist der Besitzer. Er heißt Dennis Rösler.«

Kern nahm das Foto wieder an sich und betrachtete es. »Dennis Rösler«, sagte er nachdenklich und legte das Foto ganz oben auf die Akte, bevor er sie schloss. »Hast du vielleicht ein Foto von deiner Freundin?«, fragte er dann, und zum ersten Mal blitzte so etwas wie Anteilnahme in seinen Augen auf. »Damit wir wissen, nach wem wir suchen müssen?«

Ich zog Jonas' Handy aus der Tasche und hoffte, dass er die Selfies, die ich in der Klubnacht mit Leni geschossen hatte, noch nicht gelöscht hatte. Mit zitternden Fingern swipte ich durch die Datei, bis ich gefunden hatte, wonach ich suchte. Das Bild zeigte Leni und mich in unseren superscharfen Klamotten, wie wir vor dem Paranoia standen. »Hier«, sagte ich schließlich. »Das ist sie. Das ist Leni.«

Kern warf einen Blick auf das Foto. »Schick mir das bitte mal auf mein Telefon«, meinte er und hielt mir eine Visitenkarte mit seiner Handynummer hin.

Ich gab die Nummer in Jonas' Handy ein und leitete ihm das Bild weiter. Kerns Handy vibrierte kurz zum Zeichen, dass es angekommen war. Er nickte zufrieden. »Ich verspreche dir, dass wir alles dransetzen, deine Freundin zu finden. Im Gegenzug frage ich dich, ob du bereit wärst, mit uns zusammenzuarbeiten?«

Ich musste ihn wohl völlig entgeistert angestarrt haben, denn er hob beschwichtigend die Hände. »Nun, ich gehe jetzt einfach mal davon aus, dass du über noch mehr brisantes Wissen verfügst, das unser laufendes Ermittlungsverfahren weiter vorantreiben könnte. Könnte ich da recht haben?«

»Ich …«

Kern hob die Hand. »Schon klar, Nika. Du hast Angst, dich mit einer weiteren Aussage in Gefahr zu bringen. Das ist nur allzu verständlich. Aber ich kann dir versprechen, dass es bei uns Mittel und Wege gibt, mit denen wir dich vor Rösler und seinen Hintermännern schützen können. Hast du schon mal vom sogenannten Zeugenschutz gehört?«

Ich schüttelte den Kopf.

»Das Zeugenschutzprogramm ist eine Maßnahme, mit der wir dich vor Vergeltungsschlägen schützen können. Die Teilnahme an diesem Programm ist absolut freiwillig. Keiner zwingt dich. Und du kannst auch jederzeit wieder aussteigen.«

Ich sagte nichts. Zu viele Gedanken wirbelten durch meinen Kopf. Allen voran die Frage, ob dieser Schutz auch noch griff, wenn Kern erfuhr, dass ich mit meiner Vorgeschichte ja ebenfalls zur anderen Seite zählte. Die Einbrüche, die ich in meinem Leben begangen hatte, konnte ich schon nicht mehr zählen.

»Überleg es dir«, sagte Kern und lächelte, als wären wir bereits ein eingeschworenes Team. »Jetzt hast du ja auch meine Nummer. Du kannst mich jederzeit anrufen.« Dann erhob er sich. Das Gespräch war beendet.

Kern brachte uns bis zur Tür seines Büros. Er schüttelte Manuela die Hand und entließ sie in den Flur. Dann schien ihm noch etwas einzufallen. »Ach, und Nika?« Mit meinen Gedanken war ich bereits draußen, doch ich zwang mich, ihm noch einmal in die stahlblauen Augen zu blicken. »Ja?«

»Wer das Schweigen bricht, bricht die Macht der Täter.«

Es klang, als würde er aus einem Lehrbuch für Kriminalhauptkommissare zitieren. Dabei hatte er keine Ahnung! Wer redete, bekam die Macht der Täter erst recht zu spüren.

»Denk mal drüber nach«, schob er hinterher, während ich an ihm vorbei in den Flur schlüpfte.

Manuela wartete draußen auf mich. »Was wollte er noch?«

Ich winkte genervt ab und wir liefen schweigend den langen Korridor entlang. »Überlegst du es dir?«, fragte sie, als wir das Treppenhaus erreichten. »Ich meine, das mit der Zusammenarbeit?«

»Ganz ehrlich«, sagte ich und krampfte meine Hand um das Treppengeländer. »Ich glaub, ich hab denen schon viel zu viel gesagt.«

»Dann solltest du erst recht über den Zeugenschutz nachdenken«, gab Manuela zurück. »Ich meine, überleg mal. Das ist doch nur fair: deine Aussagen im Tausch gegen Polizeischutz. Außerdem, dieser Kern, das ist ein verdammt scharfer Hund. Der wird versuchen, dich noch weiter auszuquetschen. Immerhin hast du ihm einen total wichtigen Hinweis gegeben. Die Geschichte mit den Minderjährigen im Puff, meine ich.«

»Das war überhaupt nicht meine Absicht!«

»Egal! Jetzt haben die eine Zeugin, die bestätigen kann, dass dieser Rösler mit Kindern handelt. Was glaubst du, wie schnell die dem den Laden dichtmachen!«

»Das ist ja das Problem! Ich hab hier gerade mein Todesurteil unterschrieben!«

»Dann mach das mit dem Zeugenschutz klar! Du weißt noch viel mehr. Das hat der Typ dadrin jetzt gemerkt und Blut geleckt. Der wird dich weiter befragen. Aber dem ist auch klar, dass du Schiss hast.«

»Schiss ist ja wohl megauntertrieben. Manuela, meine Leute sind überall!«

»Glaub mir, die vom Zeugenschutz kriegen das hin. Aber wenn du da nicht mitmachst, bist du völlig auf dich allein gestellt. Und das ausgerechnet jetzt, wo du bereits ins Wespennest gestochen hast. Also, überleg's dir!«

Ich war echt froh, dass ich an Manuela geraten war. Sie war wirklich die Erste, die mich verstand. Nicht einmal Jonas checkte, in was für einer Lage ich steckte.

JONAS

Wann genau der Backstein durch unser Esszimmerfenster geflogen war? Keine Ahnung. Also, ich weiß es wirklich nicht. Ich war ja die ganze Zeit bei Flo und hatte das alles zum Glück gar nicht mitbekommen.

Als Flos Mum mir jetzt den Hörer ihres Festnetztelefons weiterreichte, musste ich ihn ein ganzes Stück weit weg halten, so aufgeregt klang die Stimme meiner Mum. »Jonas!! Oh, Gott sei Dank! Ich hab's total oft bei dir auf dem Handy probiert! Aber du bist nie rangegangen! Zum Glück bist du nicht zu Hause! Bist du okay? Ich komme gerade vom Flughafen. Du kannst dir nicht vorstellen, was hier los ist!«

Peinlich, aber wahr: Ich hatte das Datum ihres Rückflugs nicht mehr auf dem Schirm gehabt. Sonst wäre ich bestimmt vorher noch mal nach Hause gekommen. Zumindest um die Pizzakartons zu entsorgen, die immer noch bei uns im Badezimmer herumflogen. Dabei hatte ich mir extra ein Memo in meinem Handy-Kalender gemacht, weil ich wusste, dass ich das verschusseln würde. Aber das Handy war bei Nika, die natürlich nicht rangegangen war, als eine fremde Nummer bei ihr anrief. »Mum!«, stotterte ich. »Was ist denn pass…?«

»Stell dir vor, bei uns ist eingebrochen worden! Hier ist alles voller Scherben! Jemand hat einen Stein durchs Fenster geworfen – direkt auf unseren Esstisch, so einen Backstein! Gott, wenn den jemand an den Kopf bekommen hätte! Und das schöne Parkett – vollkommen ruiniert! Und unser Auto ist auch weg! Einfach aus der Garage geklaut. Kannst du dir das vorstellen?«

»Äh, ich …«

»Die Polizei kommt gleich vorbei. Bestimmt haben die ein paar Fragen an dich. Kannst du bitte sofort nach Hause kommen!?«

Meine Gedanken überschlugen sich. Das Killerkommando! Es war bei mir zu Hause gewesen. Genau wie wir es befürchtet hatten. Um Nika zu holen. Und als sie niemanden angetroffen haben, haben sie sich ausgetobt.

»Voll aggro, Mann!«, stöhnte Flo, als ich ihn ins Bild setzte. »Bin ich froh, dass wir gleich die Kurve gekratzt haben! Wenn die uns erwischt hätten – die hätten uns fertiggemacht! Aber so was von!«

Eine halbe Stunde später war ich zu Hause. Natürlich nicht, ohne Flo vorher hoch und heilig zu versprechen, dass ich ihn auf dem Laufenden halten würde. Als ich die Haustür aufstieß, hörte ich, wie meine Mum einer Polizeibeamtin gerade erklärte: »Sicher gibt es an der Uni den einen oder anderen, der sauer auf mich ist. Ich kann schließlich nicht jeden durchs Staatsexamen winken! Die Durchfallquote liegt bei über dreißig Prozent. Da kämen eine Menge Leute infrage!«

»Hätten Sie denn jemanden Konkretes in Verdacht?«, fragte ihr Kollege, ein Typ mit Schnauzer und bestimmt einen, wenn nicht zwei Köpfe größer als ich.

»Hören Sie, im Grunde genommen sind meine Studierenden korrekte, fleißige und ehrgeizige Leute«, beteuerte meine Mum. »Warum sollten die hier mit Steinen auftauchen und Amok laufen? Wo die doch selbst am besten wissen, was das für Konsequenzen für sie hätte.«

»Sie glauben also nicht, dass es einer von Ihren Studierenden war?«, fragte die Beamtin.

»Ich kann mir das einfach nicht vorstellen!«

»Hi«, sagte ich unbeholfen und kam mir unglaublich blöd dabei vor.

Meine Mum fuhr herum. »Jonas!«, rief sie und kam auf mich zu. Sie war braun gebrannt, sah aber kein bisschen erholt aus. »Gut, dass du da bist.« Und damit umarmte sie mich vor den Augen der beiden Polizisten. Ich fühlte, wie meine Ohren heiß wurden.

Die beiden Beamten musterten mich kurz. »Ihr Sohn, nehme ich an«, sagte die Polizistin überflüssigerweise und nickte mir knapp zu. »Michel«, stellte sie sich vor.

»Paul«, sagte der andere und zog sein Handy heraus, um das Beweismittel, einen großen Stein inmitten unseres zerschlagenen Esstischs, zu fotografieren. »Könnte das jemand aus deiner Schule gewesen sein? Hast du vielleicht Streit mit einem deiner Mitschüler?«

»Was, ich …?«, stammelte ich. »Ich kenn keinen, der … also, der so was macht.«

Beide Polizisten beäugten mich, und ich merkte, wie sich die

Hitze meiner Ohren auf mein restliches Gesicht ausbreitete. Bestimmt sahen sie mir an, dass ich log.

»Der Täter kommt bestimmt nicht aus dem Umfeld meines Sohnes«, rettete mich meine Mum.

»Trotzdem sieht mir das hier mehr nach einem Racheakt als nach einem Einbruch aus«, sinnierte Michel und kurvte um den Esstisch. Dann spähte sie durch die kaputte Scheibe nach draußen in den Vorgarten. »Wir haben Spuren zwischen den Beeten und an der Haustür gefunden.«

»Und die Garage?«, fragte meine Mum.

Die Polizeibeamtin schüttelte den Kopf. »Da sind die Täter wohl professioneller vorgegangen. Zumindest konnten wir hier keine Einbruchsspuren feststellen.«

»Ja, aber die Garage bekommt man mit einem einfachen Dietrich-Set auf«, behauptete der Kollege. »Sehen Sie doch mal nach, ob der Autoschlüssel noch da ist.«

Während meine Mum nach dem Autoschlüssel suchte, ließ ich meinen Blick durchs Erdgeschoss wandern. Die Grizzlys waren nicht gerade zimperlich vorgegangen: Unser XXL-Bildschirm war aus der Wand gerissen und lag auf dem Boden, daneben sämtliche Bücher aus den Regalen an der Wand. Ein paar Scherben von einer Glasvase. Außerdem hatte unser weißes Ledersofa einen hässlichen Riss, der ganz sicher von einer scharfen Klinge stammte. Ich schluckte trocken. Wie es wohl oben aussah?

»Sie schauen jetzt am besten erst einmal in Ruhe nach, ob sonst noch etwas fehlt. Ihre Versicherung wird eine Aufstellung der zerstörten oder abhandengekommenen Sachen verlangen«, erklärte die Michel. »Wir geben den Fall an die Kripo weiter. Die melden sich dann morgen bei Ihnen.«

»Und heute!?«, fragte meine Mutter mit Panik in der Stimme. »Ich meine, was, wenn die wiederkommen?«

Die beiden Beamten sahen sich unschlüssig an. »Besteht die Möglichkeit, dass Sie die nächsten Tage bei Freunden oder Verwandten unterkommen?«, erkundigte sich die Michel. »Zumindest bis die Kollegen von der Kripo wissen, was genau hier passiert ist?«

Meine Mum nickte verstört. »Jonas, kannst du solange bei Flo übernachten? Soll ich seine Mutter fragen?«

»Nein, ich mach das schon«, antwortete ich zerstreut. Zu viele Gedanken schossen mir durch den Kopf. Wie sollte ich meiner Mum beibringen, dass das Auto nicht gestohlen, sondern nur bei Flo um die Ecke geparkt war? Auf keinen Fall würde ich ihr die ganze verdammte Geschichte rund um Nika erzählen. Schon gar nicht, während Michel und Paul noch hier herumstanden.

»Sie sollten das Fenster von einem Schreiner provisorisch abdichten lassen«, riet Paul und zeigte auf die kaputte Scheibe. »Rollladen reicht nicht. Den kann man einfach hochschieben.«

»Sie denken also auch, dass die noch mal kommen?«, fragte meine Mum.

»Ausschließen können wir es nicht«, gab Paul zurück. »Vielleicht sollten Sie mal über eine Alarmanlage nachdenken. Oder einen Hund. Der schreckt ab.«

Meine Mutter sah nicht begeistert aus. Ein Hund, der alles vollsabberte, war das Letze, worauf sie Lust hatte. Schon als Kind war ich mit diesem Wunsch bei ihr gescheitert.

Sie brachte die Beamten zur Haustür, wo die beiden ihr noch mehr gute Ratschläge zum Thema Sicherheit gaben, bevor sie sich endgültig verabschiedeten. Meine Mum schloss die Haustür und ließ sich erschöpft auf die Treppe sinken. »Was für ein Horror!«, stöhnte sie.

Ich stand in der Küchentür und wusste nicht so recht, wo ich anfangen sollte. »Mum …«, begann ich zögernd. Schließlich entschied ich mich für die halbe Wahrheit. Dass ich mir das Auto bloß ausgeliehen hatte. Dass ich mit Flo unterwegs gewesen war und dass ich es danach bei ihm um die Ecke geparkt hatte. Und dass es mir leidtat und blabla und so.

Wie zu erwarten, rastete sie total aus. »Spritztour mit Flo?! Meine Güte, Jonas!«, rief sie und sprang auf. »Bist du total bescheuert? Noch dazu ohne Führerschein! Was, wenn – nein, also! Was da alles hätte passieren können! Weißt du eigentlich, wie viele Fahranfänger pro Jahr verunglücken? Also, tödlich verunglücken!? Und dann noch Flo mit reinziehen – sag mal, was hast du dir denn dabei gedacht?«

»Mum …«, versuchte ich, sie zu unterbrechen. Doch von wegen! Wenn meine Mum sauer war, war sie nicht zu bremsen.

»Deinen besten Freund! Aber ihr hattet doch hoffentlich nichts getrunken, oder? Bitte sag mir, dass ihr nicht auch noch ein oder zwei Bier intus hattet?«

»Nein, Mum.«

»Wo um alles in der Welt musstet ihr denn so dringend hin? Hättest du nicht den Bus nehmen oder – was weiß ich – ein Taxi rufen können?«

»Ich …«

»Mann, das ist doch sonst nicht deine Art! Was ist denn da bloß in dich gefahren?« Sie hielt kurz inne und musterte mich mit ihrem Röntgenblick. »Oder gibt es irgendwas, das ich wissen sollte?«

»Äh …«

»Weißt du, ich finde das komplett verantwortungslos von dir! Was glaubst du eigentlich, warum es diese Regelung mit dem Begleiteten Fahren gibt? Immerhin bist du nicht allein auf der Straße!«

Es war irgendwie absurd, dass meine Mum mir jetzt mit der Psychoschiene kam. Natürlich war es verantwortungslos, unbegleitet zu fahren, wenn man noch nicht achtzehn war.

Aber stattdessen hatte ich an einer anderen Stelle Verantwortung übernommen. Und dafür hatte ich nun mal den Wagen gebraucht.

»Ist doch nichts passiert. Nur ein kleiner Kratzer …«

»Nur ein kleiner Kratzer?!«

»An der Fahrertür. Wirklich nur winzig.«

»Na, großartig!« Theatralisch warf meine Mum die Hände in die Luft. »Mensch, Jonas!!«

»Es tut mir leid.«

»Ja, mir auch!«, fauchte sie und schob mich beiseite, um in die Küche zu kommen. Mit zitternden Händen durchwühlte sie die Küchenschublade. »Verdammt, wo ist denn mein Handy? Ich muss die Polizei anrufen. Wäre peinlich, wenn die jetzt das Auto fänden.«

»Hier«, sagte ich und holte ihr Gerät aus meiner Tasche.

Sie stutzte. Schaute mich groß an. »Wieso hast du mein Handy? Was ist denn mit deinem?«

Scheiße! Dieser Tag war einfach *scheiße*! »Hab's verliehen«, murmelte ich, ohne sie anzusehen.

»Verliehen?«, brauste sie auf. »Dein neues Handy? An wen?«

Verdammt, verdammt, verdammt! »An … eine Freundin.«

»An eine Freundin«, wiederholte sie und zog die Augenbrauen hoch. »Aha. Was denn für eine Freundin?«

Ich stöhnte. »Bloß eine Freundin, halt.«

»Und war die zufällig auch mit im Auto?«

Mütter! Irgendwie hatten die einen siebten Sinn. Und meine vermutlich noch einen achten und neunten. Dafür fehlte ihr komplett das Lass-mal-gut-sein-Gen.

»Jonas?«

»Ja, Mann«, gab ich zerknirscht zu. »Sie … war auch im Auto.«

JONAS

Ich weiß nicht, was ich erwartet hatte. Aber nachdem Nika aus der Bude ihres Onkels in diese Mädchen-WG gezogen war, hatte ich gehofft, dass ihre Sippschaft sie in Ruhe lässt.

Stattdessen sah es jetzt so aus, als müssten meine Mum und ich nun auch noch in ständiger Angst vor diesen Freaks leben. Irgendwie war das total schräg. Nur gut, dass meine Mum von alldem nichts ahnte.

Während sie mit der Versicherung telefonierte, inspizierte ich die Räume im Obergeschoss und machte Fotos. Im Arbeitszimmer meiner Eltern war alles okay. Aber in meinem Zimmer herrschte absolutes Chaos: Playstation, Computer, Lautsprecherboxen, Bettzeug, Matratze – alles war herausgerissen und auf dem Boden verteilt. In ihrer Zerstörungswut hatten die Grizzlys ganze Arbeit geleistet. Zum Glück hatten sie nicht ahnen können, dass sich mein eigentlicher Schatz oben unterm Dach befand. Vielleicht hatten sie aber auch keine Zeit mehr oder waren aus einem anderen Grund nicht bis ganz nach oben gegangen. Wie dem auch sei, im Flush war alles in Ordnung.

Auf dem Rückweg nach unten prallte ich mit meiner Mum zusammen. Sie stand in meiner Zimmertür und starrte auf das Chaos.

»Ich würde dann jetzt zu Flo …?«, wagte ich einen Versuch, dem drohenden Gespräch zu entfliehen.

»Jonas?«

»Mum?«

»Sag mir, dass die Sache nichts mit dir zu tun hat.«

»Ich – äh …«

»Ich habe den Eindruck, hier ist das Chaos am schlimmsten.« Vorsichtig machte sie einen Schritt in mein Zimmer, bückte sich und hob den zertretenen Controller meiner Playstation auf. »Mit wem hast du Ärger, Jonas? Bitte, du musst es mir sagen. Das hier ist kein Spaß.«

Wie recht sie hatte. Mir war das Lachen schon lange vergangen. Trotzdem beschloss ich, ihr nichts zu sagen. Es würde zu endlosen Diskussionen führen und am Ende würde sie mir den Kontakt mit Nika verbieten. Vermutlich würde ich das an ihrer Stelle auch tun. Aber ich hatte mir nun mal in den Kopf gesetzt, Nika zu helfen.

»Du nimmst bitte mein Handy mit«, sagte meine Mum, als ich sie nur ratlos ansah. »Ich möchte dich jederzeit erreichen können.«

»Und du?«

»Ich geh zu Jana. Wenn was ist, rufst du bitte sofort bei ihr an. Nummer ist eingespeichert.«

»Okay.«

»Morgen ab acht bin ich in der Uni. Da kannst du mich wie üblich auf dem Festnetz erreichen. In Ordnung?«

Ich nickte zerknirscht und steckte das Handy ein. Ich fand's super, wie meine Mum reagierte, und es tat mir total leid, dass sie jetzt in diese Scheiße reingezogen wurde. Aber ich hatte leider auch kein Patentrezept, wie wir aus dieser Sache rauskommen könnten. Und mit der Polizei wollte ich lieber nicht reden. Nicht bevor ich nicht mit Nika geredet hatte. Am Ende würde ich ihr damit mehr schaden als nützen. Es war wirklich höchste Zeit, dass wir uns wiedersahen!

Bei Flo ging es dann deutlich entspannter zu, auch wenn sich Flos jüngere Brüder brennend für meine Einbruchsgeschichte interessierten. Mit ihren zwölf und dreizehn Jahren fanden sie es am schlimmsten, dass meine Playstation und der XXL-Bildschirm im Eimer waren.

»Luca und Leon, lasst doch mal den armen Jonas in Ruhe«, schimpfte Flos Mum irgendwann, weil die beiden nicht müde wurden, mir während des kompletten Abendessens Löcher in den Bauch zu fragen. »Die Polizei kümmert sich schon um alles. Stimmt's Jonas?«

Ich nickte und freute mich, dass Flos Mum die beiden schließlich zum Küchendienst abkommandierte und uns dabei verschwörerisch zublinzelte. Die Frau war echt in Ordnung.

»Los, lass uns noch ein bisschen Musik machen«, schlug Flo nach dem Essen vor. »Hab keinen Bock, mich am Freitagabend in der Centralstation zu blamieren!«

Die Centralstation war eine Kultkneipe in der Altstadt, und Flo und ich hatten uns schon ewig vorgenommen, dass wir dort einmal auftreten wollten. Regelmäßig trafen dort Musiker aller Stilrichtungen zusammen, um in den Kellerräumen gemeinsamen zu jammen. Diesen Freitag wollten wir dabei sein. Von daher hatte Flo vollkommen recht: Ein bisschen üben konnte nicht schaden. Und es würde mich auf andere Gedanken bringen.

Während Luca und Leon maulend in der Küche verschwanden, verzogen wir uns in Flos Keller, wo wir uns durch die Nacht jammten. Dabei tranken und laberten wir und es war fast wie früher. Bis Flo mich auf den Einbruch ansprach. »Hast du den Bullen von Nika erzählt?«, wollte er wissen.

»Bin ich bescheuert oder was?«

»Wieso? Ich meine, dort kennen die sie ja eh schon.«

Das war genau die Frage! Ich wusste zwar, dass Nika einen Termin bei der Polizei gehabt hatte, doch ob sie denen wirklich alles gesagt hatte, das wusste ich nicht. »Weiß ich, was die denen erzählt hat? Außerdem: Bis jetzt haben die mich nicht mit ihr in Verbindung gebracht. Und ich will, dass das so bleibt.«

»Warum?«

»Alter, wenn meine Eltern rauskriegen, mit wem ich mich da eingelassen habe, machen die mir doch die Hölle heiß! Und darauf hab ich einfach keinen Bock, verstehst du? Ich will nicht, dass die sich einmischen. Die Bullen sollen Nika helfen, aus der Scheiße rauszukommen, und danach kann sie ein ganz normales Leben führen. Und wir können zusammen sein und gut ist. Kapierst du?«

Flo war nicht überzeugt. »Ich glaub, du stellst dir das zu einfach vor. Du steckst doch schon längst mittendrin. Was glaubst du, warum die bei dir alles kurz und klein geschlagen haben? Die wollen dich fertigmachen, Alter. Damit du denen steckst, wo

Nika ist. Und das nächste Mal begnügen die sich nicht mehr mit deiner Playstation.«

»Ja, weiß ich doch«, knurrte ich ungehalten, weil ich das auch schon alles in meinem Kopf hin und her gewälzt hatte. »Aber sobald Nika auspackt, buchten die die Typen ein. Und dann ist Schicht im Schacht.«

»Alter, hör auf, dir in die Tasche zu lügen! Was glaubst du, wie lange es dauern wird, bis die Polizei einen ganzen Verbrecherring ausgehoben hat? Wir reden hier nicht nur über die Automafia! Hier geht's um Menschenhandel und Zwangsprostitution.«

»Ja, Mann! Was willst du eigentlich?«

»Ich will, dass du mit der Polizei redest! Du musst denen sagen, dass die dich auf dem Kieker haben. Du brauchst Polizeischutz, verdammt!«

Er hatte ja recht. Aber die Vorstellung, dass Typen wie Paul oder Michel mich morgens zur Schule brachten und nachmittags wieder abholten, war vollkommen absurd. Ich hatte keinen Bock auf so einen Scheiß! »Okay, pass auf: Ich rede mit Nika«, lenkte ich ein. »Und dann kann ich immer noch zur Polizei. In Ordnung, Alter?«

Flo schien nicht überzeugt. Gereizt zupfte er an seinen Gitarrenseiten. »Ich muss immer wieder an Leni denken«, sagte er nach einer Weile und ohne mich anzusehen. »Ich stelle mir vor, wie sie da in diesem – diesem Laden – sitzt und auf den Nächsten wartet. Das ist der Horror, Ginger!«

Ich kannte Flo lange genug, um zu wissen, wann er wirklich verknallt war. »Ich weiß, Flo. Und es tut mir auch total leid«, versuchte ich, ihn zu trösten. »Aber ich bin sicher, dass die Bullen sie finden.«

»Träum weiter«, schnaubte Flo. »Glaubst du im Ernst, Leni ist noch dieselbe, wenn die sie finden? Nachdem irgendwelche Kerle ihre dreckigen Spielchen mit ihr getrieben haben?«

Er hatte schon wieder recht. Die Sache mit Leni – das war einfach schrecklich. Und ich hoffte inständig, dass Nika den Ausstieg schaffte und nicht auch noch in so einem Drecksloch landete. Doch bei unserer letzten Begegnung hatte sie mir nicht gerade den Eindruck gemacht, als wollte sie mit der Polizei kooperieren. Vermutlich würde sie lieber selbst in den Knast gehen, als ihre Leute zu verraten. »Sie wird es tun – früher oder später«, behauptete ich, um Flo irgendwie aus seinem Tief zu reißen.

Flo leerte sein Bier und begann, seine Gitarre wegzupacken. »Na, dann hoffe ich, dass sie das bald tut. Bevor die Typen auch noch meinen besten Freund zerlegen.«

In der Nacht, als Flo bereits tief und fest schlief, rief ich Nika an. Ich hatte Sehnsucht nach ihr und am liebsten hätte ich ihr die ganze Geschichte mit dem Einbruch erzählt. Vielleicht würde sie das ermutigen, mit der Polizei zu reden?

Anscheinend hatte sie mit dem Kopf auf dem Handy geschlafen, denn sie ging sofort ran. »Jonas?«

»Hey! Wie geht's dir?«

Sie zögerte kurz. »Gut.« Es klang nicht überzeugend.

»Wie lief denn dein Gespräch mit diesem Polizisten?«

»Na ja, geht so.«

»Was heißt das?«

»Ich bin mir immer noch nicht sicher. Also, ob es richtig ist, dass ich mit ihm rede.«

»Und ob das richtig ist! Nika! Alleine kommst du aus der Sache nicht raus!«

»Ich weiß.« Sie lachte. Ein kleines, künstliches Lachen. »Aber jetzt hab ich ja dich!«

Das war natürlich sehr süß von ihr. Aber eigentlich auch vollkommen daneben. »Du weißt, dass ich dir nicht helfen kann. Nicht gegen die Mafia!«

»Ich weiß.« Sie schwieg.

»Gibt's was Neues von Leni? Haben sie sie gefunden?« Wieso ließ sie sich alles aus der Nase ziehen?

»Nein.« Wieder dieses Schweigen.

»Nika! Was ist denn los? War der Bulle irgendwie unangenehm zu dir?«

Nika seufzte. »Nein, gar nicht. Aber er möchte natürlich, dass ich ihm alles erzähle. Er will, dass ich mir Fotos ansehe und Namen nenne und Adressen und so.«

»Aber das war doch klar. Dafür beschützt er dich auch.«

Sie schnaubte.

»Was?«

»Vor denen kann mich keiner beschützen.«

»Na sicher können die das!« Gut, dass ich ihr nichts von dem Einbruch erzählt hatte. Sie würde sofort einen Rückzieher machen.

»Ich muss morgen noch mal hin.«

»Zur Polizei?«

»Dieser Kern ist ein total scharfer Hund. Sagt Manuela auch. Der lässt nicht locker, bis er alles aus mir rausgequetscht hat. Und was mach ich, wenn er mich dann fallen lässt wie eine heiße Kartoffel? Wenn alles, was er mir zu meinem Schutz zusagt, bloß dummes Gerede ist? Nur damit ich auspacke?«

»Quatsch! Das dürfen die nicht. Du bist eine megawichtige

Zeugin für die. Natürlich schützen die dich! Das müssen die! Bitte, Nika, du musst dich drauf einlassen. So kann es doch nicht weitergehen! Denk mal dran, was du alles tun könntest, wenn du endlich frei wärst!«

Wieder war es still am anderen Ende. Ich hörte Bettzeug rascheln und stellte mir vor, wie sie im Dunkeln lag und meiner Stimme lauschte, die versuchte, ihr ein bisschen Mut zu machen. »Was denn?«, fragte sie schließlich, und es klang irgendwie resigniert.

»Was weiß ich? Wegfahren. Verreisen, wohin du willst. Die Welt entdecken. Eine Ausbildung machen. Eigenes Geld verdienen. Oder du könntest zum Beispiel endlich deine Bucket List umsetzen!«

»Hm …«

»Komm, gib's zu. Du hast Wünsche! Ich hab die Liste gelesen. Die war ganz schön lang!«

»Du hast die echt gelesen?« Einen Moment war es still am anderen Ende. »Du findest mich wahrscheinlich total naiv, stimmt's?«

»Nein, gar nicht! Jeder sollte solche Träume haben!«

»Was ist mit dir? Von was träumst du so?«

»Von dir. Und dass du endlich frei bist.«

»Komm schon. Du weißt, was ich meine.«

»Nein, echt! Wenn du frei wärst, dann könnten wir all die Dinge auf deiner Bucket List gemeinsam machen!«

»Auch die Motorjacht kapern?«

»Na, das vielleicht nicht gerade. Aber beim Hundeschlittenrennen wäre ich dabei.«

Am anderen Ende der Leitung seufzte es. Dann war eine ganze

Weile Funkstille. Fast hatte ich den Eindruck, Nika sei eingeschlafen. »Bist du noch da?«

»Ja … Aber am liebsten wäre ich jetzt bei dir.«

»Lass dich auf den Polizeischutz ein. Dann können wir uns sehen. Zum Beispiel am Freitag in der Centralstation. Da mach ich mit bei der Jam-Session. Also, Flo und ich, wir machen beide mit. Ich mit Sax und er mit Gitarre. Du bringst deinen Bodyguard einfach mit!«

»Oh Mann, das wäre ja cool! Aber ich kann mir irgendwie gar nicht vorstellen, dass da einer von den Bullen mitkommt und auf mich aufpasst.«

»Du musst doch morgen noch mal hin, hast du gesagt. Dann frag doch mal!«

»Ich weiß nicht.«

»Bitte, Nika, ich möchte dich wiedersehen!«

»Ich überleg's mir, okay?«

»Okay.«

»Gute Nacht, Jonas.«

»Nacht.«

NIKA

»Hast du dich gut in deiner WG eingelebt, Nika?«, eröffnete Kern das Gespräch in freundlichem Plauderton, während er uns in sein Büro winkte und die üblichen Besucherplätze vor seinem Schreibtisch anbot.

Seine Absicht war so was von offensichtlich: Er wollte, dass ich mich sicher fühlte, damit ich redete. Damit ich ihm Antworten lieferte. Für seine Sonderermittlungsgruppe. Aber ich war noch nicht so weit, dass ich in sein komisches Programm einsteigen wollte. Auf dem Weg zum Präsidium hatte ich mich ständig umgeschaut. Ich war mir sicher, dass Stjepan, Igor oder Pavel irgendwo lauerten. Einmal fiel mir ein dunkler SUV auf. Ich hatte mir die Nummer gemerkt, sie aber kein zweites Mal gesehen. Und trotzdem: Ich fühlte mich auf Schritt und Tritt beobachtet.

»Die Sache mit der Inobhutnahme läuft auch, wie ich höre?«, fragte Kern und setzte sich ebenfalls. Manuela nickte, und Kern fuhr fort: »Meine Leute waren in der Zwischenzeit auch nicht ganz untätig. Und dass wir Erfolg hatten, haben wir nicht zuletzt dir zu verdanken, Nika.«

Ich sah ihn verständnislos an. Wieso musste er ständig in Andeutungen reden?

»Nachdem du uns von Röslers Machenschaften berichtet hattest, haben wir eine Razzia in seinem Nachtklub durchgeführt. Wir konnten fünf Mädchen und einen Jungen in deinem Alter da rausholen.«

In meinem Kopf brach ein Sturm los. Fragen wirbelten durcheinander – ich konnte sie kaum sortieren. Was war mit Leni? Hatten sie sie gefunden? Lebte sie? Durfte ich sie sehen? Und Rösler? Hatten sie ihn geschnappt? Was, wenn nicht? Was, wenn die herausfanden, dass ich dahintersteckte? »Und Rösler? Was ist …?« Meine Stimme versagte. Ich musste mich räuspern.

»Ist flüchtig. Bisher.«

Scheiße! Der würde mich umbringen! Oder seine Jungs!

Kern bemerkte meine Panik nicht. Er tippte etwas in seinen Computer, dann drehte er den Bildschirm so, dass ich auf den Screen schauen konnte. »Das sind die Mädchen, die wir befreien konnten. Kennst du eine von ihnen?«

Ich riss mich zusammen und warf einen Blick auf den Bildschirm. Leni war nicht dabei, das sah ich auf den ersten Blick. Die anderen hatte ich noch nie gesehen. Frustriert schüttelte ich den Kopf.

Kern drehte den Bildschirm zurück. Seine Miene verriet nicht, was er dachte. Nachdrücklich schob er seine leere Kaffeetasse beiseite, was mir das Gefühl gab, als wollte er jetzt zu einem neuen, noch unangenehmeren Thema überleiten.

»Nika … Wir haben uns ein bisschen eingehender mit deiner

Familie beschäftigt«, begann er und musterte mich dabei eine Spur kühler. »Vor allem, nachdem deine Betreuerin uns berichtet hat, dass deine Angehörigen im Verdacht stehen, ihre Kinder zu kriminellen Handlungen anzustiften.« Er machte eine Pause und räusperte sich. »Wir haben herausgefunden, dass du verdächtigt wirst. Und zwar des Einbruchdiebstahls. In über zweihundert Fällen. Möchtest du uns etwas dazu sagen?«

BAM! Mein Herz machte einen Satz.

»Da du mittlerweile strafmündig bist, hieße das für dich – über den Daumen gepeilt – acht Monate Jugendhaft.« Kern beobachtete mich gespannt.

Mein Herz hämmerte wie irre gegen meine Brust. Ich heftete meinen Blick auf den Boden zwischen meinen Füßen. Das hatte ich jetzt davon, dass ich diesen scheiß Notruf abgesetzt hatte!

»Es sei denn, du kooperierst weiterhin mit uns«, hörte ich Kerns Stimme durch das Tosen in meinen Ohren. »Dann kannst du mit einem milderen Strafmaß rechnen.«

Er wollte mich erpressen!

»Eventuell sogar mit einer Bewährungsstrafe.«

War eine Bewährungsstrafe denn keine Strafe? Brauchte ich jetzt einen Anwalt? Im Film war das immer der Moment. Aber Kern würde sich totlachen, wenn ich jetzt nach einem Anwalt fragte.

»Nika, wir wissen beide, dass du das nicht aus freien Stücken getan hast. Dass deine Familie dich dazu gezwungen hat. Deshalb läuft ja auch das Verfahren wegen deiner Inobhutnahme.« Kerns stahlblaue Augen hielten mich fest. »Jedenfalls sollten wir miteinander und nicht gegeneinander arbeiten. Wenn du uns Namen nennst, Personen identifizierst, Treffpunkte beschreibst, dann werden wir uns um dich kümmern. Ich verspreche es dir! Außerdem sorgen wir dafür, dass nicht noch mehr Kindern und Jugendlichen passiert, was dir und Leni passiert ist.«

Ich ballte die Fäuste und schwieg.

»Nika! Dieser eine Mord ist bereits zu viel, findest du nicht?«

Kerns Worte brannten sich in meine Ohren. »Mord?« Was für ein Mord, verdammt?! Wovon redete er?

»Wir vermuten, dass er auf das Konto deiner beiden Cousins – Igor und –«, er sah auf seinen Bildschirm, »Pavel – geht.« Kern zog eine Mappe aus einem Stapel Papier und öffnete sie. Ein paar Schwarz-Weiß-Fotos rutschten heraus. Langsam breitete er sie vor mir auf der Schreibtischplatte aus. »Nika?«

Fassungslos starrte ich auf das Memory des Grauens vor mir, unfähig zu verstehen. Ganz klar war da ein Mensch zu erkennen. Doch sein Gesicht war nur noch eine breiige Masse, blutverschmiert, die Nase zerschlagen, ein Auge komplett zugeschwollen, das andere weit aufgerissen. Allein das Tattoo am Hals ließ keinen Zweifel zu: ein Raubvogel.

»Kennst du diesen Mann?«, fragte Kern.

Ich packte die Tischkante und klammerte mich daran fest. Dieses Foto machte mich fertig! Es kostete mich wahnsinnige Überwindung, doch schließlich nahm ich das Bild mit zitternden Fingern und betrachtete es. Darunter lag noch ein weiteres. Es zeigte Mateo, wie er in verdrehter Haltung am Boden lag. In einer Blutlache.

»Ist das ein Verwandter von dir?«

Mein Magen rebellierte. Am liebsten hätte ich Kern jetzt auf seinen Schreibtisch gekotzt.

»Ein Freund?«

»Was?«

»Ob du diesen Mann kennst?«

»Mateo«, hauchte ich. »Mateo Ladić.«

»Mateo Ladić.« Kern nahm mir das Foto aus der Hand und betrachtete es.

»Ist er – tot?«

Kern nickte. »Er wurde erschlagen. In seiner Wohnung. Vorgestern.«

»Erschlagen …?«, würgte ich hervor.

»Ladić wollte aussteigen, wusstest du das? Er wollte uns etwas zu einem Schleuserring erzählen. Wir hatten ein Treffen vereinbart. Aber dazu war es nicht mehr gekommen.«

»Scheiße …!«, flüsterte ich. Wieso hatte ich – …? Oh Mann! Das also hatte Mateo gemeint! Damals als ich ins Showtime geflüchtet war und gehofft hatte, dass ich bei Milan mitmachen könnte. Ich hatte es nur einfach nicht geschnallt! Mateo hatte Stunk mit Milan – wegen der Kids! Er wollte nichts mehr damit zu tun haben. Er hatte auspacken wollen und Milan hatte Wind von der Sache bekommen. Ob er selbst …? Vermutlich nicht. Dafür gab es Leute. Leute, die alles dransetzten, um in der Familienhierarchie aufzusteigen. Leute, die scharf auf Stjepans, Milans oder Rokos Positionen waren!

»Und Sie glauben …?«, brachte ich mühsam hervor. »Sie glauben, dass Igor und Pavel …?«

»Sag du es uns.« Der Kommissar betrachtete mich abwartend, doch ich schüttelte nur immer wieder den Kopf. Meine Gedanken rasten. Wären die beiden zu so etwas in der Lage?! Ich hatte sie beobachtet, damals, als sie Jonas zusammenschlugen. Gewalt war für sie das Mittel der Wahl.

»Ich …« Auch Viktor käme infrage. Er war in Igors und Pavels Alter und in der gleichen Position. Auch er wollte aufsteigen. Als Türsteher vom Paranoia war er Experte im Umgang mit Zoff. Außerdem regelte er das mit den Neuzugängen: Er organisierte die Wohnungen, präparierte sie so, dass niemand etwas von den Kids mitbekam, und zu gegebener Zeit brachte er sie den Käufern vorbei – falls Mateo den Job nicht übernahm. Was er ja nun nicht mehr tun würde. Oh Gott!

»Nika, was weißt du?«

Kerns Stimme drang kaum bis zu mir vor, denn gerade traf mich die Erkenntnis, dass Mateo vermutlich noch am Leben wäre, wenn ich bei meiner letzten Begegnung mit Kern bereits ausgepackt hätte, ihm alles erzählt hätte. Das Gefühl, eine Mitschuld an Mateos Tod zu haben, legte sich wie ein schwerer Mantel um meine Schultern.

»Nika?« Kern und Manuela wechselten einen Blick, während vor meinem inneren Auge ein Film ablief. Die offene Schiebetür des Caddys – vielleicht war es doch kein Zufall gewesen! Mateo hatte mir die Flucht ermöglichen wollen und dafür mit dem Leben bezahlt.

»Verstehst du jetzt, was ich damit meinte? Dass es mit der Macht der Täter vorbei ist, sobald man selbst das Schweigen bricht?«, fragte Kern.

Ich starrte ihn an. Meine Augen brannten. Mein Leben war ein einziger Scherbenhaufen. »Und Sie glauben, dass Sie mich schützen können? Im Ernst?! Ich meine, nach dem, was hier passiert ist?«

»Ja, das glaube ich.« Kern blieb ruhig. Sein Blick bohrte sich in meine Augen. »Nika, rede mit uns! Jetzt!«

Wütend wischte ich eine Träne weg. »Ich will nicht so enden wie Mateo!«

Kern verzog schmerzlich das Gesicht. »Dann arbeite mit uns zusammen! Hilf uns, damit wir gegen deinen Clan vorgehen können.«

Clan.

Dieses Wort war mir nie in den Sinn gekommen. Familienclan. Familienbande. Bandenkriminalität. »Wie funktioniert dieses Programm? Geht es sofort los?«

»Nein«, sagte Kern. »Wir müssten erst noch ein paar Dinge regeln. Zum Beispiel, wohin wir dich bringen und wer dort dein Ansprechpartner sein wird. Außerdem bist du noch nicht volljährig. Wir brauchen einen Vormund für dich. Und du brauchst eine Tarnidentität, neue Papiere, eine Geburtsurkunde, eine Vorgeschichte. Bis es so weit ist, bleibst du in deiner WG und hältst die Füße still.«

»Und wie lange geht so ein Programm? Bis zu meinem Tod?«

»Nein«, widersprach Kern. »Der Zeugenschutz geht natürlich nur so lange, wie du gefährdet bist. Wenn die Gefahrenlage nicht mehr besteht, erhältst du deine alte Identität zurück. Die Schutzmaßnahmen können allerdings auch dann beendet werden, wenn du dich nicht an die Regeln hältst.«

»Was für Regeln?«

»Solange das Programm läuft, darfst du niemanden aus deiner Vergangenheit kontaktieren. Nicht einmal deine Freundin Leni. Falls wir sie finden.«

Ich musste schlucken. Nicht mal Leni, meine Schwester? Die ganz sicher jemanden zum Reden brauchte, sobald die Polizei sie fand. Und Jonas? Den durfte ich vermutlich auch nicht wiedersehen. Wo ich doch endlich jemanden gefunden hatte, der zu mir hielt.

»Und noch etwas muss dir klar sein: Selbst wenn du das Programm durchhältst und sämtliche Regeln befolgst, besteht immer noch ein Restrisiko, dass jemand deine ursprüngliche Identität aufdeckt.«

Ich zögerte. Die Wahrscheinlichkeit, dass mich in den nächsten Tagen jemand von meinen Leuten aufspürte, war viel höher. Und als Sophia in einer fremden Stadt ganz neu zu beginnen, war auch irgendwie verlockend. Ich verdrängte den Gedanken an Jonas und Leni und griff nach der Hand, die er mir hinhielt. »Deal«, sagte ich.

Kern lächelte. »Dann werde ich deinen Fall jetzt der zuständigen Zeugenschutzabteilung übergeben. Du bekommst demnächst einen neuen Ansprechpartner, der dir alles Weitere erklärt. Bis dahin gilt für dich, dass du zu niemandem ein Wort sagst. Und Sie natürlich auch nicht, Manuela.«

Wir nickten beide ehrfürchtig.

»Dann würde ich jetzt gerne an dieser Stelle anknüpfen.« Wieder schob Kern mir ein Foto rüber. Diesmal von Milan und Mateo in einem Café. »Ladić sprach von einem ›Sugar Daddy‹, für den er Fotos schoss. Weißt du etwas darüber?«

Ich nahm das Foto und betrachtete es. Die beiden wirkten sehr verliebt. Aber für Milan war das alles wohl nur Show gewesen. Dieses Monster! Ich hasste ihn. »Mateo ist …«, begann ich. Gleich darauf unterbrach ich mich. »Mateo war Fotograf. Er und mein Onkel Milan – das ist der Mann auf dem Foto – haben sich über eine Plattform kennengelernt. Milan hat sich als so eine Art Sponsor ausgegeben. Er hat Mateo das Studium bezahlt und sein

Equipment. Und er hat immer wieder gesagt, dass er ihn ganz groß rausbringen würde. Dafür übernahm Mateo die Fotoshootings in Milans Agentur.«

»Wie heißt die Agentur?«

»Showtime. Milan ist der offizielle Geschäftsführer. Aber das Geld geht vermutlich an Vladimir. Das ist unser Big Boss. Er –«

»Zu dem kommen wir später«, würgte Kern mich ab. »Was war mit Milan und Mateo?«

»Die beiden hatten was miteinander. Aber irgendwann hat Mateo dann wohl doch gemerkt, dass es sich nicht um normale Fotoshootings handelte und dass die Modelle, die Milan anbrachte – er nannte es ›scouten‹ –, dass das Kids sind. Kids, nach denen keiner fragt. Die keine Eltern mehr haben. Auch Flüchtlingskinder waren darunter.«

»Und was passierte mit den Kids?«

»Mateo machte Fotos von ihnen. In der Agentur. Da hängen auch noch ein paar an Mateos Pinnwand.«

»Und dann?«

»Entweder nahmen meine Leute sie. Dann kamen sie in Teams und wurden ausgebildet. Oder es gab Sammelstellen in leeren Wohnungen. Das weiß ich, weil ich da nämlich mal eingesperrt war.«

»Wo war das?«

Ich zuckte mit den Schultern. »So genau weiß ich das nicht. Da waren Hochhäuser und eine Trinkhalle und alles war total runtergekommen. Die Wohnung lag im fünften Stock. Da waren Matratzen auf dem Boden und alle Fenster waren verrammelt. Aber ich vermute, die Kinder blieben dort nicht lang. Milan hat sie weitervermittelt.«

»Und was hat dieser Vladimir mit der ganzen Sache zu tun?«

»Er ist so was wie unser Chef. Er lebt irgendwo im Ausland in einer riesigen Villa. Meine Leute schicken ihm regelmäßig Geld. Und manchmal auch einen Teil der Beute, die unsere Teams gemacht haben.«

»Und was war dein Job? Hast du auch kleinere Kinder angeleitet?«

»Nein, ich ...« Ich zögerte. »... ich war immer mit Igor und Pavel zusammen. Ich musste vor allem Autoschlüssel beschaffen. Vladimir gab den Fahrzeugtyp in Auftrag, einer meiner Cousins scoutete das Modell und ich machte die Wohnungen klar. Meine Cousins übernahmen die Autos und brachten sie über die Grenze.«

»Und von dem Geld konnte dieser Vladimir dann ganz legal Immobilien oder sonst was kaufen«, knurrte Kern.

»Davon weiß ich nichts. Wenn wir die Stadt gewechselt haben, bekamen wir die Wohnungen von Freunden überlassen. Meist waren es ziemliche Bruchbuden. Das WG-Zimmer ist mein erstes eigenes Zimmer.«

»Ja, das wundert mich nicht«, bemerkte Kern grimmig. »Für die Arbeitsbienen waren diese Bruchbuden vermutlich gerade gut genug.«

Ich verstand nicht so ganz, was er damit meinte. Doch ich hatte auch keine Lust nachzufragen. Ich fühlte mich plötzlich total leer und ausgepowert.

Kern musste es bemerkt haben. »Wir machen hier Schluss, Nika. Du hast uns wirklich sehr weitergeholfen. Aber ich werde dich noch ein paarmal befragen müssen. Und später brauchen wir dich als Zeugin vor Gericht.« Er musste mein Entsetzen bemerkt haben, denn er fügte hinzu: »Keine Sorge. Du musst nicht persönlich im Gerichtssaal erscheinen. Doch darüber reden wir, wenn es so weit ist. Jetzt fahr erst mal nach Hause und ruh dich aus. Und falls du Fragen hast oder dir irgendetwas in deinem Umfeld komisch vorkommt: Du hast ja meine Nummer.«

NIKA

Du bleibst in deiner WG und hältst die Füße still. Kern hatte ja keine Ahnung! Mir war todlangweilig, und mehr denn je hasste ich das Gefühl, eingesperrt zu sein. Außerdem wollte ich zu dieser Jam-Session, von der Jonas erzählt hatte! Ich wollte ihn so gerne wiedersehen, seine Musik hören, tanzen oder einfach nur mit ihm abhängen! Wenigstens ein Mal noch, bevor das Programm losging und ich ihn endgültig aus den Augen verlor. Dabei war von einem Bodyguard überhaupt nicht die Rede gewesen. Okay, ich hatte auch nicht danach gefragt. Doch nach dem Gespräch mit Kern war ich so durch den Wind gewesen, dass ich die Sache mit dem Polizeischutz am Freitag total vergessen hatte. Vermutlich hätte er sowieso Nein gesagt.

Meine Laune war dermaßen im Keller, dass sogar Jasmin und Samira es bemerkten. »Was ist denn mit dir los?«, fragte Jasmin, als ich am Morgen in die Küche kam. »Schlecht drauf?«

Ich füllte eine Müslischale mit Haferflocken und setzte mich zu den beiden an den Tisch. »Nee, alles gut«, murmelte ich und ertränkte meine Haferflocken in Milch.

»Jetzt komm, erzähl schon!« Auch Samira wunderte sich.

Die beiden wussten kaum etwas über mich. Nur dass ich mich ans Jugendamt gewendet hatte, weil ich Schutz vor meiner Familie brauchte. Manuela hatte mir das vorgeschlagen und gewissermaßen stimmte es ja auch.

Ich stieß den Löffel in die Pampe und schob die Schüssel beiseite. Irgendwie hatte ich doch keinen Appetit. »Ausgangssperre«, brummte ich kurz angebunden.

»Ausgangssperre? Wieso das denn?«, empörte sich Jasmin. »Hast du was ausgefressen?«

»Ja, nee. Das ist es nicht«, sagte ich. »Die vom Amt wollen, dass ich mich nicht draußen zeige. Und das Dumme ist: Sie haben auch noch recht.« Ich sagte nicht »die von der Polizei«. Sonst hätten die beiden nur unnötige Fragen gestellt.

Trotzdem machte Samira große Augen. »Ist es wegen deiner Familie? Suchen die dich? Wollen die dir was antun?«

»J-ja, so ungefähr«, druckste ich herum. »Aber ich will meinen Freund wiedersehen. Heute Abend tritt er in der Centralstation auf. Bei dieser Jam-Session.«

»Oh Mann!« Samiras mitfühlender Blick machte die Sache noch schlimmer. »Ich weiß, wie du dich fühlst.«

»Und wenn du undercover gehst?«, überlegte Jasmin. »Ich leih dir ein paar Klamotten von mir!«

Ich schnaubte abfällig. Darauf würden meine Leute doch nie hereinfallen. Die kannten mich viel zu gut.

»Und mit deinen Haaren müssten wir auch was machen. Wie wär's, wenn wir sie färben?«, schlug Samira vor.

»Au ja!«, rief Jasmin begeistert. »Ich hab noch was von dem Blau!«

»Bloß nicht!«, rief ich erschrocken. Ich hatte schon gemerkt, wie experimentierfreudig Jasmin mit ihren Haaren umging.

»Wieso? Gefällt dir meine Haarfarbe etwa nicht?« Jasmin schob schmollend die Unterlippe vor.

»Doch, klar«, beeilte ich mich zu sagen. »Aber Blau ist zu auffällig. Ich will ja gerade nicht auffallen.«

»Wie wär's denn mit Blond?«, schlug Samira vor. »Und ein bisschen kürzer wäre sicher auch nicht schlecht.«

»Ich kann das«, rief Jasmin aufgeregt. »Ich hab das schon öfter gemacht. Und ich besorg dir das Blond!« Als sie meinen skeptischen Blick bemerkte, fügte sie beruhigend hinzu: »Vertrau mir!«

Als Jasmin zwei Stunden später zurückkam und mir freudestrahlend eine Packung Haarfärbemittel in die Hand drückte, stöhnte ich entsetzt auf. Sie hatte sich für Perlmuttblond entschieden. »Das passt überhaupt nicht zu mir!«, protestierte ich.

»Soll es auch nicht«, antwortete Jasmin ungerührt. »Schließlich willst du nicht erkannt werden. Und ich hab dir noch was mitgebracht.« Mit einem breiten Grinsen hielt sie mir ein kleines Päckchen hin.

»Was ist das?«, ratlos betrachtete ich die Packung.

»Kontaktlinsen«, meinte Jasmin grinsend. »Ich dachte, Blau passt besser zur neuen Haarfarbe.«

Samira nahm ihr das Päckchen aus der Hand und beäugte es. »Genial! Mit den Dingern erkennt dich ganz sicher keiner.«

»Los, fangen wir an«, drängte Jasmin und klapperte unternehmungslustig mit der Schere. »Hier kommt Germany's Next Topmodel!«

Da wir keinen Spiegel hatten, in dem ich mich während der Aktion hätte betrachten können, sah ich immer nur, wie Strähne um Strähne auf dem Küchenboden neben meinen nackten Füßen landete. Je länger die Prozedur dauerte, desto nervöser wurde ich, denn ich bemerkte, dass Jasmin immer wieder nachbesserte, damit beide Seiten gleich lang wurden.

»Fertig«, sagte sie schließlich und scheuchte mich ins Bad, damit wir mit dem Färben beginnen konnten. Als ich in den Spiegel blickte, traf mich fast der Schlag. Jasmin hatte mir einen fransigen Was-auch-immer-Schnitt verpasst, bei dem die Ohren frei waren, die Haare im Nacken zippelig und der Pony vollkommen schief. »Ein waschechter Pixie Cut muss so«, erklärte Jasmin voller Überzeugung, als sie meinen skeptischen Blick bemerkte. »Du liegst voll im Trend. Außerdem ist das alles nur eine Frage des Stylings. Wart's ab!« Und damit schraubte sie die Fläschchen auf und begann, Farbe und Fixierung ineinanderzumischen. Dann schüttelte sie das Zeug wie ein verrückter Barkeeper und trällerte ausgelassen: »Lalala, Bacardi Rum!«

»Du spinnst!«, rief Samira lachend und hockte sich neben mich auf den Badewannenrand.

»Wollt ihr mal probieren?«, alberte Jasmin und hielt uns die Flasche mit dem Färbemittel unter die Nase. Es roch scharf nach Katzenpisse und wir zuckten angewidert zurück. Jasmin grinste. Dann streifte sie sich ein Paar Plastikhandschuhe über und legte los.

Mit einem Handtuch um den Kopf lag ich kurz darauf zwischen Samira und Jasmin auf meinem Bett und wir sahen uns Musikvideos auf YouTube an. Es war total gemütlich, und ich fragte mich ein bisschen wehmütig, ob ich später, wenn das Programm lief, wohl auch solche Freundinnen finden würde.

»So!«, entschied Jasmin nach einem Blick auf die Uhr. »Ab ins Bad und runter mit dem Zeug!«

Wir kehrten zurück ins Badezimmer und ich steckte meinen Kopf unter den Wasserhahn, damit Jasmin mir die Haare auswaschen konnte. Zum Schluss verpasste sie mir noch eine Kopfmassage und packte meinen Kopf wieder in ein Handtuch. Noch immer hatte ich keine Ahnung, wie das Ergebnis der ganzen Prozedur ausfallen würde.

Jasmin machte es spannend. Sie schleifte mich zurück in mein Zimmer, rubbelte meine Haare trocken und kämmte und föhnte, bis mir der Schweiß ausbrach. Zum Schluss zauberte sie noch eine Dose Haarwachs aus ihrem scheinbar unerschöpflichen Vorrat an Haarpflegeprodukten und verrieb eine haselnussgroße Portion zwischen ihren Händen. »Schenk ich dir«, sagte sie, während sie mir durch die ungewohnt kurzen Haare wuschelte. »Ist nicht mehr viel drin.«

»Und jetzt die Linsen!«, rief Samira und hielt mir das Döschen mit den Kontaktlinsen und einen kleinen Schminkspiegel hin. Mit zitternden Fingern fummelte ich eine der winzigen Schalen aus der Packung. Unter Samiras Anleitung balancierte ich sie auf meinem Zeigefinger und näherte mich meinem Auge. Sobald die Linse meine Hornhaut berührte, zuckte ich unwillkürlich zurück.

»Lass sie nicht fallen!«, hauchte Jasmin und ließ die Linse nicht aus dem Blick, während ich vor Anspannung die Zähne zusammenbiss. Beim dritten Versuch klappte es schließlich. Als die zweite Linse ebenfalls an ihrem Platz war, betrachtete ich das Ergebnis in Samiras kleinem Schminkspiegel. Die Wirkung war echt krass.

»Cool!« Samira klatschte begeistert in die Hände. »Darf ich dich jetzt noch schminken?«

Samiras Vorrat an Schminkutensilien war ähnlich umfangreich wie der von Jasmins Haarpflegemitteln: fein schimmernde Lidschatten in den unterschiedlichsten Farben, schwarze und braune Mascara, Kajalstifte, Rouge und diverse Lippenstifte, dazu Pinsel, Schwämmchen, Pinzetten und Pads zum Auftragen von Make-up. Ich konnte mich gar nicht sattsehen.

»Okay, nur zu«, sagte ich und schloss die Augen, damit Samira anfangen konnte. Eine halbe Stunde später waren sie und Jasmin zufrieden. Jetzt durfte ich endlich in den Spiegel gucken.

»Oh Mann, wer ist das?«, rief ich in gespieltem Entsetzen und freute mich über Samiras und Jasmins Gekicher. Ich sah toll aus – ganz ehrlich –, und ich war schon total auf Jonas' Gesicht gespannt! Und nein, ich würde ihm vorab kein Foto schicken, damit er mich auf der Party fand. Diesen Spaß wollte ich genießen.

Jasmin stattete mich mit einem Paar schwarzen Vans, einer Leggings und einem weiten, schulterfreien Oberteil mit Blumenmuster aus, das laut Samira meinen Hals superschön zur Geltung brachte. Dazu schwatzte sie mir noch ein Paar riesige Creolen aus Silber auf. Ich war ausgehfertig.

»Bist du sicher, dass wir dich nicht begleiten sollen – wenigstens bis zur Tram?«, fragte Jasmin besorgt, doch ich winkte ab. So wie ich aussah, würde mich keiner von meinen Leuten erkennen.

»Falls Manuela nach mir fragt, ich hab Magen-Darm und lieg im Bett«, sagte ich und umarmte Jasmin und Samira zum Abschied. »Vielen Dank für eure Hilfe!«

JONAS

Ein dichter Klangteppich aus Keyboard, Gitarre, Bass, Schlagzeug, Percussion, Saxofon und Posaune waberte uns entgegen, als wir gegen acht Uhr in der Centralstation aufschlugen. Die Jam-Sessions waren meist gut besucht, und man musste zeitig vor Ort sein, um überhaupt noch einen Platz zu bekommen. Das Coole bei der Sache: Profis und Amateure spielten auf Augenhöhe. Es gab keinen Bandleader und keine stilistische Festlegung. Sound und Beat entwickelten sich im Dialog der Instrumente. Improvisation war alles und alles war Improvisation.

Während wir uns mit den anderen Musikern auf der Bühne abstimmten, drängten immer mehr Menschen in die Kellerräume, und als wir schließlich loslegten, kochte der Laden. Die Luft war zum Schneiden dick, doch das störte niemanden. Im Gegenteil: Es wurde gegrooved, getanzt, gepfiffen und geklatscht, was das Zeug hielt, und Flo und ich waren mittendrin! Mein Sax spuckte Feuer und Flos E-Gitarre haute einen Lauf nach dem anderen raus. Außer uns gab es noch drei Bläser, ein Schlagzeug, eine Sängerin, ein Klavier und einen Kontrabass. Es war supereng auf der Bühne, doch die Stimmung war einfach mega! Schon bald klebte mir das Shirt am Körper, meine Finger glühten und die Lippen kribbelten vom Saxofonspielen. Die fetten Bühnenstrahler verbreiteten eine Affenhitze – ich brauchte dringend eine Pause! Außerdem wollte ich mein Handy checken. Bestimmt hatte Nika sich in der Zwischenzeit gemeldet. Ob sie schon hier war? Bei dem Funzellicht konnte man die einzelnen Gesichter kaum ausmachen.

Ich stellte mein Sax beiseite und sprang von der Bühne. Ein paar Leute gaben mir High fives und ich hatte das unglaublich geile Gefühl, dass sie nur wegen mir gekommen waren.

Auf halbem Weg zur Bar prallte ich mit einem Mädchen zusammen. Blond, volle rote Lippen, wunderschöne, nackte Schultern. »Oh, sorry!«, entschuldigte ich mich und musterte sie interessiert. *Hot damn!*, hätte Flo jetzt gesagt und vermutlich durch die Zähne gepfiffen. Aber das war nicht mein Stil. Trotzdem, sie war verdammt heiß.

»Kann ich vielleicht ein Autogramm von dir haben?«, fragte sie und lächelte entwaffnend.

Mich durchzuckte ein Stromschlag. Diese Stimme! Tief und ein bisschen heiser. Ungläubig starrte ich sie an. »Scheiße, Nika? Bist du das? Mann, ich hab dich überhaupt nicht erk…«

Ihre Hand legte sich sanft auf meinen Mund. »Sophia«, korrigierte sie mich. »Mein Name ist Sophia.«

»Was du nicht sagst!« Ich zog sie an mich. »Oh Gott, ist das schön, dass du da bist!« Ihr schlanker, fester Körper fühlte sich wunderbar an, und ihr kurzes blondes Haar kitzelte in meiner

Nase, während wir uns umarmten. »Du siehst toll aus!«, sagte ich und nahm ihr Gesicht in meine Hände. Sie war das heißeste Mädchen hier im Keller. Keine Frage! »Wie hast du das mit den Augen gemacht?«

Sie lachte. »Kontaktlinsen! Hat mir Jasmin besorgt.«

»Krass!«, staunte ich. Der Wahnsinn, wie die Augenfarbe einen Menschen verändert! »Bist du schon lange hier?«

»Seit einer halben Stunde«, sagte sie und zeigte auf eine Stelle links von der Bühne. »Dahinten hab ich gestanden. Du warst echt klasse!«

»Danke!«, freute ich mich. »Wollen wir was trinken?« Sie nickte, und wir kämpften uns zur Bar durch, wo Flo schon auf mich wartete.

»Ginger, alter Ladykiller!«, rief Flo und hielt mir ein Bier hin. »Wen bringst du denn da mit?«

Ich nahm die Flasche und zeigte auf Nika. »Das ist Sophia. Sophia, das ist mein Freund Flo, der weltbeste Gitarrist ever.«

»Hi, Flo«, spielte Nika das Spiel mit. »Hab schon viel von dir gehört. Was macht das Segeln?«

»Alles cool! Aber woher …?« Flo klappte der Mund auf. »Nika?«, rief er entgeistert. »Alter, du siehst komplett anders aus!«

»Voll krass, oder?«, rief ich ausgelassen. »Die neue Miss Undercover. Jetzt können die Grizzlys uns mal kreuzweise! Prost, Mann!« Wir ließen unsere Flaschen aneinanderknallen und tranken.

»Eigentlich dürfte ich gar nicht hier sein«, erzählte Nika. »Die haben gesagt, ich darf nicht raus. Aber ich hab's einfach nicht mehr ausgehalten! Und ich wollte euch unbedingt mal live erleben!«

»Wir waren ja auch echt gut, oder Ginger?«, fragte Flo und legte seinen Arm um meine Schulter. »Außerdem: So was darf man sich einfach nicht entgehen lassen!«

»Na ja, das hier ist ohnehin nicht das Jagdrevier von deinen Cousins, oder? Das sind doch alles bloß mittellose Musiker. Stimmt's Flo?!«

»Cheers!«, rief Flo. »Auf uns mittellose Musiker, die bald riesengroß rauskommen!«

Wir stießen erneut an. Dann wurde Flo wieder ernst. »Gibt's was Neues von Leni?«, wollte er wissen.

Sofort verschloss sich Nikas Gesicht. »Nein«, sagte sie, und es klang irgendwie resigniert. »Aber die sagen mir auch nichts. Viel eher wollen die, dass ich ihnen was erzähle.«

»Und?«, fragte Flo. »Machst du?«

Nika zuckte mit den Schultern. »Mal sehen«, wich sie aus und ließ ihren Blick durch die wogende Menge schweifen. »Kann schon sein.«

Flo kapierte mal wieder schneller als ich. »Du darfst nicht drüber reden, stimmt's?« Er winkte ab und nahm noch einen Schluck aus seiner Pulle. »Aber sobald die Bullen Leni finden«, meinte er schließlich und bedachte Nika mit einem Hundeblick, »sagst du mir dann Bescheid? Bitte?«

Nika nickte. »Logo.«

Flo leerte sein Bier und stellte die Flasche auf den Tresen. »Hast du übrigens mitgekriegt, dass Ginger jetzt bei mir wohnt?«

»Mann, Flo!« Musste das jetzt sein? Damit killte er total die Stimmung!

»Was? Wieso?« Sofort war Nika alarmiert.

»Erzähl du es ihr, Ginger.«

»Alter, echt jetzt?« Schnallte Flo wirklich nicht, warum ich es ihr nicht erzählt hatte?

»Was denn, verdammt?«, fuhr Flo mich an. Dann drehte er sich zu Nika um. »Deine Leute haben Gingers Bude verwüstet.«

»WAS?« Nika starrte mich vollkommen entsetzt aus ihren mangamäßig großen kontaktlinsenblauen Augen an.

»Mann, das ist doch noch gar nicht bewiesen, dass die das waren!«

Flo warf mir einen gereizten Blick zu. »Ginger, wer soll es denn sonst gewesen sein?« Er wandte sich wieder an Nika. »Jedenfalls wohnt er jetzt bei mir. Weil die bei ihm zu Hause alles zu Klump geschlagen haben.« Damit kehrte er uns den Rücken zu und bestellte sich noch ein Bier. Fragend hob er eine Braue. »Ihr auch?«

Doch uns war beiden die Lust vergangen. Ich berichtete Nika von der Sache mit dem Einbruch und sie hörte mit wachsender Beunruhigung zu. Schließlich stellte sie ihre Pulle auf den Tresen und griff nach meiner Hand.

»Du musst der Polizei von der Schlägerei erzählen. Und von mir.« Sie hob die Hand, als ich etwas sagen wollte. »Egal«, fuhr sie mir ins Wort. »Jetzt ist sowieso alles scheißegal. Aber die müssen dich schützen. Unbedingt.«

Flo nickte zufrieden. »Hab ich ihm auch gesagt.«

»Ey, und wie soll das gehen?«

»Na, du gehst zu den Bullen, erzählst denen alles und erstattest Anzeige wegen versuchten Dingens. Mordes, mein ich.«

»Wohl eher Körperverletzung.«

»Alter, du hättest krepieren können! Den Schlägern war das scheißegal!«

Er hatte ja recht. Trotzdem ärgerte ich mich über ihn. Warum verdarb er uns jetzt den Abend? Das hätten wir doch alles noch in Ruhe besprechen können.

»Okay«, gab ich mir einen Ruck. »Wenn ihr meint, dann rede ich eben mit denen. Und wenn's sein muss auch mit meiner Mum. Morgen. Zufrieden?«

Flo gab ein unbestimmtes Grunzen von sich, sagte aber nichts mehr. Ich wünschte mir, dass ich mir nie wieder Gedanken über kriminelle Grizzlys, Einbrüche und zerhauene Playstations machen musste. Und ich wünschte mir, dass ich diese Nacht mit Nika irgendwie noch retten würde, denn gerade sah sie gar nicht mehr entspannt und glücklich aus. »Tanzen?«, wagte ich einen Versuch, und tatsächlich nickte sie tapfer. Ich zog sie von der Bar weg und wir mischten uns unter die Leute.

Gegen halb drei löste sich das Ganze auf. »Ich bring Nika noch nach Hause«, sagte ich zu Flo, der mittlerweile gehörig einen im Kahn hatte. »Komme dann irgendwann nach. Lässt du mich rein?«

»Klar, Mann.« Flo warf sich den Gitarrenrucksack über den Rücken und drehte sich dabei einmal im Kreis. »Ruf mich an, wenn du vor der Tür stehst.« Dann umarmte er Nika. »Mach's gut, Miss Undercover! Pass auf dich auf!«

JONAS

Ich legte meinen Arm um Nika und wir schlugen den Weg zur Tram ein. Ihre nackten Schultern fühlten sich so verlockend an, dass ich nach wenigen Schritten schon wieder stehen blieb. Ich musste sie einfach küssen. Dabei stellte ich mir vor, wie wir zu mir nach Hause gingen und in meinem Zimmer – ach nein, ging ja nicht! Da war ja das Chaos von den Grizzlys. »Kannst du mich nicht bei dir reinschmuggeln? Nur für heute Nacht?«, flüsterte ich und vergrub mein Gesicht in ihrem Haar. Und weil sie nicht antwortete, küsste ich sie einfach noch mal. »Wann sehen wir uns wieder?«, fragte ich schließlich.

»Mal sehen«, wich sie aus und machte sich los.

Ich seufzte resigniert. Der Zauber des Augenblicks war verflogen.

»Tut mir leid, Jonas!« Ihr Blick war flehend. Aber immerhin hatte sie meine Enttäuschung bemerkt. »Ich kann das gerade nicht. Eigentlich dürfte ich gar nicht mit dir hier abhängen.«

»Sagt wer?«

»Sagt der Kommissar, mit dem ich mich unterhalten habe.«

»Wieso nicht?«, fragte ich wütend. Ich hatte es so satt! Warum konnten wir diesen Abend nicht einfach unbeschwert genießen?

»Weil …«, druckste sie herum. »Jonas, es sind Dinge passiert, die – also ich hätte niemals gedacht, dass die so weit –« Sie biss sich auf die Lippe.

»Dass die so weit, was?«

Nika ballte die Fäuste. »Ich darf nicht drüber reden. Auch nicht mit dir, verstehst du?«

»Aber ich dachte, wir wären …? Du kannst mir doch vertrauen! Nach allem, was wir …«

»Mann, das ist es ja nicht! Je mehr ich dir erzähle, desto gefährlicher wird es. Für mich! Für dich! Für uns beide! Verstehst du?! Genügt es nicht, dass sie bei dir randaliert haben? Wie viele Warnungen brauchst du noch?«

Ich seufzte erneut. Keine Ahnung, was für einen Deal dieser Kommissar mit Nika eingetütet hatte. Aber es war klar, dass sie mich nicht einweihen würde. »Okay, tut mir leid«, sagte ich schließlich. »Ich frag nicht weiter. Aber versprich mir, dass du mir Bescheid sagst, wenn ich irgendetwas tun kann. Und dass wir uns wiedersehen. Bald!«

Sie sah mich nur an. Mit diesen merkwürdigen blauen Augen, hinter denen sich der schlammgrüne See verbarg. Dieser veralgte Tümpel, der mich vom ersten Augenblick an in seinen Bann gezogen hatte. Und in diesem Moment wusste ich, dass ich sie verlieren würde.

Ich legte meinen Arm um ihre Schultern und wir gingen langsam in Richtung Tramhaltestelle. Wieder und wieder scannte

Nika ihre Umgebung. Doch da war nichts. Absolut nichts. Klar, es gab immer noch ein paar vereinzelte Nachtschwärmer. Aber die waren harmlos.

Jedenfalls die meisten.

Der, der mich von hinten packte, war es nicht.

Ein muskulöser Arm schlang sich um meinen Hals. Ich wollte schreien, doch der Kerl drückte mir die Luft ab. Zuerst dachte ich, der Typ sei auf Drogen und wollte meinen Geldbeutel. Ich ließ Nikas Hand los. »Hau ab!«, keuchte ich. Aber als Nika losrannte, heftete sich sogleich ein anderer Kerl an ihre Fersen. Dunkle Jeans, Kapuzenpulli. Und obwohl Nika verdammt schnell war, holte er sie nach wenigen Metern ein. Er griff nach ihr und brachte sie brutal zu Fall. Nika schrie und strampelte, bis der Typ schließlich ausholte und ihr eine knallte. Nika begann zu schluchzen. Es klang so verzweifelt. Ich hätte kotzen können! »Lass sie in Ruhe, du Arsch!«, presste ich hervor. »Sie hat keine Kohle.«

Doch die Typen achteten nicht auf mich. Der Kerl, der Nika niedergeschlagen hatte, zerrte sie grob auf die Füße. Ihre Lippe war aufgeplatzt und sie blutete an der rechten Schulter. Ihre Leggings hatten einen langen Riss überm Knie.

Ich machte einen weiteren Versuch, mich zu befreien. Aber der Mann, der mich festhielt, hatte einen Unterarm so dick wie mein Oberschenkel. Und damit presste er mich jetzt nur noch fester gegen seine massige Brust. »So, du Arschloch«, zischte er dicht an meinem Ohr. »Und jetzt verrätst du uns, wo Nika steckt! Oder wir drehen deiner kleinen Freundin hier den Hals um.«

Fuck!

Die scheiß Grizzlys hatten mir nachspioniert!

Immerhin war Nikas Tarnung noch nicht aufgeflogen, das war gut! Wir mussten auf Zeit spielen. Einer der Nachtschwärmer würde doch hoffentlich die Polizei alarmieren. »Ich weiß nicht, wen …«

Der Kerl machte eine schnelle Bewegung. Dann spürte ich plötzlich etwas Kaltes an meiner Kehle. Kalt und glatt. Ein Messer! Verdammt, der Spacko hielt mir ein Messer an den Hals! Ich ließ den Saxofonkoffer fallen. Ein hässliches Geräusch. Doch in dem Augenblick vollkommen unwichtig.

»Verarsch mich ja nicht, Kleiner!«, knurrte er. Seine Bartstoppeln kratzten über meine Wange. Sein Atem roch nach Zigaretten. »Ich frag dich noch mal: Wo ist sie?« Die Spitze der Klinge kratzte über meine Haut. Meine Knie wurden weich. Wenn der mir jetzt das Messer in den Hals stieß, war Schluss mit lustig, das war mal klar. Ein paar Sekunden hätte ich dann noch, bevor ich verblutete. Bei vollem Bewusstsein.

»Also?«

»Mann, ich …« Das Messer ritzte meine Kehle. Nur ganz leicht. Es tat kaum weh. Doch es genügte, dass ein warmes Rinnsal langsam an meinem Hals entlanglief und mir ins T-Shirt sickerte. Mein Puls raste. Noch nie in meinem Leben hatte ich so viel Schiss wie in diesem Moment.

»Lass ihn los, Igor!« Nikas Stimme überschlug sich. Ich spürte ihre Angst und hätte heulen können. Jetzt würden sie uns beide abstechen!

»Hab's euch doch gesagt!«, brüllte der Typ neben Igor. Es war der Türsteher vom Paranoia. »Die hat sich bloß die Haare gefärbt!«

»Pavel, halt sie fest! Das ist sie! Das ist Nika!«, brüllte Igor und riss mich herum. Die Klinge verschwand kurz von meinem Hals. Ich taumelte, stolperte über den Saxofonkoffer, wurde weiter vorwärtsgestoßen. In Richtung eines Autos, das am Straßenrand parkte. Was hatten die vor? Wollten die uns entführen? Damit sie uns in Ruhe irgendwo abschlachten konnten?

Die Klinge kehrte zurück. Kalt und absolut tödlich.

»Los, beweg dich!«

Mein Nacken schmerzte von der Anspannung. Bloß keine falsche Bewegung machen!

Igor zerrte mich hinter das Auto. Ein leises Klacken ertönte und der Kofferraumdeckel schwang hoch. Ein Warndreieck in einer gelben Box und eine alte Hundedecke. Ansonsten war das Ding leer.

Nicht in den Kofferraum! Oh Gott, nicht darein!

Ich packte Igors Unterarm mit beiden Händen, stemmte meinen Fuß gegen die Stoßstange und stieß mich ab. Igor strauchelte. Das Messer verschwand von meinem Hals. Ich würde es schaffen! Ich würde dieses Arschloch …!

Ein Blitz durchzuckte mich. Mein Rücken explodierte. Etwas Warmes breitete sich auf meinem Shirt aus. Warm und nass.

»Polizei! Lassen Sie den Mann los!« Eine Männerstimme. Hart und autoritär. Noch mehr Männer. Alle in Kampfanzügen.

Ein weiterer, rasender Schmerz. Ich hörte mich keuchen.

»Lassen Sie den Mann los! Sofort!« Wieder der von eben.

Igors Griff lockerte sich.

»Loslassen, hab ich gesagt! Waffe fallen lassen!«

Igor ließ mich los. Ich schwankte. Neben mir schepperte das Messer auf den Asphalt. Blutverschmiert bis zum Griff.

Zwei Polizisten ergriffen Igor, der sich nicht wehrte. Ein anderer packte mich. »Weg hier!«, bellte der Polizist und zog mich auf die Seite.

Jemand riss die Fahrertür auf und hechtete ins Innere des Wagens. Es war dieser Pavel. Er startete den Motor und gab Vollgas. Ein paar Uniformen sprangen schreiend zur Seite. Dann peitschten Schüsse. Glas splitterte. Die Karre schlingerte. Keine hundert Meter weiter kam sie zum Stehen. Der Kampftrupp rückte nach.

Wo war Nika? Oh Gott, bitte nicht im Auto!

Mehrere Polizisten zogen einen Kreis um den Fluchtwagen. Waffen im Anschlag. »Los, raus aus dem Wagen!«, brüllte einer und riss die Fahrertür auf. Doch niemand stieg aus.

Meine Knie gaben nach. Der Typ neben mir packte zu. Hielt mich fest, während ich krampfhaft versuchte, meine Atmung in den Griff zu kriegen.

»Alles gut«, versuchte er, mich zu beruhigen. »Setz dich. Ja, genau. Einfach hier auf den Boden. Und jetzt hinlegen, auf die Seite. Sehr gut. Und schön atmen.«

Und dann brüllte er: »Wir brauchen einen Arzt!«

JONAS

Ich lag auf dem Asphalt. Er war immer noch warm. Über mir der Nachthimmel. Keine Sterne. Nur dieses merkwürdige Großstadtleuchten. Alles in mir schrie, dass ich hier wegmusste. Und obwohl der Typ neben mir sein Bestes tat, wusste ich, die Pfütze unter mir, das war Blut. Mein Blut. Ich verblutete. Es fühlte sich so was von scheiße an!

Und dann war da plötzlich Nika. Sie war vollkommen außer sich und weinte und schrie. Was schrie sie da eigentlich? Irgendwas mit »nein« und dass das alles ihre Schuld wäre und – keine Ahnung, was noch alles, und ich versuchte, ihr zu sagen, dass alles gut werden und dass ich wieder in Ordnung kommen würde. Aber meine Kiefer waren total verkrampft. Mir war schweinekalt und ich zitterte wie blöd. Und außerdem glaubte ich selbst nicht so richtig dran, weil ich merkte, wie ich verdammt noch mal auslief wie ein leckes Fass.

Dann war da irgendwann dieses blaue Leuchten, und es dauerte eine Weile, bis ich kapierte, dass es ein Rettungswagen war. Zwei Typen in Rot-Weiß tauchten auf und lösten den Polizisten ab. Sie bombardierten mich mit Fragen und fingerten an mir rum. Aber ich wollte keine Fragen beantworten, ich wollte, dass Nika sich wieder einkriegte und dass sie an meiner Seite blieb. Aber der Polizist, der mir geholfen hatte, der wollte das nicht.

Und dann –

Keine Ahnung –

Dann zog jemand bei mir den Stecker.

Und alles wurde schwarz.

NIKA

Als Jonas ohnmächtig wurde, rastete ich vollkommen aus. Igor, dieser Wichser! Wieso hatte er nicht mich abgestochen? Wieso ihn? Wieso Jonas? Für mich gab es doch eh kein anderes Leben! Zeugenschutz – am Arsch! Die würden mich sowieso irgendwann finden, so wie sie mich jetzt auch gefunden hatten! Und dann würden sie wieder alles zerstören, was mir wichtig war.

»Okay, und jetzt lassen wir mal los«, sagte einer der Sanitäter und bog sanft meine Finger auseinander. Sie waren immer noch um Jonas' Hand gekrallt, die schlapp und klamm war.

Der Sanitäter legte mir eine dieser komischen Goldfolien um die Schultern. Sie knisterte und klebte an meiner schweißnassen Haut.

Trotzdem klapperte ich mit den Zähnen und biss mir dabei fast auf die Zunge.

»Du kommst jetzt besser mit mir. Ich schau mir das mal an«, sagte der Sanitäter.

Ich hatte nicht die geringste Lust, mit ihm zu gehen. Ich wollte bei Jonas bleiben. Warum durfte ich nicht bei denen mitfahren?

Während der Sanitäter mich wegführte, hörte ich, wie Jonas in den Rettungswagen geschoben wurde. Jemand schloss die beiden Türen, doch der Wagen stand nach wie vor da und wartete. Der Notarzt dadrinnen hatte wohl noch zu tun. Damit – damit Jonas lebend im Krankenhaus ankam?!

Das war's, schoss es mir durch den Kopf. Ich würde ihn nie wiedersehen. Wieder erfasste mich Panik. In meinem Kopf tauchte Igor auf. Er ließ das Messer aufschnappen. Es blitzte.

»Wie heißt du?«

Ich hatte gesehen, wie er zustieß. Genau in dem Moment, als die Bullen auftauchten, hatte er zugestoßen. Weil er wusste, dass er verloren hatte.

»Hallo? Kannst du mich hören?«

Igor war immer schon ein schlechter Verlierer gewesen.

»Hey!«

Jonas' überraschter Gesichtsausdruck. Und dann der Schmerz. Ich hatte es genau gesehen. Pavel hatte darauf geachtet, dass ich es sehe. Dass ich ganz genau hinschaute. Und dann das viele Blut auf dem Asphalt! Ich begann zu würgen.

»Jetzt mal schön ein- und ausatmen.«

Der Sanitäter war immer noch an meiner Seite und hielt mich fest, während ich mich krümmte und würgte und mich schließlich übergab. Als ich wieder allein stehen konnte, ließ er mich los. »Besser?«

Ich nickte, obwohl meine Knie weich wie Gummi waren. Er brachte mich zu einem anderen Rettungswagen. Die hinteren Türen waren weit geöffnet und er hievte mich mehr oder weniger hinein. Im Inneren war es warm und unangenehm hell. Ich kniff die Augen zusammen, während ich nach der Pritsche tastete, um mich hinzusetzen. »Willst du dich nicht besser hinlegen?«

»Geht schon«, würgte ich hervor.

»Wie heißt du?«, fragte er.

Es fiel mir schwer, mich zu konzentrieren. Wie war das noch mal? »Sophia«, murmelte ich.

Der Sanitäter kramte in seinen Utensilien. Dann riss er ein Päckchen auf und zog sich ein Paar Einmalhandschuhe über. »Kann dich jemand abholen? Deine Eltern vielleicht? Soll ich jemanden für dich anrufen?«

Ich schüttelte den Kopf. Durch die offene Hecktür sah ich, wie Jonas' Rettungswagen mit Blaulicht und jaulender Sirene davonraste.

»Jemand muss seiner Mutter Bescheid sagen«, flüsterte ich kraftlos.

»Machen die Kollegen«, beruhigte er mich. »Was ist mit dir? Du solltest so nicht alleine …«

»Mir geht's gut!« Ich wollte hier weg!

Er seufzte. »Wenn du meinst.« Vorsichtig bewegte er meine Schulter. »Tut das weh?«

Ich verzog das Gesicht und schüttelte ungeduldig den Kopf. War doch bloß ein Kratzer! Trotzdem säuberte er die Wunde und klebte ein Pflaster drauf. Dann beäugte er meine aufgeplatzte Lippe. »Mann, oh Mann«, brummte er und tupfte mit einem frischen Pad das Blut weg. »Ziemlich sicher wird das blau. Du musst es zu Hause kühlen. Okay?«

»Klar.« Zu Hause. Sehr witzig.

»Kriminalhauptkommissar Peter Kern«, ertönte eine Stimme

von draußen. Der Sanitäter unterbrach sein Getupfe und sah auf. War das wirklich Kern? Wie kam der so schnell hierher?

»Wir suchen ein Mädchen, fünfzehn Jahre alt, schlank, braunes, halblanges Haar, etwa eins sechzig.«

Der Sanitäter warf einen Blick auf Kerns Ausweis und zuckte die Achseln. »Tut mir leid. Das einzige Mädchen in dem Alter sitzt hier und kämpft mit einem Schock.« Er trat ein Stück beiseite, sodass Kern mich sehen konnte. Er erkannte mich nicht und wollte schon wieder verschwinden.

»Warten Sie!«, rief ich. Ich hatte das Gefühl, dass ich dringend mit ihm reden sollte. Gleichzeitig fragte ich mich, woher er wusste, dass ich hier war. Überwachte er mich etwa? Und wieso hatte er Pavel und Igor nicht schon längst eingebuchtet?! »Ich bin hier.«

Kern fuhr herum. »Nika?«, fragte er ungläubig und kletterte in den Rettungswagen. Er trug eine dicke Schutzweste und wirkte gehetzt. »Verdammt, ich hab dich überall gesucht!« Er wandte sich ab und sprach in ein kleines Funkgerät. »Alles klar, ich hab die Zeugin!« Dann lauschte er kurz in sein Headset. »Und der Dritte? Neutralisiert? Verstehe. Nein, ich kann jetzt nicht. Nehmt die anderen beiden mit.« Er beugte sich zu mir runter. »Bist du okay?«

Okay? Mann, was glaubte der eigentlich! Nichts war okay! Gar nichts! Der wichtigste Mensch in meinem Leben hatte gerade ein Messer zwischen die Rippen bekommen, weil meine kriminellen Cousins hier immer noch frei rumliefen!

»Was ist mit Jonas?«

»Jonas?«, fragte Kern irritiert. »Du meinst den Jungen mit der Stichverletzung? Kennt ihr euch?«

»Er ist mein Freund«, antwortete ich, und schon wieder kamen mir die Tränen. Wütend wischte ich sie weg. Heulen brachte hier gar nichts!

»Wieso hast du das ...?« Kern fuhr sich nervös durchs Haar. Dann griff er erneut nach seinem Funkgerät. »Ja, ich noch mal. Jemand soll dem Rettungswagen mit dem Verletzten nach ... Ja, vermutlich weiterer Zeuge ... Dringender Polizeischutz! ... In Ordnung.« Er wandte sich an den Sanitäter. »Kann ich die junge Dame mitnehmen?«

Der Sanitäter zögerte und musterte mich kurz. Dann zuckte er die Achseln und nickte. »Ich denke schon.«

Unsicher kletterte ich aus dem Auto. Meine Knie waren immer noch butterweich. »Bist du wirklich in Ordnung?«, fragte Kern, der bemerkt hatte, dass ich mich kurz am Türrahmen festhalten musste.

»Mir geht's super!«, spie ich aus. Noch besser würde es mir gehen, wenn er und seine Jungs früher gekommen wären!

Kern runzelte die Stirn, schluckte die Bemerkung aber runter, die ihm ganz offensichtlich auf der Zunge lag. »Ich möchte, dass du mit mir mitkommst, Nika. Jetzt.«

»Was? Wohin?«

»Erklär ich dir alles im Auto. Gib mir dein Handy.«

Ich tastete nach Jonas' Handy. Es war noch da. »Wieso?«

»Gib es mir!«

»Aber es gehört Jonas!«

Kern wirkte überrascht. »Ach so? Ich dachte ... Egal«, sagte er und streckte fordernd die Hand nach dem Telefon aus. Widerstrebend gab ich es ihm. Noch ein Stückchen Jonas, das ich loslassen musste. Seine Musik, die Fotos, der heiße Draht zu ihm. Es fühlte sich furchtbar an.

»Und jetzt komm!«

»Aber der Koffer!« Irgendwo musste noch Jonas' Saxofonkoffer sein. Ich wusste doch, wie wichtig Jonas das Saxofon war!

»Was denn für ein Koffer, verdammt!?«

»Der Koffer mit dem Saxofon. Es muss hier irgendwo ...«

Kern packte meinen Arm und zog mich zu sich herum. »Schluss jetzt, Nika! Du kommst jetzt mit mir! Den Koffer hat bestimmt einer meiner Kollegen sichergestellt!«

Wir liefen an dem Wagen vorbei, mit dem Pavel versucht hatte zu fliehen. Ein schwarzer Audi. Die Frontscheibe war in winzige Stückchen gesprungen. Auf der Seite des Fahrers war ein Loch in der Scheibe. Die Seitentür stand offen und alles war voller Glassplitter. Neben dem Wagen lag jemand auf dem Boden. Unter einem Tuch. Ein Mann mit einer orangefarbenen Jacke, auf der »Notarzt« stand, packte gerade seine Sachen ein. Kerns Männer wuselten zwischen Leuten in weißen Papier-Overalls herum. Blaulicht flackerte. Ich blieb stehen. »Ist er –?«

»Später«, sagte Kern und hielt ein rot-weiß gestreiftes Absperrband hoch, damit ich darunter durchtauchen konnte. Ein paar Schaulustige drängten sich dahinter.

»Machen Sie bitte Platz!«, forderte Kern unfreundlich und schob einen breitschultrigen Kerl in Lederjacke beiseite. »Hier entlang, Nika.«

Wir liefen zu seinem Wagen, einem dunkelblauen BMW. Er ließ mich vorne einsteigen. »Wohin fahren wir?«

»In die WG. Du hast zehn Minuten Zeit zum Packen.«

»Was?! Und dann?«

»Dann fahren wir weiter.«

»Aber ...!«

»In der WG bist du nicht mehr sicher.« Kern startete den Motor und setzte aus der Parklücke.

Eine Weile fuhren wir so. Beide starrten wir stumm auf die Straße, jeder mit seinen Gedanken beschäftigt. Kern wirkte absolut cool. Nur an der Art, wie er fuhr, erkannte ich, wie groß seine Anspannung war. Er fuhr zu schnell und zu dicht auf und sah ständig in den Rückspiegel.

»Woher wussten Sie eigentlich, dass ich hier bin? Ich meine, wie kommt es, dass ausgerechnet Sie hier so schnell aufgekreuzt sind?«

»Handyüberwachung.« Kern sah weiterhin stur geradeaus. »Wir haben gesehen, wo du zuletzt eingeloggt warst. Und das war nicht die Mädchen-WG. Also habe ich ein paar Leute losgeschickt.« Ich hatte recht! Die hatten mich tatsächlich überwacht! Aber dann hätte er es doch verhindern können! Er hätte es verdammt noch mal verhindern können! »Wieso haben Sie dann so lange gewartet? Wieso haben Sie nicht schon viel früher eingegriffen?!«

»Wieso hast du dich nicht an das gehalten, was wir besprochen hatten?«, konterte er. »So weit hätte es gar nicht kommen dürfen!«

»Ach, jetzt bin ich also schuld, oder was?«

»Zumindest trägst du eine Mitschuld. Ja. Deine Aktion heute, das war ein großer Fehler! Damit hast du dich unnötig in Lebensgefahr gebracht.« Kern warf mir einen ungehaltenen Blick zu. »Und deinen Freund auch.«

»Jonas war davor auch schon in Lebensgefahr!«, gab ich patzig zurück. »Sie hätten ihn schützen müssen. Immerhin ist das doch Ihr Job! Spätestens ab dem Zeitpunkt, als die bei ihm eingebrochen sind!«

»Bei deinem Freund wurde eingebrochen?«

»Ja, verdammt! Aber er war nicht zu Hause.«

»Sein Glück«, murmelte Kern.

»Glück?«, fuhr ich auf. »Scheiße! Jonas hat gerade ein Messer in den Rücken bekommen!«

Kern ignorierte meine Bemerkung. »Wieso hast du mir das mit dem Einbruch nicht erzählt? Hatten wir nicht vereinbart, dass du mich anrufst, falls dir etwas merkwürdig erscheint?«

»Weil … weil … Mann!« Es machte mich rasend, dass er so cool blieb! »Das mit dem Einbruch weiß ich doch auch erst seit eben! Er hat mir nichts gesagt, damit ich keine Angst kriege!«

Kern verdrehte genervt die Augen, was mich erst recht auf die Palme brachte. »Wissen Sie, was? *Sie* haben einen Fehler gemacht! Wieso haben Sie Igor und Pavel nicht schon längst verhaftet? Sie waren es doch, der gesagt hat, dass die beiden unter Mordverdacht stehen. Wegen Mateo!«

Kerns Kiefermuskeln traten hervor, als er die Zähne aufeinanderbiss. »Wir mussten sie wieder gehen lassen.«

»Was? Wieso das denn?«

»Die beiden hatten ein Alibi. Und dann tauchte dieser Anwalt auf. Dieser Dr. Horvat. Der hatte die beiden sofort draußen.« Kern warf mir einen kurzen Seitenblick zu. »Wir gehen davon aus, dass er auf Stjepan Marinićs Gehaltsliste steht. Weißt du etwas davon? Hat dein Onkel ihn mal erwähnt?«

Ich überlegte. Dunkel erinnerte ich mich an so eine Geschichte. Ich musste zehn oder elf gewesen sein. Damals hatten Viktor, Pavel und Igor irgendwas an einem Bankautomaten gedreht. Dabei hatten sie einen Typen bedroht und ausgeraubt. Der Anwalt konnte die drei raushauen und seitdem gab Stjepan mit »seinem

Anwalt« an. »Aber was ist mit den Autos? Der Körperverletzung? Mateos Tod? Dafür muss es doch ohne Ende Beweise geben!?«

»Wir sind dran. Leider gibt es außer dir niemanden, der bereit wäre, gegen deine Leute auszusagen.«

Tja, im Einschüchtern waren Stjepan und die anderen schon immer Meister. Trotzdem verstand ich nicht, wieso mein Bericht nicht ausgereicht hatte, dass zumindest Pavel und Igor überführt wurden. »Bis Sie so weit sind, haben sich die anderen längst aus dem Staub gemacht. Und vorher machen die noch ein paar Leute platt.«

»Igor und dieser Türsteher sicher nicht. Auf die beiden wartet morgen ein Haftrichter. Und dein anderer Cousin – dieser Pavel –«, Kern zögerte.

»Habt ihr ihn …?!«

»Er wollte mit dem Wagen flüchten. Dabei hätte er beinahe ein paar meiner Kollegen überfahren.«

Ich sagte nichts. Pavel war immer eher ein Mitläufer gewesen, einer, der die Befehle seines großen Bruders ausführte. Für Igor hätte er alles getan. Seine Flucht war vermutlich mehr so eine Art Kurzschlussreaktion gewesen. Und mich hätte er garantiert als Geisel genommen, wäre dieser Bulle nicht dazwischengegangen. Mit gezogener Waffe. Pavel hatte mir einen Stoß verpasst, worauf ich dem Polizisten vor die Füße gestolpert war. Pavel hatte den Moment genutzt, um ins Auto zu springen und loszufahren. Weit war er nicht gekommen. »Jonas muss auch in dieses Programm!«

Kern schwieg.

»Hallo?!«

Kern schaltete in den fünften Gang. Obwohl wir immer noch in der Stadt waren. »Das geht nicht«, sagte er betont ruhig.

»Was?! Warum nicht?«

Der Kommissar räusperte sich unbehaglich. »Weil dein Freund Jonas für die Aufnahme in das Zeugenschutzprogramm ungeeignet ist.«

»Bitte, was?«

»Er ist kein Zeuge. Nicht so wie du, meine ich.«

»Aber …!«

»Nika! Es geht nicht.« Kern bremste und würgte den dritten Gang rein. »Aber ich will trotzdem sehen, was ich tun kann. Sicher wäre es gut, wenn Jonas eine Weile untertaucht. Zumindest solange der Prozess läuft.«

NIKA

»Zehn Minuten, okay?« Kern parkte den BMW vor der Haustür und machte den Motor aus. »Ich warte im Wagen auf dich.« Als ich keine Anstalten machte auszusteigen, sah er mich ungeduldig an. »Na, was ist?«

»Ich will zu Jonas!«

Zum ersten Mal verlor Kern die Beherrschung. »Himmel, Nika! Das hatten wir doch schon!«, bellte er.

Aber ich hatte mir vorgenommen, mich nicht abspeisen zu lassen. Schließlich wollte er ja auch etwas von mir. »Sobald ich in das Zeugenschutzprogramm komme, darf ich ihn nicht wiedersehen. Dann will ich wenigsten jetzt, ich meine, bevor ich …«

»Nika, du bist bereits im Zeugenschutz!«, unterbrach mich Kern. »Wir bringen dich heute Nacht noch raus aus der Stadt. Deine Tarndokumente sind weitgehend fertig. Und nein: Du darfst ihn nicht noch einmal treffen. Es ist zu riskant! Du hast doch gesehen, was heute Abend los war!«

Verdammt! Das ging alles viel zu schnell! Kapierte er denn nicht, dass ich wenigstens wissen musste, wie es Jonas ging und ob er noch lebte? »Haben Sie eigentlich eine Frau? Oder wenigstens eine Freundin?«

Kern seufzte. »Okay, pass auf«, sagte er, und es klang, als würde er jetzt etwas tun, was gegen sämtliche seiner Dienstvorschriften verstieß. »Lass mich ein paar Anrufe machen, solange du dadrin bist. Ich muss erst herausfinden, in welche Klinik sie ihn gebracht haben.«

Geht doch!, dachte ich und öffnete die Beifahrertür.

»Zehn Minuten«, sagte Kern und zog sein Handy hervor. »Keine Sekunde länger, hörst du?«

Ich schloss die Haustür auf und trat leise in die Diele. Bei Jasmin und Samira war bereits alles dunkel. Doch dann knarzte die vorletzte Treppenstufe unter meinen Füßen. Ich war noch nicht bis zu meiner Tür gekommen, als Jasmin auch schon den Kopf aus ihrem Zimmer streckte. Sie trug ein kurzes grünes Schlafshirt mit dem Aufdruck »Hogwarts«, das sich ganz furchtbar mit ihren blauen Haaren biss. »Hi«, sagte sie, und ihre Stimme klang verschlafen. »Wie war's denn?« Sie drückte auf den Lichtschalter im Flur und riss im gleichen Augenblick erschrocken die Augen auf. »Oh mein Gott, was ist denn mit dir passiert?«

»Tut mir echt leid wegen der Hose!« Betroffen sah ich an mir herunter auf die zerrissenen Leggings. Mein Knie war mittlerweile doppelt so dick wie das andere.

»Scheiß auf die Hose!«, rief Jasmin und kam aus ihrem Zimmer. »Du siehst aus, als wärst du überfallen worden!« Sie nahm mein Gesicht in beide Hände. »Mann, das sieht übel aus!«

Ich spürte, wie sich der Knoten in meinem Hals erneut zuzog.

»Jasmin, es war schrecklich!«, heulte ich los. »Meine Cousins! Sie müssen meinem Freund tagelang aufgelauert haben. Heute haben sie ihn erwischt. Als wir aus dem Klub kamen. Mein Cousin hat ihn mit einem Messer bedroht. Er wollte wissen, wo ich stecke. Und dann sind plötzlich die Bullen aufgetaucht. Und dann hat Igor, also mein Cousin … er hat … Jonas … das Messer …« Jasmin nahm mich in die Arme, während ich haltlos zu schluchzen begann. Die Bilder des Abends zogen in Endlosschleife durch meinen Kopf: der Augenblick, als Igor Jonas das Messer in den Rücken stieß. Jonas, der zusammensackte. Das viele Blut auf dem Asphalt. Das Blaulicht. Der heulende Rettungswagen. Kern in seiner dicken Schutzweste. Pavel unter dem Laken. Das zerschossene Auto …

Jasmin zog mich in mein Zimmer und wir ließen uns aufs Bett fallen. Irgendwann kam Samira dazu. Ich spürte ihren Arm, der sich um meine Schulter legte. Nur langsam beruhigte ich mich wieder.

»Soll ich uns einen Tee machen?«, fragte Samira.

»Ich kann nicht!«, schniefte ich.

»Was? Wieso nicht?«

»Draußen wartet einer von der Polizei.«

An den entsetzten Blicken der beiden erkannte ich, dass sie mich vollkommen falsch verstanden hatten. »Nein, alles gut! Die wollen … Also, die haben mich in so ein Programm gesteckt. Dafür soll ich denen alles erzählen. Über meine Familie und was die so machen. Also auch vor Gericht und so. Dafür beschützen die mich vor denen.«

»Hört sich an, als wärst du von der Mafia«, bemerkte Jasmin. »Und ich dachte, du hättest einen Vater, der dich schlägt.«

»Ja und ja«, antwortete ich. »Es ist ein bisschen was von beidem. Aber ich will da nichts mehr mit zu tun haben. Und jetzt wollen die mir helfen, dass ich da rauskomme.«

»Oh Mann!«, sagte Jasmin und betrachtete mich teilnahmsvoll.

»Und wie geht's jetzt weiter?«, wollte Samira wissen.

»Ich soll in eine fremde Stadt und da ganz neu anfangen. Noch heute Nacht.«

»Und dein Freund?«, fragte Samira. »Weiß der Bescheid? Ich meine, dass du weggehst und dass du eine andere werden sollst?«

Ich spürte, wie die Wut in mir hochkochte. Verzweifelt stand ich auf und zerrte eine Reisetasche aus meinem Schrank. Manuela hatte sie mir geschenkt, weil ich nichts hatte, worin ich meine Sachen transportieren konnte. »Er weiß nichts von dem Programm. Die Polizei sagt, ich darf mit niemandem darüber sprechen. Und ich darf auch keinen Kontakt mehr mit ihm haben. Und mit euch auch nicht. Mit niemandem aus meinem alten Leben. Ich muss schon wieder jemand anderes werden!« Ich stopfte meine wenigen Klamotten in die Tasche und zog den Reißverschluss zu. Dann umarmte ich Samira und Jasmin. »Macht's gut, ihr zwei!«

»Warte!« Jasmin rannte in ihr Zimmer und kam kurz darauf mit ihrem Haarfärbemittel zurück. »Schenk ich dir«, sagte sie und drückte mir die Packung in die Hand. »So als Erinnerung an die Zeit mit uns hier.«

»Danke!« Ich war wirklich gerührt. Und auch wenn ich mir blaue Haare an mir so gar nicht vorstellen konnte, fand ich es dennoch total lieb von Jasmin.

»Viel Glück!«, sagte Samira und wir nickten einander zum Abschied noch einmal zu.

Als ich das Haus verließ, saß Kern immer noch unverändert hinter dem Steuer seines Dienstwagens. Er verzog keine Miene, als er mich kommen sah. Ich warf meine Tasche auf den Rücksitz und stieg ein.

»Fertig?«

Ich nickte und griff nach dem Gurt, um mich anzuschnallen. »Was ist mit Jonas? Haben Sie etwas herausgefunden?«

Kern warf den Motor an und steuerte aus der Parklücke. »Ich hab mit seiner Ärztin gesprochen. Sein Zustand ist kritisch, aber nicht lebensbedrohlich.«

Mein Herz setzte einen Schlag aus. War ein kritischer Zustand nicht gleichzeitig auch ein lebensbedrohlicher? »Und was heißt das jetzt genau?«

»Er hat wahnsinniges Glück gehabt«, antwortete Kern. »Der Stich hat die rechte Niere nur knapp verfehlt. Er hat viel Blut verloren. Aber seine Chancen stehen gut.«

Erleichtert atmete ich auf. Jonas würde leben! Er würde wieder Musik machen und irgendwann vielleicht so bekannt werden, dass die Leute von ihm sprachen. Vielleicht würde ich ja eines Tages von einem seiner spektakulären Auftritte erfahren und am Bühnenausgang auf ihn warten, um mir ein Autogramm zu holen. »Hallo, Ginger«, würde ich sagen. »Kann ich ein Autogramm haben?« Vermutlich würde er mich nicht erkennen, da ich schon wieder eine andere sein würde, aber damit musste ich leben. Damit musste ich verdammt noch mal klarkommen.

»Hörst du mir zu?«

»Was?«

»Du solltest versuchen, noch ein bisschen zu schlafen. Ich bringe dich jetzt erst mal raus aus der Stadt und dann wird dich unterwegs jemand vom Zeugenschutz übernehmen. Die Frau heißt Jule Schwarz. Sie wird dir alles Weitere erklären und dich in deine neue Rolle einweihen.«

Ich seufzte. Gerade hatte ich mich an die blonde Sophia gewöhnt. Sie war selbstbewusst und sah gut aus und im Gegensatz zu Nika hatte sie ihr Leben selbst in die Hand genommen. In was würde ich mich jetzt verwandeln? In ein schüchternes Mauerblümchen, eine graue Maus, die nicht auffiel und die einen Aufpasser brauchte, der ihr sagte, wo es langging? Auf so jemanden hatte ich ganz sicher keine Lust!

Wir fuhren die restliche Nacht durch. Irgendwann musste ich wohl eingeschlafen sein. Als Kern auf einem Parkplatz anhielt, wurde ich wach. Es war bereits hell, und ich nahm an, dass er einfach nur mal pinkeln musste. Doch er blieb im Auto sitzen, den Rückspiegel fest im Blick.

»Wo sind wir?«, fragte ich und blinzelte in die Sonne. Wir standen auf einem verlassenen Autobahnparkplatz mit Picknicktisch, ein paar Mülleimern und einem in die Jahre gekommenen Klohäuschen.

Kern antwortete nicht. Müde strich er sich über seine Bartstoppeln. Er hatte Ringe unter den Augen und eine ungesunde graue Hautfarbe. Als hinter uns ein Auto auftauchte, richtete er sich auf und fixierte den Rückspiegel. »Das ist sie«, murmelte er.

Ich sah über meine Schulter. Ein dunkelblauer Ford Fiesta. Sekunden später parkte er neben uns. Die Fahrertür öffnete sich und eine Frau stieg aus, Mitte dreißig, glatte blonde Haare, rote Lederjacke, weißes Top, Jeans.

Kern und die Frau begrüßten sich mit Handschlag, dann gab Kern mir ein Zeichen, dass ich dazukommen solle. Zögernd öffnete ich die Autotür und stieg aus. Die Luft war kühl, doch es roch immer noch nach Sommer. Sogar hier auf diesem tristen Rastplatz.

»Hallo, Nika!« Die Frau lächelte mir aufmunternd zu . »Jule Schwarz vom BKA.« Sie streckte mir ihre Hand entgegen. Eine kleine, kräftige Hand ohne Schmuck oder Nagellack.

»Hallo.« Zögernd griff ich zu und schüttelte ihre Hand.

»Jule ist deine neue Ansprechpartnerin«, sagte Kern und öffnete die Seitentür, um meine Reisetasche vom Rücksitz zu holen. »Sie übernimmt ab hier.«

Ein wenig beklommen nahm ich Kern die Tasche ab.

»Wir bleiben in Kontakt«, sagte er. »Spätestens zu den Prozessen sehen wir uns wieder. Und sobald wir deine Freundin Leni gefunden haben, melde ich mich natürlich.«

Ich nickte tapfer, obwohl ich nicht so recht daran glaubte, dass sie Leni jemals wiederfanden. Dennis Rösler hatte seine Kontakte, und wenn er wollte, dass Leni verschwunden blieb, dann blieb sie verschwunden.

Kern nickte uns noch einmal zu, dann wandte er sich ab. Schweigend sahen wir zu, wie er in seinen BMW stieg und davonbrauste.

JONAS

Bleierne Müdigkeit. Ich wurde sie einfach nicht los. Bevor ich einen klaren Gedanken fassen konnte, schlief ich schon wieder. Dass ich dann doch irgendwann aufwachte, lag bloß an den Strümpfen. Sie juckten. Und zwar saumäßig! An den Oberschenkeln. Überhaupt: Wieso trug ich Strümpfe?

Versuchsweise öffnete ich die Augen. Mein linker Arm lag auf einer vanillefarbenen Bettdecke. Auf meinem Handrücken klebte ein Pflaster, aus dem eine rosa Verschlusskappe lugte. An der Verschlusskappe steckte ein langer, durchsichtiger Schlauch, durch den ganz langsam eine Flüssigkeit lief. Ich folgte dem Schlauch mit den Augen und stellte fest, dass die Flüssigkeit aus einem Plastikbeutel in den Schlauch tropfte. Der Beutel hing an einem Ständer neben meinem Bett. Was auf dem Etikett stand, konnte ich nicht lesen. Ich kniff die Augen zusammen und versuchte, mich zu konzentrieren, doch die Schrift war zu klein, und sie verschwamm immer wieder.

Das nächste Mal weckte mich der Duft von Kaffee. Ich öffnete die Augen und stellte fest, dass mir irgendwer eine Tasse Kaffee ans Bett gestellt hatte. »Geil …!«, murmelte ich und richtete mich auf, um nach der Tasse zu greifen. In diesem Augenblick meldete sich ein absolut fieses Ziehen in meinem Rücken. Ich probierte es mit der anderen Hand. Diesmal war das Ziehen noch viel stärker. Mit einem unterdrückten Stöhnen ließ ich mich zurück in die Kissen sinken. Hallo?! Was war das denn?

Kurz darauf ein Geräusch von der Tür. Jemand steckte den Kopf ins Zimmer. »Alter, endlich!« Es war Flo.

»Hey!«, krächzte ich.

»Mann, ich war bestimmt schon fünfmal da! Aber du warst nur am Pennen!« Leise schlüpfte er ins Zimmer, zog sich einen Stuhl heran und pflanzte sich neben mein Bett. »Der Bulle draußen denkt schon, wer weiß, was wir miteinander hätten!«

»Was, Bulle?«

»Ja, Mann! Draußen schiebt einer Wache! War ja auch ganz schön knapp, ey! Und? Wie geht's dir?«

Gute Frage! Eigentlich ging's mir prima. Bis auf die Tatsache, dass ich hier ganz offensichtlich in einem Krankenhausbett lag, einen Schlauch im Arm hatte, merkwürdige Oma-Strümpfe trug und ein fremdes Hemd anhatte. Das geblümt war. Und hinten offen. Heilige Scheiße, wie peinlich!

Flo musste meine Verwirrung bemerkt haben. »Sag jetzt nicht, dass du dich an nichts erinnern kannst.«

»Ehrlich gesagt …«, krächzte ich. Flo kapierte und hielt mir grinsend die Tasse hin. Der Kaffee war lauwarm und roch besser, als er schmeckte. »Warte mal …«

»Na toll! Und ich hatte gehofft, ich bekomme jetzt eine Schilderung der Vorfälle aus erster Hand!« Flo verdrehte verzweifelt die Augen.

Schilderung? Vorfälle? »Seit wann bin ich denn hier?«

Flo sah auf die Uhr. »Dreizehneinhalb Stunden. Eine davon warst du im OP.«

»Hä?«

»Notfallmäßig. Du hast megaviel Blut verloren.«

»What the f…?«, murmelte ich. Doch dann kamen plötzlich die Bilder zurück: Die Nacht in der Centralstation! Nika! Igor! Das Messer! Ich schnappte nach Luft.

»Alles gut?« Besorgt nahm Flo die Tasse und stellte sie auf meinen Nachttisch zurück. »Soll ich jemandem Bescheid sagen?«

Ich schüttelte den Kopf. »Nee, schon okay.« Verzweifelt kämpfte ich die aufsteigende Panik nieder. Das Killerkommando! Es hatte uns aufgelauert. Vor der Centralstation. »Du warst noch nicht lange weg«, begann ich stockend. »Sie waren zu dritt. Einer – dieser Igor – hat mich von hinten in den Schwitzkasten genommen. Ich dachte erst, das sei ein Junkie. Die anderen beiden sind auf Nika losgegangen.«

»Oh Mann! Ich dachte, Nikas Tarnung wäre perfekt gewesen.«

»War sie ja auch. Die waren zunächst nur hinter mir her. Nika hatten die gar nicht erkannt. Die dachten wohl, sie wäre eine Freundin von mir. Die wollten mich unter Druck setzen, indem sie sie …«

»Aber woher wussten die, dass du in der Centralstation warst?«

Ja, woher? »Die müssen mir tagelang aufgelauert haben! Vermutlich hat einer von denen meine Bude überwacht und ist mir gefolgt, als ich zu dir bin.«

»Und wie haben sie Nika dann erkannt?«

»Der Typ hat ein Messer gezogen. Und als er es mir an die Kehle gehalten hat …«

»… hat Nika gesagt, dass sie es ist?«

Ich nickte. »Sie hat Igor angebrüllt, dass er mich loslassen soll. Und in dem Moment sind überall Bullen aufgetaucht. In voller Montur und mit Waffe im Anschlag. Sie haben alle durcheinandergebrüllt.«

»Fuck!«, stöhnte Flo. »Und dann ist dieser Igor ausgerastet.«

»Er hat mir das Messer in den Rücken gerammt.«

»Alter …« Flo schüttelte entsetzt den Kopf.

Was danach kam, hatte ich nicht mehr so ganz auf dem Schirm. Irgendwie war da dieser Polizist, der mich von Igor weggerissen hatte.

Weil der mich in ein Auto zerren wollte. Das Auto ist dann ohne ihn losgebraust.

»Es hat einen Toten gegeben.«

»Was, echt?«

Flo nickte. »Der eine hat versucht abzuhauen. Und dann haben die Bullen das Feuer eröffnet.«

»No way!« An Schüsse konnte ich mich überhaupt nicht erinnern. Nur noch daran, dass Nika plötzlich an meiner Seite war. Und an meine Erleichterung, weil ihr nichts passiert war. Überhaupt – »Wo ist Nika?!«

Flo wich meinem Blick aus. »Keine Ahnung, Mann.«

»Was?« Ich schoss in die Höhe. »Scheiße!«

»Wow, wow! Easy, Dude!«, rief Flo und packte mich an der Schulter.

»Aber –«

»Hinlegen und Klappe halten!« Flo stopfte die Decke um mich

herum fest und setzte sich zu mir auf die Bettkante. »Und jetzt hör mir zu: Nika ist nichts passiert!«

»Woher willst du das wissen? Eben hast du noch gesagt –«

»Alter, jetzt chill mal! Ich weiß, dass es Nika gut geht. Bei mir hat nämlich so ein Fuzzi angerufen. Irgendwie war der an dein Handy gekommen.«

»Was denn für ein Fuzzi, verdammt?«

»Ein Typ von der Kripo. Kern heißt der.«

Kern! Irgendwie klingelte es bei dem Namen. Hatte Nika den nicht mal erwähnt? »Wie? Und jetzt hat dieser Kern mein Handy oder was?«

»So sieht's aus. Jedenfalls hat er die Nummer gewählt, die bei deiner Anrufliste ganz oben stand. Weil du die ständig anrufst.«

»Nämlich deine?«

»Ganz genau.« Flo grinste.

»Und was hast du ihm erzählt?«

»Alter, der Typ hat mir gleich mal Löcher in den Bauch gefragt. Ich hab ihm erzählt, dass du mit Nika befreundet bist und dass du ihr helfen wolltest. Gegen ihre Leute und so. Und dass du gerade bei mir wohnst, weil die bei dir alles kurz und klein geschlagen haben. Der hatte sich nämlich schon gewundert, weil er bei dir zu Hause niemanden erreicht hat.«

»Heißt das, meine Mum weiß gar nicht, dass ich hier bin?«

Flo verdrehte die Augen. »Doch, klar. Kern hat sie irgendwie anders kontaktiert. Über die Uni, glaube ich. Sie war auch schon ein paarmal hier drin.«

Verstohlen guckte er zur Tür. »Und du kannst sicher sein, dass sie jeden Moment hier aufkreuzt. Momentan redet sie mit Kern. Der ist nämlich auch da.«

Ach, du Scheiße! Da konnte ich mich ja gleich auf was gefasst machen.

In diesem Augenblick klopfte es leise an der Tür. Flo und ich sahen uns an. »Jetzt kommt die Löwenmutter«, flüsterte er und stand auf. »Ich glaub, ich geh dann mal besser.«

»Ey, du kannst mich doch jetzt nicht …!«

Die Tür öffnete sich und meine Mum wehte herein. Sie sah verstört aus. Als sie bemerkte, dass ich wach war, stürmte sie an mein Bett. »Mensch, Jonas!«, rief sie aufgeregt und umarmte mich.

»Hi, Mum!«, sagte ich und machte mich vorsichtig los.

»Was machst du denn für Sachen?«

Flo trat den Rückzug an.

An der Tür winkte er mir noch einmal diskret zu. »Bis morgen, Alter. Halt die Ohren steif!«

»Himmel, Jonas!« Meine Mum sank auf Flos Besucherstuhl und musterte mich besorgt. »Wo bist du da bloß reingeraten?«

»Ich …«

»Sagt dir Kriminalhauptkommissar Kern etwas? Er wartet draußen. Er möchte gleich noch mit dir reden.«

Es hatte keinen Sinn, ihr etwas vorzumachen. Vermutlich hatte Kern sie bereits komplett ins Bild gesetzt. Also begann ich zu erzählen. Die ganze Geschichte. Von Anfang an. Meine Mum hörte mit wachsendem Entsetzen zu. Als ich zu der Stelle mit den beiden Grizzlys vor der Zahnarztpraxis kam, schlug sie die Hände vors Gesicht.

»Zusammengeschlagen?! Jonas! Wieso hast du denn nicht angerufen! Ich hätte doch den nächsten Flieger genommen!«

»Ja, weiß ich doch. Aber ich wollte dir den Urlaub mit Papa

nicht versauen.« Ich merkte selbst, wie lahm mein Einwand klang. »Außerdem wollte ich die Sache allein regeln.«

»Ach, jetzt komm!«, schimpfte sie. »In so einem Fall! Wieso bist du denn nicht zur Polizei gegangen? Kern hat mir berichtet, dass es hier um Bandenkriminalität geht! So was kann man nicht ›allein regeln‹! Was ist das überhaupt für eine Geschichte mit diesem Mädchen?«

»Sie heißt Nika. Und sie ist meine Freundin.«

Jetzt flippte meine Mum schier aus. »Deine – WAS? Ich hör ja wohl nicht richtig! Dieses Mädchen bricht in unser Haus ein und beklaut uns, und du behauptest, sie sei deine Freundin?!«

Meine Mum kapierte wieder einmal gar nichts! »Sie kann überhaupt nichts dafür! Ihre Familie zwingt sie dazu! Ich wollte ihr helfen, damit sie da rauskommt! Die haben sie geschlagen! Mum, du hättest sie sehen sollen: grün und blau im Gesicht. Und dann haben die sie eingesperrt und ihr gedroht, dass sie in den Puff kommt, wenn sie querschlägt! So wie ihre Freundin Leni. Die ist immer noch spurlos verschwunden. Und auch erst fünfzehn.«

Einen Moment blieb es still im Krankenzimmer. Meine Mum starrte mich an, und ich sah, wie es in ihrem Kopf arbeitete. Dann griff sie nach meiner Hand. »Oh Mann, Jonas!!«

»Nika ist abgehauen und dann stand sie eines Abends plötzlich vor unserer Haustür. Flo war da. Was hätten wir tun sollen? Sie wegschicken? Wir wollten ihr doch helfen! Ihr und Leni! Deshalb haben wir ja auch das Auto gebraucht. Wir wollten Nika in Sicherheit bringen, damit ihre Leute sie nicht finden!« Meine Mum wollte schon unterbrechen. Aber ich redete einfach weiter. »Wir haben Nika auf Flos Segelboot gebracht. Und dann bei *Teenphone* angerufen. Das ist diese Notfallnummer, weißt du? Nika wollte nämlich nicht zur Polizei. Aber als die gehört haben, dass Leni im Puff gelandet ist und Nika das Gleiche droht, haben die vom Jugendamt die Polizei eingeschaltet.«

Es klopfte. Meine Mum und ich fuhren auf. Die Tür öffnete sich und ein Mann betrat den Raum. Mittelalt, stahlblaue Augen, schwarzer Koffer. »Kriminalhauptkommissar Peter Kern – wir kennen uns noch nicht«, sagte er und streckte mir die Hand hin. »Tut mir leid, wenn ich störe, aber ich wollte nur etwas vorbeibringen. Das hier gehört vermutlich dir?« Kern zeigte auf den Koffer. Es war mein Sax!

»Oh Mann, danke!«, stammelte ich. Das Sax hatte ich total vergessen! »Wie haben Sie es …?«

»Eine junge Dame hat darauf bestanden, dass ich es dir persönlich vorbeibringe.« Er lächelte vielsagend. »Und ich soll dich schön grüßen!«

Nika! Mein Herz begann zu klopfen. »Wo ist sie? Geht es ihr gut? Kann ich sie sehen?«

»Sie ist in Sicherheit, Jonas. Und es geht ihr gut.« Kern zog sich ebenfalls einen Stuhl heran und setzte sich. »Aber vor allem sind wir sehr froh, dass du überlebt hast. Ich soll dich von meinem Team grüßen.«

»Danke«, stammelte ich und merkte, wie ich rot wurde. »Und was ist jetzt mit Nika? Wo ist sie? Wann kann ich …?«

Kern räusperte sich. »Es tut mir leid, Jonas. Nika ist unsere einzige Zeugin im Prozess gegen die Drahtzieher des Marinić-Clans.«

»Marinić-Clan?«, fragte ich verwirrt. Dann wurde mir bewusst, dass ich Nikas vollen Namen gar nicht kannte. Für mich war sie einfach Nika und nichts weiter.

»Ein krimineller Familienclan. Er ist europaweit aktiv, vor allem im Zusammenhang mit schwerem Bandendiebstahl, Hehlerei und Prostitution. Wir wissen noch nicht genau, wie die Hierarchie innerhalb der Familie funktioniert, aber wir vermuten, dass die Eltern und Großeltern ihren Nachwuchs entsprechend ausbilden und zu kriminellen Handlungen zwingen. Nika gehörte einem Bereich an, der sich auf Einbruch und Autodiebstahl spezialisiert hatte. Doch der Clan ist weit komplexer aufgebaut. Ich möchte jetzt nicht ins Detail gehen. Nur so viel: Es geht hier vor allem um den Handel mit Kindern zwecks Ausbeutung ihrer – nun, sagen wir mal – Arbeitskraft.«

»Mein Gott!«, stöhnte meine Mum. »Wie schrecklich!«

»Und was heißt das jetzt konkret für Nika und mich?«, fragte ich ungeduldig.

Kern sah mich ernst an. »Das heißt konkret, dass du Nika nicht wiedersehen darfst. Es wäre zu gefährlich. Für dich und für Nika.«

Ich sagte nichts. Aber ich spürte, wie etwas tief in mir drin zersprang. So also fühlte sich das an! Ein Abschied ohne Abschied. Verzweifelt versuchte ich, mich an den letzten Augenblick zu erinnern, den Nika und ich miteinander geteilt hatten. Doch da war nur dieses schreckliche Gefühl. Diese Panik, als mir klar wurde, dass ich gleich den Löffel abgeben würde. Und Nikas Verzweiflung. Ihre Tränen. Ihre Hand, die meine Hand umklammerte. Ich schluckte.

»Heißt das, dieses Mädchen ist bereit, gegen ihre eigene Familie auszusagen?«, fragte meine Mum. »Ganz schön mutig, oder?«

»Das ist nicht nur mutig, das kam noch nie vor«, sagte Kern. »Für gewöhnlich reden diese Kids nicht mit uns. Sie werden von ihren Familien darauf trainiert. Aber vielleicht wurde Nika bewusst, dass sie gar nicht zu dieser Familie gehört, sondern nur eines von vielen Kids ist, die sich der Marinić-Clan eingekauft hat.

»Hä? Aber sie redet doch immer von ihren Cousins?«, warf ich ein.

»Weil sie es von klein auf nicht anders kennt«, sagte Kern. »In Wirklichkeit gehen wir davon aus, dass Nikas Oma ihre Enkelin an die Marinićs verkauft hat. Da war Nika fünf.«

Meine Mum schüttelte nur stumm den Kopf.

»Dass Nika bereit ist auszusagen, ist vor allem ihrem Sohn und seinem Freund Florian zu verdanken. Ohne die beiden hätte das Mädchen niemals den Mut zum Aussteigen gefunden.«

Meine Mum griff nach meiner Hand und drückte sie. Die Geste wühlte mich total auf. Ich spürte, welchen Eindruck Kerns Worte auf sie machten: In diesem Augenblick wurde meiner Mum wahrscheinlich klar, dass ich auch mal erwachsen werden könnte.

»Aber was ist mit Jonas?«, fragte sie schließlich. »Können Sie für seine Sicherheit garantieren? Können Sie mir versprechen, dass mein Sohn nicht noch einmal von diesen Kriminellen abgefangen wird?«

»Ich kann Ihnen leider gar nichts versprechen«, seufzte Kern. »Wir stehen erst am Anfang unserer Ermittlungen. Das Ganze kann sich noch Monate hinziehen. Solange es uns nicht gelingt, die Führungsebene des Clans dingfest zu machen, schwebt Ihr Sohn in Lebensgefahr.«

»Aber …«

Kern rutschte unruhig auf seinem Stuhl herum. »Ich schlage vor, dass wir Ihrem Sohn jetzt erst einmal die nötige Ruhe gönnen. Er hat viel durchgemacht. Sobald es ihm besser geht, können wir über alles reden.« Damit erhob er sich und streckte mir seine Hand hin. »Gute Besserung, Jonas. Und alles Gute für dich und deine Zukunft.«

Ich nahm Kerns Hand und schüttelte sie. Trotzdem machten seine Worte mich irgendwie misstrauisch. *Alles Gute für deine Zukunft* – das klang eine Spur zu pathetisch. Ich meine, klar, er und seine Männer hatten dafür gesorgt, dass es für mich überhaupt noch so etwas wie eine Zukunft gab. Und dafür war ich ihm natürlich auch sehr dankbar. Doch ich hatte den Verdacht, dass da noch mehr mitschwang. Könnte es sein, dass Kern ein Wörtchen mitreden wollte, was meine Zukunft betraf?

JONAS

Nach einer Woche durfte ich endlich raus. Die Ärzte meinten, die Stichverletzung sei gut verheilt und ich müsste mir keine Sorgen mehr machen. Nur heben durfte ich nichts Schweres, nicht einmal mein Saxofon. Und Sport war ebenfalls tabu.

Doch wenn ich geglaubt hatte, dass jetzt alles wieder in halbwegs normalen Bahnen verlaufen würde, hatte ich mich getäuscht. Die letzte Ferienwoche war angebrochen und ich verbrachte sie unter Polizeischutz. Rund um die Uhr stand eine Streife vor unserer Tür, und wenn ich irgendwohin wollte, fuhr ich in Begleitung von zwei Beamten.

Und das war noch längst nicht alles. Genau wie ich befürchtet hatte, hatte Hauptkommissar Kern meiner Mum eine Gehirnwäsche verabreicht: Am Tag meiner Entlassung eröffnete sie mir, dass ich Deutschland für ein Jahr den Rücken kehren würde. »Auszeit« nannte sie es und dass es zu meinem Schutz sei und nicht zur Diskussion stünde. Den Flug nach St. George's, der

Hauptstadt Grenadas, hatte sie vorsorglich bereits gebucht. Die Idee, dass ich in die Karibik fliegen sollte, stammte von meinem Dad, den sie natürlich ebenfalls eingeweiht hatte.

Er hatte mir einen Job bei einer Kakao-Kooperative in Grenada beschafft.

»Mann, was soll ich denn da?«, protestierte ich, als meine Mum mich vor vollendete Tatsachen stellte.

»Vor allem sollst du auf andere Gedanken kommen, Jonas. Und dafür ist körperliche Arbeit genau das Richtige. Du wirst beim Pflanzen und bei der Ernte mithelfen, und wenn du Lust hast, kannst du auch bei der Produktion von Schokolade zur Hand gehen.«

»Aber du hast doch immer gepredigt, dass ich erst mal mein Abi machen soll!«

»Ja, das stimmt. Aber nun sieht die Sache ja schon ein wenig anders aus. Du wirst sehen, es wird dir gefallen. Und nebenbei macht sich so ein Jahr auch super in deinem Lebenslauf.«

Es war nicht zu fassen! Eben noch hatte ich den Eindruck, dass meine Mum endlich kapiert hatte, dass ihr Sohn erwachsen wurde, und dann entschied sie einfach über meinen Kopf hinweg!

»Ist doch geil, Mann!«, versuchte Flo, mich am Tag meiner Abreise aufzuheitern. »*Die Inseln über dem Wind* – das klingt doch fantastisch!«

»Das klingt vor allem nach *hinter dem Mond*, Alter!«

»Na, und wennschon! Wie viele Leute wären gerne an deiner Stelle! Außerdem ist das genau das, was du nach dem Stress jetzt brauchst: den ganzen Tag am Strand abhängen, tauchen, schnorcheln, segeln und abends: Bacardi bis zum Abwinken!«

»Von wegen«, widersprach ich. »Mein Alter hat mir einen Job

besorgt. Auf einer Öko-Farm. Ich darf den ganzen Tag auf irgend so 'ner Plantage schuften.«

»Was 'n für 'ne Plantage?«

Ich zuckte die Achseln. »Keine Ahnung. Irgendwas mit Schokolade.« Niedergeschlagen stopfte ich Shorts und T-Shirts in meine Tasche. In vier Stunden ging mein Flieger nach London. Dort hatte ich fünf Stunden Aufenthalt, bevor es weiter nach Barbados ging und dann noch mal eine Stunde bis St. George's. Zwanzig Stunden Reisezeit – so lange dauerte es, bis man den Arsch der Welt erreichte.

»Jetzt komm schon, Dude! Die paar Monate gehen auch vorbei. Und wenn du zurückkommst, lassen wir es richtig krachen. Deal?«

»Und mein Abi? Alter, ich dachte, ich hab's demnächst hinter mir! Jetzt muss ich in einem Jahr noch mal ran – während du … Mann, ich kotze!«

»Hör auf zu heulen! Besser so, als dass dich hier jemand aus Rache in die ewigen Jagdgründe schickt!«

Grummelnd zog ich den Zipper meiner Tasche zu. Pass und Tickets stopfte ich in meine Jeans. Am liebsten würde ich beides verlieren!

Es klopfte. Einer der beiden Sicherheitsmänner, die mich zum Flughafen bringen würden, steckte den Kopf in mein Zimmer. »Fertig?«, fragte er. Bis London würden sie mich begleiten. Die Idee stammte von meiner Mum. Sie wollte auf Nummer sicher gehen, damit mir nicht doch noch einer vom Marinić-Clan auf dem Rollfeld auflauerte. Dabei sollte sie lieber selbst zusehen, dass ihr nichts passierte. Sie hatte nämlich keinen Polizeischutz bekommen.

»Du hältst mich auf dem Laufenden. Falls es Neuigkeiten von Nika oder Leni gibt, will ich das wissen, okay?«, bat ich Flo, bevor ich in das Auto mit den verdunkelten Scheiben stieg.

»Klar, Mann!«, versprach Flo und klopfte mir auf die Schulter. »Mach's gut, Alter! Und schick mir ab und zu ein Update.«

»Mach's besser!«, brummte ich und stieg ein.

Augenblicke später verschwand meine gepanzerte Limousine hinter der nächsten Ecke. Keine Ahnung, was mich in Grenada erwartete, doch für ein oder zwei neue Songs würde es hoffentlich herhalten.

VALENTINA

Jule Schwarz hatte über Airbnb eine winzige Ferienwohnung am Rande einer verschlafenen Kleinstadt angemietet. Neben einer Wohnküche mit Theke und einem Bad ohne Tageslicht gab es nur noch ein einziges Zimmer, das Jule und ich uns teilten. Im Grunde war es okay, bis auf die Tatsache, dass es intensiv nach einer Mischung aus alter Ölheizung und nassem Hund roch.

»Es ist wirklich nur für den Übergang«, sagte Jule, als wir uns in dem Apartment umsahen. »Sobald wir alle Dokumente für deine Tarnidentität beisammen haben, geht's weiter. Versprochen.«

Doch die Papiere kamen nicht. Nicht in dieser Woche und auch nicht in der nächsten. Als die dritte Woche anbrach, begann die Luft zwischen uns zu knistern, und wir spürten beide, dass es nicht mehr lange dauern würde, bis eine von uns an der Decke kreiselte. So gut wie möglich gingen wir uns aus dem Weg, doch die Enge in unserer Behausung machte es uns nicht gerade einfach.

Im Gegensatz zu Jule durfte ich die Wohnung nicht verlassen. Ich durfte nicht einmal auf den Balkon. Jules Sicherheitswahn ging sogar so weit, dass sie verlangte, dass ich von den Fenstern wegblieb, damit mich keiner von der Straße aus sah. »Das ist doch total übertrieben!«, fuhr ich sie irgendwann an. »Wer soll mich denn hier schon sehen?«

Doch bei Jule biss ich auf Granit. »Das sind die Regeln, Nika. Besser, du gewöhnst dich dran.«

Es war, als hätte jemand in meinem Leben auf *Pause* geklickt. Der Film war mittendrin stehen geblieben. Ein verzerrtes Standbild, auf dem die Hauptfigur merkwürdig unscharf war. Dabei wollte ich endlich wissen, wie es weiterging! Wohin würden sie mich bringen? Was erwartete mich dort? Wie lange würde ich jemand anderes sein müssen? Was war mit Kerns Ermittlungsgruppe? Machten seine Leute Fortschritte? Hatten sie Leni gefunden? Stjepan? Milan? Was war mit Igor und Viktor? Wann kamen sie endlich vor Gericht? Und natürlich auch: Wie ging es Jonas? War er wieder zu Hause? Machte er noch Musik? Dachte er manchmal an mich? Ich vermisste ihn so sehr! Immer wieder musste ich den Impuls unterdrücken, einfach von hier abzuhauen. Zu ihm zu fahren. Mich in seinem Flush zu verkriechen und nie wieder rauszukommen. Wenn schon eingesperrt sein, dann wenigstens dort! Aber ich wusste, dass es egoistisch war, so zu denken. Jonas' Leben hatte schon einmal auf dem Spiel gestanden. Zweimal sogar. Ein drittes Mal durfte das nicht passieren.

Natürlich merkte Jule, dass es mir nicht gut ging. Doch sie hatte auf keine meiner Fragen eine zufriedenstellende Antwort. Sie schüttelte immer nur den Kopf oder verwies auf Kern, an den ich mich wenden sollte, sobald ich ihn wiedersah.

Eines Morgens wachte ich auf und stellte fest, dass ich allein in der Wohnung war. Auf der Küchentheke lag ein Zettel. »Bin einkaufen« stand da und dass Jule gegen Nachmittag zurück sein würde. Ich zerknüllte den Zettel und feuerte ihn in die Spüle. Natürlich hatte sie die Haustür abgeschlossen. Ich warf einen kurzen Blick auf das Schloss. Lächerlich! Es zu knacken, würde mich keine drei Minuten kosten. Doch ich würde es nicht tun. Natürlich nicht!

Wie ein Tiger im Käfig streifte ich durch die Wohnung. Vielleicht gab es ja irgendetwas, womit ich mich ablenken konnte? Aus purer Langeweile durchstöberte ich schließlich meine wenigen Habseligkeiten und stieß dabei auf Jasmins blaue Haarfarbe. Die Packung war noch fast voll. »Midnight Blue« stand darauf.

Warum eigentlich nicht? Ich musste ohnehin demnächst in eine andere Rolle schlüpfen. Warum nicht jetzt gleich? Solange Jule weg war. Dann konnte sie mir wenigstens nicht reinquatschen! Und wenn es ihr nicht passte, musste sie mich eben zum Friseur bringen. Blau ging nämlich nicht so einfach raus. Und dann würde ich endlich einmal aus diesem Loch herauskommen!

Sofort machte ich mich an die Arbeit. Während ich die beiden Flüssigkeiten zusammenmischte und kräftig schüttelte, musste ich an Jasmin und Samira denken. Vielleicht wären wir irgendwann noch richtig gute Freundinnen geworden. Vielleicht sogar so wie Jonas und Flo. Die beiden waren ja irgendwie unzertrennlich. Und das war auch gut so, denn wer, wenn nicht Flo, konnte Jonas jetzt über die ganze Scheiße mit mir und meinen Leuten hinweghelfen? »Cheers, Samira und Jasmin!«, rief ich und prostete meinem Spiegelbild zu. »Und auf euch, Jonas und Flo. Auf die Freundschaft!«

Sorgfältig verteilte ich die Farbe auf meinen Haaren und packte zum Schluss noch eine Plastiktüte und ein großes Handtuch um meinen Kopf. Wenn schon Blau, dann sollte es so richtig knallig werden!

Meine Verwandlung dauerte etwa eine Stunde. Nach dem Föhnen wagte ich einen ersten Blick in den Spiegel.

Eine Fremde sah mir entgegen. Ich kannte weder ihren Namen, noch wusste ich, wo sie wohnte oder was sie erlebt hatte. Doch nachdem ich mir Jules Lippenstift und ihren Haarlack geborgt hatte, lächelte mich das Mädchen spitzbübisch an. Sie sah frech aus. Unerschrocken, ja fast schon draufgängerisch. Ich mochte sie.

Gegen Nachmittag kehrte Jule zurück. Als ich den Schlüssel im Schloss hörte, platzierte ich mich an der Küchenbar. Bestimmt würde sie gleich Augen machen!

Doch Jule kam nicht allein. Hinter ihr tauchte noch jemand auf. Es war Kern! Als die beiden mich sahen, blieben sie wie angewurzelt in der Tür stehen. Kern warf Jule einen fragenden Blick zu, doch die zuckte nur mit den Schultern. *Damit hab ich nichts zu tun*, schien ihre Geste zu sagen.

»Hallo, Nika«, sagte Kern und setzte ein Pokerface auf.

»Hi«, sagte ich und strich mir nervös eine mitternachtsblaue Strähne aus dem Gesicht.

»Interessante Farbe – so natürlich«, bemerkte er trocken. Komplimente hatte er wohl nicht in seinem Repertoire.

»Cooler Lippenstift«, sagte Jule und zog die rechte Augenbraue hoch.

Ich merkte, wie ich rot anlief. »Sorry«, sagte ich kleinlaut. »Der stand da so herum.«

»Schon okay.« Jule winkte ab und wuchtete ihre Tüten auf die Theke. »Woher hattest du das Zeug?«

»Eine aus meiner alten WG hat es mir geschenkt.«

»Ich hatte eigentlich eher an etwas Dezenteres gedacht«, knurrte Kern und schälte sich aus seiner Jacke.

Jule räusperte sich. »Ganz ehrlich, Kern? Ich find's super. Für Berlin ist das genau der richtige Look.«

Kern seufzte, verkniff sich aber alle weiteren Kommentare.

»Also geht's nach Berlin?«, fragte ich gespannt.

Die beiden nickten. »Wir haben dir einen Platz in einer Mädchen-Wohngruppe in Berlin-Mitte besorgt«, sagte Kern. »Dort wurdest du schon als *Valentina Novak* angekündigt.«

»Valentina Novak«, murmelte ich, um mir den Namen einzuprägen.

»Valentina ist italienisch und bedeutet *die Mutige*«, erklärte Jule. »Wir waren der Meinung, dass das ganz gut zu dir passen könnte. Besonders jetzt.« Sie grinste. »Was sagst du zu dem Namen?«

Ich zuckte die Achseln. Valentina Novak war eine Fremde. Ich musste erst noch herausfinden, ob ich mit ihr klarkam.

»Du wirst dich sicher schnell daran gewöhnen.« Kern zog eine Mappe aus seinem Rucksack. Als er sie aufklappte, stach mir sofort die kleine Plastikkarte ins Auge. »Hier ist schon mal dein neuer Personalausweis«, sagte er und zeigte mir das Kärtchen.

Verwirrt betrachtete ich mein Foto. Wie hatten die das gemacht? »Aber den kriegt man doch erst mit sechzehn?«

»Wir haben beschlossen, dich ein paar Monate älter zu machen«, sagte Kern.

»Wieso?«

»Weil wir möchten, dass du deinem früheren Ich so unähnlich wie möglich bist«, erklärte Jule.

»Na, daran hast du ja schon ganz prima gearbeitet«, sagte Kern und legte meine Unterlagen auf die Küchenbar. Dann fing er Jules gereizten Blick auf und machte eine beschwichtigende Handbewegung. »Sorry«, brummte er und setzte sich auf einen der Barhocker.

»Die meisten aus deinem Clan kennen dich als Zwölfjährige«, fuhr Jule fort. »Außer den beiden Inhaftierten hat keiner von ihnen das Bild einer jungen Frau vor Augen.«

Das stimmte. Stjepan hatte ja immer darauf geachtet, dass ich wie ein Kind aussah. Vielleicht war die Idee gar nicht so verkehrt. Besser jedenfalls, als ständig jünger gemacht zu werden, als man tatsächlich war.

»Dennis Rösler«, sagte Kern unvermittelt, und ich spürte, wie mir eine Gänsehaut über den Rücken lief. »Wir haben ihn bei einer Verkehrskontrolle geschnappt. Er hat versucht, sich nach Belgien abzusetzen.«

»Und jetzt?«, fragte ich nervös. »Was passiert jetzt mit ihm?«

»Momentan sitzt er in U-Haft. Und wegen Flucht- und Verdunkelungsgefahr bleibt er dort auch bis zu seinem Prozess.«

»Aber Leni haben Sie nicht gefunden?« Obwohl ich die Antwort bereits kannte, musste ich die Frage einfach stellen.

Es konnte doch nicht sein, dass Leni für immer verschwunden blieb!

Wie erwartet schüttelte Kern den Kopf. »Nein. Von ihr gibt es bisher keine Spur. Übrigens auch nicht von deinem Onkel Stjepan und seiner Frau Irina. Mittlerweile werden die beiden sogar von Interpol gesucht. Wir haben in ihrer Wohnung gefälschte

Dokumente sichergestellt. Außerdem Laptops, Tablets und eine Kiste voller Handys. Die müssen alle noch ausgewertet werden.«

»Und Milan?«

Kern schüttelte erneut den Kopf. »Auch der ist flüchtig.«

Ich ließ die Schultern hängen. Viel hatte diese tolle Sonderermittlungsgruppe ja noch nicht erreicht. Aber eigentlich wunderte es mich nicht.

Die Marinićs hatten überall ihre Schlupflöcher, und Hilfe aus dem Ausland war überhaupt kein Problem – auch von Seiten der Behörde. Vermutlich würde sich Interpol die Zähne an ihnen ausbeißen.

»Und was ist mit Jonas?«, traute ich mich endlich, die Frage zu stellen, die mich am meisten beschäftigte.

Kern musste die Frage erwartet haben. Seine Antwort kam ohne ein Zögern. »Es geht ihm gut, Nika.«

»Woher wissen Sie …?«

»Ich habe mit ihm gesprochen. Und ich habe ihm sein Saxofon gebracht. Er hat sich sehr gefreut. Grüßen soll ich dich natürlich auch von ihm.«

Ein Gefühl der Erleichterung durchströmte mich. Jonas hatte es geschafft! Alles würde gut werden.

»Er hat Deutschland für eine Weile verlassen.«

»Was? Aber …«

»Glaub mir, es ist besser so. Und bevor du fragst: Nein. Ich werde dir nicht sagen, wohin er gegangen ist und wie lange er fortbleibt. Es ist zu riskant. Wir wissen nicht, inwieweit dein Clan in Jonas' Fall bereit ist, Vergeltung zu üben.«

Wie das klang: *Vergeltung üben*. Als hätten meine Leute jemals üben müssen, wenn es um Rache gegangen war! Aber Kern hatte natürlich recht. Für Jonas war es sicherer. Auch wenn ich den Gedanken daran kaum ertragen konnte.

Kern blieb noch eine Weile, und wir besprachen, wer Valentina Novak war, woher sie kam, wann sie Geburtstag hatte und welche Hobbys. Ich versuchte, mir alles genau einzuprägen, denn Kern wollte nicht, dass ich mir Notizen machte. Nach der dritten Abfrage war er endlich zufrieden.

»Ich muss los«, sagte er mit Blick auf seine Uhr. »Ich melde mich, sobald ein Gerichtstermin feststeht. Aber du musst keine Angst haben. Du wirst deinen beiden Cousins nicht begegnen. Es wird eine Videovernehmung geben. Jule wird dich an diesem Tag begleiten.«

Ich nickte nur. Aber so ganz vorstellen konnte ich mir die Situation nicht. Was, wenn ich keine Antwort auf die Fragen hatte, die man mir stellte? Oder wenn die Richter mir nicht glaubten?

Zwei Tage später ging es auch für mich endlich weiter. Wir machten uns auf den Weg nach Berlin. Laut Jules Navi lagen vier Stunden Fahrt vor uns, doch unterwegs gab es zahlreiche Staus, sodass wir nur langsam vorankamen.

Während der Fahrt stellte Jule mir ein paar belanglose Fragen über das, was ich demnächst so vorhatte. Außer wieder in die Schule zu gehen, natürlich. Als ich ihr von meiner Bucket List berichtete und einige Punkte aufzählte, die ich demnächst abhaken wollte, horchte sie auf. »Bungeejumping?«, fragte sie ungläubig. »Im Ernst?«

»Unbedingt!«, sagte ich. »Ich möchte diesen ultimativen Kick spüren. Dieses Gefühl, dass ich allem die Stirn bieten kann. Sogar dem Tod.«

Jule schauderte. »Also für mich wäre das nichts! Dazu bin ich viel zu sehr Kopfmensch. Ich müsste immer daran denken, dass das Seil reißt, an dem ich hänge.«

»Aber das ist doch gerade der Witz bei der Sache!«

»Witz?!« Jule schüttelte den Kopf. »Irgendwo runterspringen, finde ich überhaupt nicht witzig. Ich hab total Höhenangst. Aber nicht weitersagen!« Jule warf mir einen Seitenblick zu, der bestätigte, dass sie mir gerade ihr finsterstes Geheimnis anvertraut hatte. »Aber du hast Glück. In Berlin kannst du tatsächlich so etwas in der Richtung ausprobieren. Am Alexanderplatz gibt's ein Hotel, von dem die Leute herunterspringen. Da heißt es allerdings *Baseflying*.«

Baseflying. Der Begriff brannte sich in mein Gehirn. Genau das war es. Ich wollte fliegen wie ein Vogel. Und auch genauso frei sein!

Gegen elf Uhr abends kamen wir endlich in Berlin an. Jule kämpfte sich durch den Verkehr, der um diese Zeit immer noch dicht war. Zuletzt parkte sie den Ford im Halteverbot vor einem Mehrfamilienhaus mit grauer Fassade und schmalen Balkons. Als wir an der Haustür klingelten, ertönte sofort ein Summer. Wir liefen durch den Hausflur und gelangten durch eine weitere Tür in einen Hof. Die Wohngemeinschaft befand sich im Hinterhaus und erstreckte sich über vier Etagen.

Eine kräftige Frau Mitte vierzig wartete schon an der Tür. »Christine«, stellte sie sich vor. Sie war eine der Betreuerinnen, sprach breites Berlinerisch und beendete jeden zweiten Satz mit »wa?«. Sie gab uns eine kurze Führung durch das Haus, wobei ich feststellte, dass die neue WG meiner alten nicht unähnlich war. Im Erdgeschoss befanden sich Büro- und Computerräume, ein Wohnzimmer und eine riesige Gemeinschaftswohnküche mit kleinem Balkon für die Raucherinnen. Darüber teilten sich jeweils zwei Mädchen eine Etage. »Unsere Jüngste ist vierzehn, die Älteste achtzehn«, erklärte Christine. »Jede hat ihr eigenes Zimmer. Außerdem gibt's noch ein Bad und eine kleine Küche auf jeder Etage. Aber ihr dürft zum Kochen auch gerne runterkommen. Mo, unsere Praktikantin, macht übrigens hervorragende Kartoffelpuffer und unsere Hauswirtschafterin backt für ihr Leben gern.« Außer Christine und Mo gab es noch vier Betreuerinnen sowie eine Psychologin für Einzelgespräche.

Das Mädchen, mit dem ich mir das Stockwerk unterm Dach teilte, hieß Makeda. Sie lächelte zurückhaltend, als Christine mich vorstellte. »Hallo«, sagte sie nur und vergrub sich dann wieder hinter ihrem Handy.

»Makeda ist schon ein Jahr bei uns«, erklärte Christine. »Bestimmt werdet ihr euch gut verstehen.«

Viel später, als ich endlich in meinem Zimmer allein war, ließ ich die letzten Wochen an mir vorbeiziehen. So viel war passiert. Auch so viel Schreckliches. Im Grunde konnte es jetzt nur noch bergauf gehen.

EIN JAHR SPÄTER

VALENTINA

»Kommst du gleich mit zum Alex?«

Makeda machte große Augen. »Ist heute dein großer Tag?«, fragte sie und wickelte zwei ihrer winzigen Zöpfe um ihren Zeigefinger. Das tat sie immer, wenn sie aufgeregt war.

»Genau«, sagte ich und war mir selbst nicht mehr sicher, ob ich das auch wirklich tun wollte. »In gut einer Stunde geht's los. Falls sie mir nicht doch noch absagen.«

»Warum sollten sie?«

»Keine Ahnung. Vielleicht weil es zu windig ist?«

Makeda warf einen Blick aus dem Dachfenster. »Kein bisschen windig«, meinte sie. »Der Himmel ist ganz blau.«

»Na, dann«, sagte ich und spürte, wie mich ein Kribbeln erfasste. Egal. Ich würde die Sache durchziehen, ganz gleich, wie viel Schiss ich davor hatte.

Mittlerweile machten Makeda und ich fast alles gemeinsam. Wir gingen gemeinsam zur Schule, halfen uns gegenseitig bei den

Hausaufgaben oder kochten in unserer winzigen Küche. Manchmal hingen wir auch mit den anderen aus der WG ab, hörten Musik, sahen fern oder quatschten.

Makeda kam aus Eritrea, was irgendwo in Afrika lag. Sie war vor Söldnern geflohen, die ihr Dorf heimgesucht hatten. So ganz hatte ich ihre Geschichte nicht kapiert. Nur so viel, dass die Armee junge Leute einsammelte, um sie zum Militärdienst zu zwingen, selbst wenn sie noch nicht volljährig waren. Auf diese Art waren Makedas Schwester und einige ihrer Freundinnen spurlos verschwunden. Von ihrer Flucht erzählte sie nie. Als ich sie einmal danach fragte, rannte sie in ihr Zimmer und verschanzte sich dort für mehrere Stunden. Die Geschichte mit ihrer Schwester erinnerte mich irgendwie an Leni. Auch sie war spurlos verschwunden, wenn auch aus anderen Gründen. Ich beschloss, dass ich Makeda eines Tages von Leni erzählen würde. Vermutlich würde sie das nicht besonders trösten, doch es würde ihr zumindest zeigen, dass ich wusste, was sie fühlte.

»Hast du Lust, das Ganze zu filmen?«, fragte ich.

Makeda nickte. »Und dann ein Eis!«

»Deal! Aber ich lade dich ein!«

Das Leben in der Berliner Mädchen-WG war anders als alles, was ich bisher gekannt hatte. Die Leute hier interessierten sich für mich und fragten, wie es mir ging. Sie halfen mir bei den Hausaufgaben, begleiteten mich bei Behördengängen oder gingen mit zur Bank, damit ich ein Konto eröffnen konnte. Falls ich morgens verpennte, kam jemand und klopfte an meine Tür, und wenn ich mittags aus der Schule kam, hatte jemand gekocht. Natürlich gab es auch immer mal wieder Spannungen, vor allem, wenn jemand versuchte, sich um die Dienste in der WG zu drücken. Aber die Zickenkriege waren nichts im Vergleich zu den Kämpfen, die ich mit Igor, Pavel oder Stjepan ausgefochten hatte.

Doch das Allerwichtigste: Zum ersten Mal ging es tatsächlich nur um mich. Um die Frage, wie ich mir meine Zukunft vorstellte und was ich tun musste, damit ich meine Ziele erreichte.

Mit Jule Schwarz traf ich mich täglich. Offiziell war sie mein Vormund. Inoffiziell war sie meine Verbindung zu Kern, der in regelmäßigen Abständen hier aufkreuzte, um mich zu meinen Leuten zu befragen und mich auf dem Laufenden zu halten, was die Verhandlungen betraf.

Doch auch wenn ich jetzt als Valentina ein vollkommen anderes Leben führte, in einer anderen Stadt und unter Polizeischutz – an der Angst, eines Tages einem der Marinićs zu begegnen, hatte sich nichts geändert.

Von Milan und Roko fehlte nach wie vor jede Spur. Die Schweine hatten sich irgendwo verkrochen. Manchmal träumte ich von ihnen. Dann schreckte ich mitten in der Nacht hoch, zitternd und schweißgebadet und unfähig, noch einmal einzuschlafen. Ich wünschte mir nichts sehnlicher, als dass sie endlich verknackt wurden. Am besten lebenslänglich und mit Sicherungsverwahrung!

Die Polizei hatte Vladimirs Villa gefilzt und jede Menge Diebesgut sichergestellt. Vladimir selbst war ebenfalls abgetaucht. Allein Mira und Saskia waren gefasst worden. Ihre Prozesse liefen noch, während Fina vermutlich in einem Heim oder bei Pflegeeltern gelandet war. Das zumindest hoffte ich für sie.

Nach langwierigen Gerichtsverhandlungen, bei denen ich

mehrfach befragt wurde, waren Igor und Viktor zu einer mehrjährigen Haftstrafe verurteilt worden. Viktor sogar zu fünfzehn Jahren Knast, da man ihm den Mord an Mateo nachgewiesen hatte.

Wie versprochen hatte Kern sich dafür stark gemacht, dass ich nicht persönlich vor Gericht erscheinen musste. Die Ermittlungsrichterin befragte mich per Videovernehmung, wobei mich die Kamera nur von hinten filmte, damit Igor und Viktor nicht mitbekamen, wie ich jetzt aussah. Das hinderte Igor trotzdem nicht daran, mir vor der Richterin zu drohen. »Sobald ich hier raus bin, finde ich dich, Nika. Egal, wo du dich versteckst!«

Ich hatte Wochen gebraucht, bis ich Igors Drohung verdaut hatte, und es war gut, dass es in unserer WG eine Psychologin gab, mit der ich reden konnte. Obwohl sie keine Details kannte, weil ich ihr nur einen Bruchteil erzählen durfte, schaffte sie es irgendwie, mir Mut zu machen.

»Bist du bereit?«, riss Makeda mich aus meinen Gedanken.

Ich warf einen Blick auf mein Handy. Es war Zeit. »Bereit!«, sagte ich.

Wir machten uns auf den Weg zur S-Bahn. Jetzt, wo die Stadt kein Jagdrevier mehr für mich war, hatte ich endlich Zeit, all die Dinge auszuprobieren, die andere mit sechzehn längst ausgecheckt hatten. Ich hatte mir vorgenommen, dass ich so nach und nach sämtliche Punkte abarbeiten würde, die ich auf meiner Bucket List auf Jonas' Handy gespeichert hatte. Heute würde ich hinter einen ganz besonders wichtigen Punkt einen Haken setzen.

Als wir am Alex ankamen, wurde mir dann doch etwas mulmig zumute. Von hier unten sah das Ganze verdammt hoch aus!

»Makeda, ich glaub, ich hab Schiss«, jammerte ich und überlegte, ob ich die Sache lieber abblasen sollte.

»Du schafft das!«, sagte Makeda und umarmte mich. »Los, gib mir dein Handy.«

Während Makeda mit meinem Handy auf dem Platz zwischen all den Menschen zurückblieb, betrat ich die Lobby des Park Inn Hotels. Mein Herz klopfte, als ich den Fahrstuhl bestieg und nach oben düste. Das letzte Stück legte ich zu Fuß zurück, denn der Aufzug ging nicht bis ganz oben.

Der Blick auf Berlin war atemberaubend. Unten wuselten Menschen wie winzige bunte Punkte durcheinander. Irgendwo dort stand Makeda und wartete, dass ich sprang. Gegenüber glitzerte die Silberkugel des Fernsehturms in der Sonne.

»Kann ich mal dein Ticket sehen?« Eine junge Frau mit blondem Pferdeschwanz streckte ihre Hand nach meinem Ticket aus und nickte, als ich ihr Jules Einverständniserklärung zeigte. Damit ich mir den Sprung überhaupt leisten konnte, hatte sie sie mir zusammen mit einer kleinen Spende zum sechzehnten Geburtstag überreicht.

»Okay, du kannst durch«, sagte die Frau. »Viel Spaß.«

Zwei Jungs vom Team legten mir die Gurte an und zogen mich probehalber nach oben. Ich kam mir furchtbar ausgeliefert vor. Augenblicke später stand ich auch schon auf der Rampe. Wie ein langes Sprungbrett ragte sie über den Platz hinaus. Ich sah nach unten. Oh Gott!

»Bereit?«, fragte der Typ von der Crew neben mir.

Ich nickte und die beiden Jungs zogen mich hoch. Jetzt baumelte ich über dem Abgrund. Vielleicht sollte ich doch lieber nicht …?

»Drei, zwei, eins …«

Ein kurzer Moment der Panik, während ich noch schwebte. Sekundenbruchteile später fiel ich. Der Fahrtwind zerrte an meinen Kleidern. Gebäude huschten vorbei. Ich breitete die Arme aus und spürte, wie sich ein wahnsinniges Glücksgefühl in meinem Körper ausbreitete. Es pulsierte durch meine Adern und erfüllte mich vom Kopf bis in die Zehen. Ich flog! Und ich war frei!

Viel zu schnell wurde ich abgebremst. Ein sanftes Rucken und dann war es auch schon vorbei. Zwei Jungs halfen mir aus den Gurten. »Alles gut?«, fragte der eine.

»Ich will noch mal!«, sagte ich und strahlte über das ganze Gesicht. In diesem Augenblick hätte ich die ganze Welt umarmen können. Mit weichen Knien, aber zum Platzen glücklich verließ ich die Plattform.

Makeda wartete schon auf mich. Gemeinsam sahen wir uns das Video an, das sie von meinem Sprung gedreht hatte. Kaum zu glauben, aber der Flug hatte nur knapp zehn Sekunden gedauert. Trotzdem würde ich mich mein ganzes Leben lang daran erinnern.

»Jetzt ein Eis?«, fragte ich, und Makeda nickte. Auf dem Weg zur Eisdiele kamen wir an einem Souvenirshop vorbei. Vor der Tür entdeckte ich einen Postkartenständer mit unzähligen Karten, hauptsächlich von Berlins Sehenswürdigkeiten. Ganz oben lachte mich eine der Postkarten geradezu an. Ich nahm sie heraus und betrachtete sie. Die Abbildung zeigte den Berliner Fernsehturm bei Nacht. Im Hintergrund ein bleicher Vollmond, im Vordergrund ein Mädchen mit ausgestreckten Armen und wehenden Haaren an einem Seil. Darunter der Satz »Ich flieg auf dich!«.

Ich musste die Karte einfach kaufen! »Haben Sie auch einen Umschlag?«, fragte ich den Verkäufer. Vielleicht war es paranoid, doch ich wollte auf Nummer sicher gehen.

In der Eisdiele bat ich Makeda, für mich die Adresse auf den Umschlag zu schreiben. Sie hatte eine sehr ordentliche Handschrift, die man so gar nicht mit mir in Verbindung bringen würde. Ich zog mir die Lippen nach und setzte einen Kussmund auf die Rückseite der Postkarte. Unter Makedas fragendem Blick tütete ich die Karte ein und klebte eine Briefmarke darauf. »Erinnere mich daran, dass ich sie nachher noch einwerfe«, sagte ich und grinste Makeda an.

Makeda lächelte zurück. »Möchtest du mir von ihm erzählen?«, fragte sie und versenkte ihren Löffel in ihrem Spaghettieis.

JONAS

»Welcome back!« Das bunte Schild und die beiden Luftballons stachen mir sofort ins Auge, als ich frühmorgens aus meinem Flieger stieg und durch den Zoll marschierte. Als Nächstes entdeckte ich Flo.

Er stand hinter der Absperrung und winkte wie irre, als er mich sah. Er hatte sich die gelb-grün-rote Flagge von Grenada um die Schultern gewickelt und hüpfte begeistert auf und ab. »Yo, Ginger! Hierher! Ginger!«

»Alter! Wie geil ist das denn?« Wir fielen uns um den Hals und lachten und heulten gleichzeitig. »Woher wusstest du, dass ich heute ankomme?«

»Deine Mutter hat es mir gesteckt.«

Typisch Mum. Irgendwie musste sie gemerkt haben, dass ich total Schiss vor meiner Heimkehr hatte. Na ja, kein Wunder. Ich hatte ihr ja auch die Ohren vollgeheult, von wegen keinen Bock auf Schule und so.

Grenada war schon mega gewesen – hätte ich nicht gedacht. Eine Weile hatte ich sogar mit dem Gedanken gespielt zu verlängern. Die Insel war traumhaft schön, die Leute supernett und die Arbeit auf der Plantage hatte mir echt Spaß gemacht. Eine Woche war ich mit meinem Dad herumgereist, doch die meiste Zeit war ich mit der Belegschaft zusammen gewesen.

»Hey, Maître Chocolatier! Du hast ja voll das Sixpack bekommen!« Flo pikste mir in den Bauch und grinste anerkennend. »Steht dir, Alter!«

»Finger weg! Das sind keine Muskeln. Das ist Schokolade.«

»Ach, deshalb siehst du so zum Anbeißen aus! Apropos: Wie war's denn bei den Schoko-Ökos? Los, erzähl schon!«

»Super war's!« Ich setzte meinen Rucksack ab und kramte nach dem Päckchen Schokolade, das ich Flo mitgebracht hatte. »Für dich«, sagte ich. »Meine Lieblingssorte. Knapp hundert Bohnen stecken dadrin. Ich kenn jede einzelne mit Namen.«

»Ohne Scheiß? Hast du die alle selbst geerntet?«

»Klar, Mann. Und vor der Verarbeitung hab ich sie alle persönlich abgelutscht. War 'ne Scheißarbeit!«

»Respekt!« Flo nahm die Schokolade und beäugte das bunte Papier. *»Award-winning dark chocolate from organic and sustainable bean to bar chocolate production«*, las er vor. »Und? Schmeckt die auch?«

»Of course, my horse!«, sagte ich voller Überzeugung. »Gib sie zurück, wenn du sie nicht magst.«

»Träum weiter!«, grunzte Flo und riss das Papier auf. »Die wird vernichtet, bevor meine Brüder die in die Finger kriegen!« Damit biss er ein Stück von der Tafel ab und kaute genüsslich. »Boah, geil! Voll schokoladig!«

»Oder!?« Das Beste an meinem Aufenthalt auf der Plantage war meine Rolle als Touristen-Guide gewesen. Ich hatte Reisegruppen aus allen Ecken der Welt durch die Kooperative geführt und ihnen die Arbeit unserer Leute gezeigt. Gemeinsam waren wir über die Plantage gepilgert, hatten uns den Anbau und die Ernte angeschaut und die Fabrik besichtigt, in der die Bohnen geröstet und zu Schokolade verarbeitet wurden. Am Schluss hatte es dann immer eine Verköstigung gegeben. Die Besucher hatten sich durch die verschiedenen Sorten durchprobieren und ein Ranking abgeben dürfen. Flos Schokolade war bei den meisten Besuchern der absolute Renner gewesen.

Während mein Leben sich vor allem um Schokolade gedreht hatte, hatte Flo sein Abi bestanden und seinen Führerschein gemacht. Jetzt schmiedete er bestimmt schon jede Menge Pläne für die Zukunft. Während meines Aufenthalts in Grenada hatten wir nur sporadisch gechattet und das Thema Zukunft hatte dabei keine große Rolle gespielt. Flo hatte ziemlich bald geschnallt, dass es mich frustrierte, dass er vor mir mit der Schule fertig werden würde. Also haben wir über andere Dinge gesprochen, hauptsächlich über Musik.

»Am Freitag ist wieder Jam-Session in der Centralstation.« Flo sah mich fragend an. »Hast du Lust?«

»Alter, ich hab ein Jahr lang nicht gespielt. Ich bin total eingerostet!« Das war gelogen. Auf Grenada hatte ich sehr wohl Musik gemacht. Wenn auch komplett andere, hauptsächlich Reggae. Ich hatte das Grenada Music Festival besucht, einen Workshop gemacht und mir eine Trommel gekauft, die Flo jetzt mit hochgezogenen Augenbrauen musterte.

»Nee, ist klar, Mann«, sagte er und grinste breit.

Ich spürte, wie ich rot wurde. »Alter, ich kann da nicht hin. Ich … Mann!« Ich wurde den Gedanken an Nikas Messerstecher einfach nicht los. Die Vorstellung, am Freitag wieder in diesem Klub aufzuschlagen, trieb mir jetzt schon den Angstschweiß auf die Stirn.

»Easy, Dude. Ich mein doch nur zum Zuhören.«

»Mal sehen«, gab ich zögernd zurück.

»Kannst es dir ja noch überlegen«, sagte Flo und klopfte mir brüderlich auf die Schulter. »Jetzt fahr ich dich erst mal heim.«

Wir liefen zum Parkhaus, wo Flo den Mini seiner Mutter geparkt hatte. Nachdem meine Sachen im Kofferraum verstaut waren, fuhren wir zu mir nach Hause. Als wir vor der Haustür hielten, war Flos Schokolade Geschichte.

»Kommst du noch mit rein?«, fragte ich ein wenig beklommen. Irgendwie war es komisch, nach einem Jahr wieder nach Hause zu kommen. Alles sah aus wie immer. Als wäre die Zeit stehen geblieben. Obwohl, nicht ganz. Meine Mum hatte die Scheibe reparieren lassen und an der Wand hing eine neue Flachbildglotze. Auch der Esstisch war neu. Auf der polierten Holzplatte stand eine Flasche Prosecco. Daran lehnte eine Karte von meiner Mum: »Willkommen zu Hause, Jonas!« Daneben ein Schuhkarton, in dem sie meine Post gesammelt hatte.

Ich streifte den Stapel mit einem Blick und beschloss, dass ich mich später darum kümmern würde. Aber dann fiel mir der Umschlag auf. Er lag ganz obenauf, und ich war neugierig, wer mir wohl einen Brief schrieb. Einen Absender fand ich keinen, doch der Poststempel war aus Berlin.

»Voll oldschool!«, murmelte ich und riss den Umschlag auf. Eine Postkarte kam zum Vorschein. Ich erkannte den Berliner

Fernsehturm bei Nacht. Dahinter ein kitschiger Vollmond. Im Vordergrund eine Gestalt mit ausgestreckten Armen an einem Seil. Darunter der Satz »Ich flieg auf dich!«.

Mein Herz machte einen Satz.

Mit zitternden Fingern drehte ich die Karte herum. Sie war leer, bis auf einen kirschroten Kussmund, den jemand mit Lippenstift auf die Karte geküsst hatte.

»Flo?«

Flo, der gerade mit meinem zweiten Koffer hereinstolperte, blieb stehen. »Was?«

Wortlos hielt ich ihm die Karte hin. Flo warf einen kurzen Blick drauf, dann drehte er die Karte um. »Oha!«, rief er, als er den Kussmund sah. »Die Bucket List!«

»Denkst du auch, was ich denke?«

Flo lächelte wehmütig. »Du bist ein Glückspilz, Ginger. Sieh zu, dass du hier fertig wirst und nach Berlin abhaust. Ich hab gehört, dass man da prima Musik studieren kann.«

»Und du?«

»Ich besuch dich dann. Mit der *Mistral.* Angeblich kann man auf dem Wannsee megamäßig segeln. Nur angetrieben von Luft und Liebe.«

»Hä?«

»Der Liebe zum Wasser, meine ich.«

»Nee, ist klar«, meinte ich schmunzelnd. Und in diesem Augenblick wusste ich, wie es für mich nach dem Abi weitergehen würde: Ich würde mich auf die große Suche machen. Auf die Suche nach einem Mädchen, das ich mal gekannt hatte. Ein Mädchen, das vor Kurzem noch Nika hieß und das jetzt vermutlich einen ganz anderen Namen trug. Ein Mädchen, das ich eines

Tages finden würde, da war ich mir absolut sicher. Und dann würden wir noch einmal ganz von vorne anfangen.

Natürlich magellan©

FSC
www.fsc.org
MIX
Papier aus verantwortungsvollen Quellen
FSC® C083411

Wir pflanzen Bäume
Für unsere Umwelt
www.magellanverlag.de

FAIR PRODUZIERT
www.magellanverlag.de

Hergestellt in Deutschland
Gedruckt auf FSC®-Papier
Lösungsmittelfreier Klebstoff
Drucklack auf Wasserbasis

1. Auflage 2020

Dieses Werk wurde vermittelt durch die Autoren- und Projektagentur
Gerd F. Rumler (München).
Umschlaggestaltung: Christian Keller
unter der Verwendung von Motiven von
shutterstock / Katerina Izotova Art Lab / Khaneeros / Tithi Luadthong
Druck: CPI, Leck
ISBN 978-3-7348-5049-3

www.magellanverlag.de